Mes procès insolites

Thierry MOSER
Émilie EHRENGARTH

Mes procès insolites

Le regard d'un avocat et d'une universitaire

Signe

« Pour Agathe et Marius, mes petits-enfants »

« À celles et ceux qui,
dans ma vie professionnelle et ma vie privée,
m'ont accordé confiance, estime et parfois amitié ».

« Tout individu a été placé sur terre
pour y accomplir une tâche déterminée.
Vous avez votre rôle et j'ai le mien.
Ce qui compte, ce n'est pas la situation de chacun,
mais l'esprit dans lequel il l'occupe...
Ce qui est grave, c'est d'avoir une âme immobile...
Pour être heureux, il faut essayer de vivre chaque minute
en pensant au charme que nous lui trouverons
lorsqu'elle ne sera plus qu'un lointain souvenir »

Henri TROYAT de l'Académie française

« Le principe même de l'honneur,
c'est être, face aux autres,
digne de la considération
qu'on essaie d'avoir pour soi-même »

Général François LECOINTRE,
chef d'état-major des armées de 2017 à 2021

PRÉFACE

Certaines carrières sont en prise avec l'actualité. C'est le cas de celle de l'avocat pénaliste, confronté quotidiennement, comme le juge et le procureur, aux tréfonds de l'âme humaine.

Celle de Thierry Moser aura été marquée par une affaire qui résonne encore chez ceux et celles qui étaient en âge de lire et d'écouter la presse lorsqu'elle a éclaté : l'affaire du petit Grégory. Elle aura permis à l'avocat de voir de près le meilleur – l'amour inouï, indestructible, que se portent les parents de l'enfant assassiné – comme le pire – la destruction d'une jeune vie par vengeance, la petitesse et la bêtise des hommes, l'incapacité de certaines autorités à être à la hauteur de l'enjeu.

Ce sont des procès « insolites » qu'il se propose de relater ici, moins dramatiques mais tout aussi révélateurs des errances de la vie en société et de la difficulté de trouver la vérité. Les affaires présentées sont aussi cocasses qu'inattendues. Elles sont rapportées avec pour contrepoint le regard d'une jeune docteure en droit, Émilie Ehrengarth, dont les commentaires offrent une mise en perspective et permettent une meilleure compréhension du contexte de chacune.

Dans cet ouvrage, le lecteur retrouvera la profonde humanité de Maître Moser, son regard affûté mais jamais désabusé sur la justice et ceux qui la rendent, et son goût pour les histoires. Ces « procès insolites » sont la mémoire d'une époque et celle d'un avocat dont l'activité inlassable et l'enthousiasme communicatif ont largement contribué à la notoriété de sa profession.

Jocelyne LEBLOIS-HAPPE
Agrégée des facultés de droit
Professeure de droit privé et sciences criminelles
à l'Université de Strasbourg

AVANT-PROPOS

Dans mon livre précédent « Parole d'avocat », j'ai évoqué le fonctionnement de la justice criminelle, je parle de la Cour d'Assises qui juge les crimes alors que le Tribunal Correctionnel juge les délits.

À présent, dans cet ouvrage, je relate exclusivement des affaires correctionnelles peu banales à mon sens.

Avant d'entrer dans le vif du sujet, je souhaite livrer trois réflexions à mon lecteur.

Première réflexion : La matière pénale intéresse beaucoup de gens, ce qui se comprend aisément dans la mesure où, dans une affaire pénale, les juges et les avocats scrutent la personne poursuivie au moins autant que l'acte délictueux qu'elle a commis.
Par ailleurs, la matière pénale concerne à mon sens tous les citoyens dans la mesure où les règles de procédure pénale sont révélatrices de la conception que l'État se fait de la liberté individuelle de chacun.
Quels sont les droits de la personne mise en examen ?
Quels sont les droits du gardé à vue ?
Quelle est la règlementation des perquisitions ?
Autant de questions, certes techniques, mais dont la réponse peut s'avérer particulièrement importante dans la vie quotidienne.
On pourrait naturellement poser encore d'autres questions.
Il s'agit de savoir si nous voulons une procédure pénale répressive avec tous les abus que cela peut comporter, ou une procédure pénale respectueuse des droits du

citoyen, ce qui peut permettre éventuellement à certains délinquants d'échapper à la sanction.
En d'autres mots, comment concilier le respect de la liberté individuelle et d'autre part les nécessités de la répression ?
Ces deux préoccupations sont légitimes mais il peut être malaisé de les concilier.
Vous avez bien compris que le législateur se trouve face à des impératifs contradictoires.
Je résume en disant que la procédure pénale est importante dans la vie des citoyens et reflète donc la conception que se fait l'État de nos droits et libertés.

Deuxième réflexion : Nous avons, beaucoup d'entre nous, le goût des faits divers.
À cet égard, je me réfère à la chronique de Christophe ANDRÉ sur France Inter qui posait la question de savoir si nous sommes fascinés par les faits divers.
Selon ce spécialiste du comportement que je cite, **« Le fait divers réveille chez beaucoup de personnes ce sentiment que les aptitudes à la violence et à la cruauté sont éternelles et inscrites au plus profond de la nature humaine, alors que les aptitudes à la bienveillance et à la paix sont toujours éphémères et toujours menacées ».**
Le journaliste, pose avec sagacité la question de savoir pourquoi les faits divers nous attirent.
Est-ce pour jouer les voyeurs, ce qui est profondément malsain ?
Est-ce plutôt parce que les faits divers blessent les idéaux de la plupart des êtres humains : des idéaux de paix, de bonne entente et de fraternité ?
Je veux espérer que la seconde explication est la bonne, mais je suis loin d'en avoir la certitude.
Cela m'amène d'ailleurs à ma troisième réflexion.

Troisième réflexion : Il est bien connu, et je l'ai constaté tout au long de ma vie professionnelle, que l'homme est capable du meilleur comme du pire.
Il y a dans l'être humain une troublante ambivalence.
Il existe une part de nous-même qui nous échappe ou que nous connaissons et contrôlons mal.
Il y a en nous sans doute une part d'ombre et nous comprenons plus ou moins que la vie est remplie de nuances.
Cette ambiguïté de l'être humain suscite un questionnement auquel on ne peut échapper.
Je me suis souvent posé la question en examinant les dossiers de nature pénale auxquels je faisais face.
Pourquoi cette cohabitation du bien et du mal chez l'être humain ?
Est-ce le signe de la liberté de l'être humain ?
Est-il possible de donner une réponse convaincante et définitive à cette vieille question lancinante ?
Mon activité professionnelle qui a duré de longues années m'a permis d'explorer l'ambivalence de l'être humain et j'avoue que cela me laisse songeur.
Voilà ce que je souhaitais vous dire avant d'évoquer maintenant de nombreux dossiers correctionnels qui, selon moi, sortent, pour la plupart, de l'ordinaire.

CHAPITRE 1 :

DES JUGES CONFRONTÉS AUX BOURRASQUES JUDICIAIRES

UN JUGE EXTRÊME ET INGÉRABLE ?

UN JUSTICIABLE BRIMÉ PAR UN JUGE FAUSSAIRE ET MENTEUR ?

LE JUGE A-T-IL CALOMNIÉ L'AVOCAT ?

Pendant ma longue vie professionnelle, j'ai naturellement été l'interlocuteur de très nombreux Magistrats et j'ai eu le sentiment de me trouver face à des personnes sérieuses, compétentes, et parfois d'un profond dévouement en vue de l'accomplissement de leur difficile mission.

Il y a eu bien sûr des exceptions et j'ai connu des désillusions bien désagréables.

J'ai été d'ailleurs l'avocat de trois Magistrats différents et ce fut une expérience enrichissante au plan psychologique.

Un Magistrat qui, du jour au lendemain, est obligé de rendre des comptes à ses pairs peut être amené à considérer la justice avec des yeux différents.

J'ai constaté à travers ces expériences que les Juges peuvent eux aussi faire parfois l'objet d'une accusation infondée, ce qui constitue à l'évidence une situation bien difficile à vivre.

Je commence par vous parler d'un Magistrat quelque peu hors normes, un homme attachant au plan humain mais parfois agaçant avec lequel les relations ont été parfois un peu compliquées.

UN JUGE EXTRÊME ET INGÉRABLE ?

La revue *Réalités Alsaciennes* du 18 décembre 1987 a dressé le portrait de Germain S. et je résume l'essentiel :

Germain S. est le Doyen des Juges d'Instruction de Mulhouse à l'époque considérée. Il exerce sa fonction depuis 20 ans et il refuse de quitter son poste contre vents et marées, refusant les promotions.

Le Juge indique avoir été nommé d'office à Paris en 1972. Il dit avoir refusé. Son attitude a été jugée scandaleuse par la hiérarchie.

Le Juge dit gêner certains de ses collègues. Il dit être la preuve vivante qu'on peut faire une carrière passionnante sans suivre la filière classique.

Le Juge indique aussi très exactement ceci : « **La fonction est entièrement déhiérarchisée. Le Juge d'Instruction a l'immense avantage de n'avoir de comptes à rendre à personne. Et puis, c'est un métier de puissance et de pouvoir... J'ai toute liberté pour faire travailler les enquêteurs et même ceux d'autres pays** ».

L'auteur de l'article indique in fine que Germain S. trouve un malin plaisir à mettre les pieds dans le plat.

Le lecteur a bien compris que nous sommes face à un Magistrat non conventionnel jugé ingérable par certains de ses collègues.

Gilbert HERR, un confrère particulièrement sympathique et moi-même, sommes les avocats du Magistrat.

Germain S. est dessaisi d'un important dossier par la Chambre Criminelle de la Cour de Cassation le 30 septembre 1993 à la suite d'une requête en suspicion légitime.

Selon l'arrêt de la Cour, le Juge s'était rendu en Algérie à des fins d'instruction aux frais de la partie civile.

Le Juge indiquait pour sa part que les frais du voyage avaient été réglés par l'État algérien.

Le Juge entendait effectuer une démarche juridique originale, à savoir saisir la Cour Européenne des Droits de l'Homme pour obtenir la relecture de l'arrêt de dessaisissement, une décision particulièrement désagréable pour lui.

En outre, le Magistrat faisait l'objet d'un long article critique et ironique dans le journal *Le Monde* daté du 2 mars 1993.

Pour sa part, le Juge contestait très largement les assertions du journaliste jugées injurieuses et diffamatoires.

Pour couronner le tout, Germain S. avait déposé plainte directement auprès du Garde des Sceaux pour violation du secret professionnel.

Situation juridique originale et explosive !

Germain S. voulait être rétabli dans sa dignité personnelle et professionnelle. Je reprends l'expression qui était la sienne.

Le procès pour injures et diffamations vient devant le Tribunal Correctionnel de Dijon en septembre 1993.

Le dossier a été délocalisé. Il est évident que les juridictions alsaciennes ne pouvaient pas et ne devaient pas juger cette affaire pour des motifs de sérénité.

L'article du journal de Dijon *Le Bien-Public* de septembre 1993 présente le titre suivant : « **Diffamation : Un Juge d'Instruction fait citer un journaliste – Le débat de fond, et de principe, devant le Tribunal de Dijon occulté au profit du droit** ».

Je résume brièvement l'article fort bien rédigé de Valérie ANTONIOL.

À la suite de l'article sur six colonnes du journal *Le Monde* du 2 mars 1993, Germain S. a déposé plainte pour injures et diffamations. Le journaliste du *Monde* indiquait notamment que la chancellerie fait enquêter sur les méthodes peu orthodoxes du Doyen des Magistrats instructeurs de Mulhouse.

Le journaliste ajoute que le débat de fond a été escamoté au profit du droit, indispensable préalable.

Les avocats du grand quotidien et notamment Maître Catherine COHEN (une avocate spécialisée dans le droit très complexe de la presse) ont fait valoir d'entrée de jeu que la citation était frappée de nullité.

Mon confrère adverse disait en substance que la citation présente un cumul d'infractions, ce qui la frappe d'une nullité absolue en vertu de la Loi du 29 juillet 1881.

Catherine COHEN reprochait à la citation de n'être pas d'une précision suffisante.

Face à cette argutie, Gilbert HERR et moi avons répondu que le juridisme tatillon ne doit pas permettre de légitimer une mauvaise action, à savoir trainer dans la boue un Magistrat probe.

Nous avons fait valoir que l'adversaire cherche à échapper au débat sur le fond.

Nous avons dit aussi que l'une des finalités de la Loi sur la presse est d'assurer la protection des personnes offensées.

Le Procureur de la République n'est que partiellement d'accord avec la thèse proposée par l'avocat *du Monde*.

Le Magistrat indique que Germain S., comme tout Juge, doit être protégé des propos diffamatoires qui portent atteinte à sa qualité de Magistrat.

Le Tribunal Correctionnel présidé par Monsieur VOUAUX-MASSEL rend sa décision huit jours après l'audience et malheureusement fait droit à l'argumentation du journal *Le Monde*.

Le Tribunal rejette donc la demande pour ce qui lui apparait comme étant un vice de forme.

Échec donc pour Germain S. et ses deux avocats.

UN JUSTICIABLE BRIMÉ PAR UN JUGE FAUSSAIRE ET MENTEUR ?

Marc J. préside à l'époque la Chambre des Appels Correctionnels de la Cour d'Appel de Colmar. Il est un Magistrat solide et expérimenté mais, selon certains, porté à l'autoritarisme et à la répression.

Il n'a pas que des amis, ce qui pourrait expliquer les turbulences judiciaires auxquelles il a été exposé.

Je résume brièvement l'arrêt de la Chambre de l'Instruction de la Cour d'Appel de Reims du 26 mai 2008.

En date du 3 octobre 2005, Christian B. dépose plainte avec constitution de partie civile contre Marc J.

Le plaignant expose qu'alors que Marc J. était saisi en collégialité d'une affaire pénale entre le Ministère Public et lui-même pour escroquerie et abus de confiance, il avait sollicité le renvoi de l'affaire devant un autre Juge, demande motivée par son affirmation de ce qu'il était connu de Marc J. qui de ce fait ne pouvait être impartial à son égard.

À l'audience du 17 septembre 2004, Marc J. interpellé par Maître BERGMANN, avocat de Christian B., avait indiqué qu'il ne connaissait pas le prévenu.

Marc J. s'est donc opposé au renvoi de l'affaire et avait statué dans le dossier considéré.

Christian B. alléguait la fausseté des indications du Président J. consignées dans les notes d'audience signées par le Magistrat et le Greffier et il portait plainte du chef de faux en écriture destinée à établir la preuve d'un fait ayant des conséquences juridiques.

La Cour de Cassation confie au Tribunal de Grande Instance de Reims le soin de mener les investigations suite aux accusations de Christian B.

Marc J. dont je suis l'avocat est auditionné en tant que témoin assisté par le Juge d'Instruction et il conteste formellement les allégations de Christian B. à la suite de quoi le Magistrat instructeur fait mener des investigations approfondies pour parvenir à la manifestation de la vérité.

Finalement, après exécution des investigations qui confirment totalement le point de vue de Marc J., le Juge d'Instruction de Reims rend le 1er mars 2007 une ordonnance de non-lieu qui est naturellement frappée d'appel par le très procédurier Christian B.

C'est ainsi que je me retrouve devant la Chambre de l'Instruction de la Cour d'Appel de Reims au mois de mai 2008.

Christian B. a mandaté pour sa défense Éric DUPOND-MORETTI qui, étant retenu ailleurs, missionne son associé Maître SQUILLACI.

Nous nous affrontons, ce confrère et moi, et j'obtiens satisfaction à savoir le rejet de l'appel de Christian B. et la confirmation du non-lieu au profit de Marc J.

La Cour indique dans son arrêt ceci : « **Attendu que les allégations de Monsieur B. fermement contredites par Monsieur J. ne sont corroborées par aucun élément. Au contraire, les témoignages recueillis confortent les**

déclarations de Monsieur J. et ne confortent aucunement l'existence d'un quelconque faux intellectuel ».

Heureux résultat pour Marc J. et moi-même que nous fêtons en buvant à Reims une coupe de champagne.

La manœuvre machiavélique de Christian B. a tourné à sa totale confusion.

LE JUGE A-T-IL CALOMNIÉ L'AVOCAT ?

Cette fois ci, ce dossier me transporte devant la Chambre de l'Instruction de la Cour d'Appel de Nancy qui, le 17 juin 2010, rend un arrêt dont voici le bref résumé.

En date du 13 septembre 2006, Maître Pierre C., avocat au Barreau de Saint-Dié-des-Vosges dépose plainte avec constitution de partie civile auprès du Doyen des Juges d'Instruction pour dénonciation calomnieuse.

L'avocat vise Cécile H., Présidente du Tribunal de Grande Instance de Saint-Dié.

Pourquoi cette plainte ?

En date du 21 avril 2006, le Magistrat adresse un courrier au Bâtonnier de l'Ordre des Avocats de Saint-Dié pour lui faire part d'un manquement significatif aux droits de la défense au cours de l'audience correctionnelle présidée par elle la veille, à savoir le 20 avril 2006.

Le Magistrat indique au Bâtonnier que Jean M., justiciable bénéficiaire de l'aide juridictionnelle, n'a pas été assisté par Pierre C., l'avocat désigné à ce titre.

Cécile H. ajoute que le Tribunal n'était pas avisé de la défection de l'avocat.

Elle déplore avoir été obligée de renvoyer l'audience à une date ultérieure.

Le Magistrat estime que ce renvoi contraint a nui à la bonne administration de la justice pénale et que de ce fait, l'avocat défaillant doit être sanctionné au plan disciplinaire par le Conseil de l'Ordre des Avocats.

Pierre C., ainsi mis en cause, fournit ses explications au Bâtonnier, explications dont il s'avère par la suite qu'elles sont entièrement fondées.

L'avocat avait un motif légitime pour ne pas intervenir au profit de Jean M. lors de l'audience correctionnelle du 20 avril 2006, ce qui revient à dire que le signalement fait au Bâtonnier par la Présidente du Tribunal Correctionnel n'avait pas lieu d'être, signalement qui était naturellement de nature à entrainer de désagréables poursuites disciplinaires contre l'avocat.

Cécile H. doit fournir de son côté, en tant que témoin assisté, des explications au Magistrat instructeur qui est chargé des investigations suite à la plainte de l'avocat visé par le signalement.

J'interviens comme défenseur du Magistrat et je cherche à démontrer que, en adressant le signalement au Bâtonnier, le Magistrat était d'une parfaite bonne foi en tant qu'il ne pouvait pas connaitre les raisons pour lesquelles Pierre C., avocat de Jean M., ne pouvait intervenir au profit de ce dernier.

Finalement, le 26 novembre 2009, le Juge d'instruction de Nancy rend à ma demande une ordonnance de non-lieu qui est frappée d'appel par l'avocat partie civile contre le Magistrat.

C'est ainsi que le dossier vient devant la Chambre de l'Instruction de la Cour d'Appel de Nancy, présidée par Monsieur RENAULDON.

Face à moi, l'avocat de l'avocat.

La Cour confirme l'ordonnance de non-lieu et indique notamment ceci : **« La preuve de la connaissance de la fausseté du fait dénoncé étant défaillante, la mauvaise foi de l'auteur de la dénonciation n'est donc pas caractérisée, empêchant la constitution de l'infraction de dénonciation calomnieuse ».**

Voilà pour mes expériences en tant qu'avocat d'un Magistrat.

À présent, je vais évoquer ce que j'ai vécu professionnellement en tant qu'avocat d'un avocat.

LES EXPLICATIONS DE L'UNIVERSITAIRE : CHAPITRE 1

1. Quelles sont les règles déontologiques essentielles que doit respecter un Magistrat ?

On définit sous le dénominatif de magistrat tout fonctionnaire ou officier civil investi d'une autorité juridictionnelle, administrative ou politique[1]. Le terme de magistrat désigne deux catégories de fonctionnaires : les juges qui ont pour fonction soit d'instruire une affaire au pénal (le juge d'instruction), soit les juges du siège chargés de juger les affaires dans le cadre d'une instance (jugement civil ou procès pénal) et les membres du parquet que sont les procureurs.

Garant du procès équitable, le juge doit présenter deux caractères distincts mais complémentaires : il doit être indépendant et faire preuve d'impartialité.

Indépendant d'abord parce qu'il doit être préservé de toute pression extérieure, n'être influencé par personne, que ce soit l'une ou l'autre partie au procès ou toute personne tiers qui pourrait avoir un quelconque intérêt lors d'une affaire.

Impartial ensuite car le juge ne doit avoir aucun préjugé vis-à-vis de l'affaire qu'il a à traiter. Cette « vertu »

1. Le Robert.

s'attache alors à l'état d'esprit de celui que l'on qualifie de juge. Considéré comme un « devoir absolu » à l'encontre des juges (recueil des obligations déontologiques des magistrats, Dalloz 2010, p.7), il faut ici procéder à une différenciation : seuls les magistrats dits du siège sont soumis à ces obligations légales au titre de l'article 6§1 de la Convention européenne des Droits de l'Homme, de l'article 47 de la Charte des droits fondamentaux de l'Union européenne ou encore de l'article 14 du Pacte international des droits civils et politiques. En effet, les obligations tenant à l'indépendance et à l'impartialité ne s'appliquent ni au représentant de la défense (l'avocat de la personne partie au procès qui a pour mission de défendre les intérêts de son client) ni au représentant de l'accusation, que l'on nomme aussi procureur ou avocat général (devant la Cour d'Appel ou la Cour de cassation). Ce dernier, chargé de défendre les intérêts de la société est membre du ministère public ; il appartient à la magistrature dite debout et prend le nom de parquetier.

2. On parle de magistrat du siège et de magistrat du parquet. Pouvez-vous m'expliquer la différence ?

Cette différenciation et les qualificatifs qui y sont attachés tirent leur origine de la place que chacun des protagonistes de la scène pénale prend au moment du procès pénal. À l'occasion d'un procès, tous ont une place et un rôle à jouer en respectant une sorte de scénographie. En effet, le représentant du ministère public s'exprime debout sur le parquet alors que les magistrats du siège restent assis tout au long de l'audience.

L'origine du terme « parquetier » remonte au Moyen Âge, sous l'expression de « parquet des Gens du Roi ». Le mot viendrait de l'ancien français, où il signifiait « petit parc ou enclos ». L'origine de l'emploi du mot dans ce sens n'est pas connue avec certitude, mais l'hypothèse la plus probable est que ces magistrats étaient séparés des magistrats du siège dans une sorte de « parc »[2].

3. Supposons un justiciable qui redoute à tort ou à raison la partialité et le manque d'honnêteté intellectuelle d'un Juge. Ce justiciable peut-il agir légalement pour que le juge en question soit « chassé » du dossier ? (requête en suspicion légitime ? récusation ?)

À la différence des membres du ministère public, la loi a instauré une présomption d'impartialité personnelle à l'égard des juges ce qui signifie qu'ils sont présumés impartiaux jusqu'à preuve du contraire (CEDH, 1er oct. 1982, *Piersack c/ Belgique*, n°8692/79, §30). En revanche, le législateur a également prévu des présomptions de partialité (code de procédure pénale, art. 688) en énonçant neuf causes de récusation reposant tantôt sur un lien de parenté ou d'alliance, tantôt sur la communauté ou la contraction d'intérêt avec une des parties au procès. La technique de la récusation permet alors d'empêcher que le juge ne rende une décision entachée de partialité contribuant alors à la garantie d'un procès équitable, respectueux des garanties légales européennes et nationales. Cette voie procédurale est ouverte à toute personne concernée par la procédure, elle s'opposera à la présence du magistrat au sein d'un tribunal.

En cas de suspicion de partialité d'un juge, une personne partie au procès peut également recourir à la procédure insérée à l'article 662 du code de procédure pénale, le renvoi pour cause de suspicion légitime. À l'occasion d'une instance, toute partie peut demander le dessaisissement

2. Roger Perrot, *Institutions judiciaires*, 13e éd., Paris, Montchrestien 2008, n° 511.

d'une juridiction dans son ensemble lorsqu'elle suspecte la partialité. À la différence de la procédure de récusation qui ne concerne qu'un seul magistrat de la formation, la procédure de l'article 662 du code sus-cité intéresse l'ensemble du tribunal.

Les règles qui s'appliquent aux magistrats qui composent la formation de jugement s'appliquent également au juge d'instruction, magistrat chargé de mettre l'affaire en état d'être jugée par le tribunal. Ce magistrat est soumis aux mêmes obligations tenant à l'indépendance et à l'impartialité. Il a donc interdiction de manifester de façon publique son opinion sur une affaire dont il a la charge et risque de voir l'ensemble de ses décisions entachées de nullité en cas de recours formé par la personne mise en cause devant les instances d'appel que sont les chambres de l'instruction, formation juridictionnelle chargée d'étudier la légalité des décisions prises par le juge d'instruction à l'occasion de son office. Une telle préoccupation de la part des autorités publiques se retrouve dans le dispositif inséré dans l'article préliminaire du code de procédure pénale et qui énonce que la procédure pénale « doit garantir la séparation des autorités chargées de l'action publique et des autorités de jugement ». Ainsi, par application de ce fondement légal, aucun juge qui a été juge d'instruction, et qui a donc pris des décisions à l'encontre d'une personne mise en cause, ne pourra participer à la formation de jugement qui aura à juger les actes commis par l'intéressé (code de procédure pénale, art. 49 alinéa 2).

4. Le juge fautif peut-il être sanctionné à la fois au plan disciplinaire et au plan pénal ? Qui va le juger ? Qu'en est-il d'ailleurs de la responsabilité civile du juge ? Le justiciable peut-il

obtenir des dommages et intérêts en cas de faute avérée entrainant un préjudice ?

Il est important de rappeler que le juge est un justiciable comme un autre.

À ce titre, même si l'Ordonnance du 22 décembre 1958 portant statut de la magistrature[3] pose un principe général selon lequel « Les magistrats ne sont responsables que de leurs fautes personnelles », il ne faut pas conclure à une totale irresponsabilité des magistrats mais différencier entre deux situations tenant au lien qui existe entre le comportement (acte ou parole) mis en cause et la profession exercée.

Par application de la loi du 18 janvier 1979[4], si la faute personnelle du magistrat est rattachable à l'activité judiciaire de service public, le justiciable ne peut intenter une action qu'à l'encontre de l'État alors que si la faute commise par le magistrat est dénuée de tout lien avec l'exercice de ses fonctions ce dernier sera responsable dans les conditions du droit commun, il ne bénéficiera d'aucun privilège particulier et sera considéré comme un justiciable lambda.

Ainsi avant la réforme de 1979, lorsque la faute du juge est rattachable à son activité professionnelle, seule une procédure de prise à partie permettait au justiciable de prendre personnellement son juge à partie et de le traduire en justice devant la Cour d'Appel (après avoir obtenu) l'autorisation du premier Président de la Cour d'Appel).

3. Ordonnance n° 58-1270 du 22 décembre 1958 portant loi organique relative au statut de la magistrature, JORF du 23 décembre 1958.
4. Loi n°79-43 du 18 janvier 1979 organique modifiant l'ordonnance 581270 du 22 décembre 1958 portant loi organique relative au statut de la magistrature, JORF du 19 janvier 1979.

Depuis l'adoption de la loi sus-citée, la mise en cause de la responsabilité civile ou pénale d'un juge ne pourra résulter que d'une action récursoire de l'État[5] après que celui-ci a été lui-même condamné pour dysfonctionnement du service public de la justice.

Par ailleurs, la responsabilité pénale du magistrat peut également être mise en cause lorsque ce dernier commet une faute personnelle détachable de son métier. Dans ce cas, le juge ne bénéficiera d'aucun privilège juridictionnel, que l'on exerce à son encontre des poursuites pénales ou civiles. Il devra faire face à ses pairs et n'être ni moins, ni mieux traité par l'institution judiciaire. Ainsi, une personne qui s'estime victime d'un acte commis à titre personnel par un magistrat pourra exercer une action en responsabilité civile. Cette action, exercée directement contre le juge, devant la juridiction civile se fonde sur les articles 1240 et suivants du code civil. Pour pouvoir agir, la victime présumée de l'acte devra apporter la preuve d'une faute commise par le juge, d'un dommage pour elle et du lien de causalité entre l'acte considéré comme fautif et le dommage ressenti. Il est intéressant de noter que l'action civile peut se cumuler avec une action exercée devant une juridiction pénale, si une infraction a été qualifiée à l'encontre du magistrat poursuivi. Dans cette configuration particulière, la décision de la juridiction pénale sera rendue avant celle de la juridiction civile.

Enfin, comme pour toute profession, les juges peuvent faire l'objet de poursuites disciplinaires en cas de manquement « aux devoirs de [leur] état, à l'honneur, à la délicatesse ou à la dignité ». La procédure disciplinaire implique la saisine du Conseil supérieur de la magistrature (CSM), qui, à l'issue d'une procédure publique et contradictoire, rend (pour les magistrats du siège) un jugement doté de

5. Loi n° 72-626 du 5 juillet 1972 instituant un juge de l'exécution et relative à la réforme de la procédure civile, JORF du 9 juillet 1972.

l'autorité de la chose jugée, ou (pour les magistrats du parquet) un avis éventuellement repris par le ministre de la Justice. Notons que l'erreur d'appréciation, même grave, commise par un magistrat dans l'exercice de ses fonctions n'est pas considérée comme une faute disciplinaire. Cette règle constitue un moyen de préserver l'indépendance et l'autorité des décisions judiciaires, dont la teneur peut être d'ores et déjà contestée dans le cadre de l'appel. Elle fait néanmoins l'objet d'un débat récurrent, une partie de l'opinion considérant qu'elle conduit à préserver de toute sanction les magistrats dans leur exercice professionnel.

Le CSM peut être saisi de poursuites disciplinaires contre un magistrat soit par le garde des Sceaux, soit par les premiers présidents de Cour d'Appel ; ou encore depuis la révision constitutionnelle du 23 juillet 2008 mise en œuvre par la loi organique du 22 juillet 2010[6], directement par tout justiciable estimant que le comportement d'un magistrat à l'occasion d'une procédure le concernant doit être sanctionné disciplinairement, sous réserve de respecter les conditions légales tenant à la recevabilité de la requête qui sera examinée par une « commission d'admission des requêtes » avant tout renvoi du magistrat mis en cause devant le conseil de discipline.

---

6. Loi organique n° 2010-830 du 22 juillet 2010 relative à l'application de l'article 65 de la Constitution, JORF n°0168 du 23 juillet 2010.

CHAPITRE 2 :

DES AVOCATS QUI DOIVENT SE JUSTIFIER FACE AUX JUGES

Les avocats sont-ils tous d'une parfaite honorabilité ?

Malheureusement non.

Toutefois, je vous rassure en vous certifiant que, dans leur très grande majorité, les avocats exercent leur difficile métier avec science et conscience.

D'autre part, il peut arriver qu'un avocat fasse l'objet d'une accusation injustifiée.

J'ai défendu un avocat à deux reprises au cours de ma vie professionnelle et je voudrais relater ce que j'ai vécu à cet égard.

L'ODEUR DE L'ARGENT

Titre du journal *les Dernières Nouvelles d'Alsace* en date du 27 mars 1986 : **« Une avocate niçoise aujourd'hui devant les Juges de Mulhouse ».**

Je résume brièvement l'article : Inculpée de complicité d'extorsion de fonds, une avocate du Barreau de Nice, Maître Martine W. comparait devant le Tribunal de Mulhouse en compagnie de différents personnages... L'affaire débute en 1982. Les gérants de trois boîtes de nuit de la région mulhousienne sont victimes d'un racket de haut vol. Ils sont obligés de remettre 200 000 francs et de payer des amendes mensuelles d'un montant de 3 000 francs...

Martine W. qui a défendu quelques années plus tôt Albert SPAGGIARI, l'auteur du casse du siècle commis à la Société Générale de Nice, est considérée au départ de la procédure comme complice de l'extorsion de fonds.

Une perquisition effectuée début 1984 à l'étude et au domicile de Martine W. par Germain S. (le Juge d'Instruction mulhousien dont j'ai parlé dans mon premier chapitre) a permis de découvrir des mandats postaux de 3 000 francs qui pourraient provenir des opérations d'extorsion de fonds avec violences.

L'avocate est aujourd'hui poursuivie devant le Tribunal pour recel d'extorsion de fonds et conteste formellement les faits qui lui sont imputés.

Jean-Louis PELLETIER, un avocat pénaliste parisien réputé (il a été notamment l'avocat de Jacques MESRINE) et moi-même défendons Martine W. et, en substance, nous cherchons à démontrer que les éléments d'implication pénale mis en relief par le Procureur de la République ne résistent pas à l'examen.

L'article du *Républicain Lorrain* du 28 mars 1986 indique ceci : **« En plaidant hier devant le Tribunal de Mulhouse pour leur consœur inculpée de recel d'extorsion de fonds, Maîtres PELLETIER et MOSER défendaient en fait tous les avocats de France. Ils n'en furent que plus brillants pour expliquer au Tribunal combien il est illusoire pour ces professionnels de prétendre contrôler l'origine exacte des sommes versées par leurs clients qui ne sont pas toujours d'honnêtes justiciables ».**

Mon confrère et moi obtenons la relaxe de Martine W., relaxe prononcée par le Tribunal de Mulhouse présidé par Marc BIETIGER.

À la suite de l'article paru dans la presse régionale, j'apporte une précision que je crois utile de retranscrire ci-dessous car il s'agit d'une question de principe **« Je pense qu'il est impossible à l'avocat, ainsi que le relevait mon confrère PELLETIER, de faire une enquête sur l'origine des fonds qu'il perçoit. Mais il est tout aussi évident que, à mon sens, l'avocat doit refuser fermement d'accepter de l'argent dont il pourrait connaitre clairement l'origine irrégulière. Dans cet esprit, j'ai analysé et discuté devant le Tribunal les charges rassemblées par le Procureur, ce Magistrat voulant démontrer la connaissance par Martine W. de l'origine frauduleuse des mandats qu'elle touchait. Un avocat est un auxiliaire de justice. En tant que tel, il doit être un homme de conscience et un citoyen respectueux des lois. »**

J'ajoute pour être complet que, dans le cadre de la détention provisoire avant jugement, Martine W. avait subi près de 15 jours d'incarcération et, au moment du procès, le Procureur de la République avait réclamé une sanction sévère impliquant le retour de l'avocate en prison.

UN AVOCAT TROP CONFIANT

Michel P., un avocat de la région, comparait devant le Tribunal Correctionnel en 2010 pour blanchiment et il conteste les faits qui lui sont imputés.

Je résume les faits : Michel P. entretient des relations professionnelles et extra-professionnelles avec Jean-Claude L. Il a défendu celui-ci en justice et des relations de sympathie se sont créées suite au procès entre l'avocat et son mandant.

Cette situation n'a rien d'inhabituel, mais les choses vont malheureusement dégénérer car Jean-Claude L. va user et abuser de la confiance excessive que lui accorde son avocat.

Jean-Claude L. demande à l'homme de justice de lui rendre un service et d'aller en Allemagne pour récupérer des fonds auprès d'un garagiste.

Jean-Claude L. déclare à Michel P., son avocat, qu'il a des problèmes financiers et veut régulariser la vente de deux véhicules Ferrari lui appartenant, véhicules se trouvant en dépôt-vente au garage AUTO SALON à Singen en Allemagne.

Il s'agit pour Michel P. de se rendre en Allemagne, de signer les documents administratifs résultant de la vente des deux véhicules de luxe, d'encaisser les fonds et de les remettre à une tierce personne de confiance.

Michel P. se rend effectivement à deux reprises auprès de l'établissement allemand. Il est rejoint par la tierce personne à laquelle il remet l'intégralité de la somme payée par le garagiste, une somme très conséquente. L'avocat estime que les fonds correspondent à la vente des deux véhicules qui appartiennent à Jean-Claude L.

Il estime avoir agi de bonne foi, ignorant la véritable provenance des fonds récupérés par lui.

L'enquête a en effet démontré que Jean-Claude L. est un escroc d'envergure qui cherchait à blanchir, suite à un stratagème, de l'argent ayant une provenance irrégulière.

L'avocat est mis en examen du chef de blanchiment et, face au Juge d'Instruction, il fait valoir son excès de confiance à l'égard de Jean-Claude L., celui qu'il avait défendu quelques années plus tôt et qu'il considérait bien à tort comme un ami fiable et droit.

Michel P. obtient du Juge d'Instruction une ordonnance de non-lieu.

Dans cette décision, le Juge indique ceci : « **Attendu que Michel P. est totalement crédible quand il affirme avoir signé des documents attestant de la vente de deux véhicules, sa bonne foi ayant été, ainsi, de nouveau surprise.** »

Le Juge précise aussi ceci : « **Le seul reproche susceptible d'être formulé à l'encontre de Michel P., est d'avoir été le factotum zélé de Jean-Claude L., ce qui relève d'un manque de prudence qui pourrait seulement donner lieu à sanction disciplinaire, mais ne peut justifier un renvoi devant le Tribunal Correctionnel** ».

Malheureusement, l'ordonnance de non-lieu est frappée d'appel par le Procureur de la République qui conteste l'analyse de son collègue Juge d'Instruction et c'est ainsi que le dossier est soumis à la Chambre de l'Instruction de la Cour d'Appel de Colmar.

Cette juridiction ne partage pas l'analyse du Juge d'Instruction et estime qu'il y a matière à renvoi de Michel P. par-devant le Tribunal Correctionnel, juridiction qui devra soit relaxer au bénéfice du doute, soit condamner en fonction des dispositions légales réprimant le blanchiment.

L'affaire vient devant le Tribunal Correctionnel et je suis aux côtés de Michel P. pour tenter d'obtenir sa relaxe en me basant principalement sur l'argumentation précitée du Juge d'Instruction.

J'échoue dans ma mission, ce qui m'attriste fortement.

Michel P. est condamné avec une certaine vigueur mais nous faisons appel pour contester la décision du Tribunal Correctionnel.

J'appelle à la rescousse mon confrère et ami François SAINT-PIERRE, brillant avocat à Lyon et nous unissons nos efforts devant la Cour d'Appel de Colmar pour tenter d'obtenir l'infirmation du jugement du Mulhouse.

Nouvel échec car Michel P. est déclaré coupable et condamné à un an de prison avec sursis et une amende de 50 000 euros, étant précisé que François JURDEY, avocat général, réclamait une sanction beaucoup plus énergique, à savoir deux ans de prison avec sursis, une amende de 50 000 euros et une interdiction professionnelle d'exercer le métier d'avocat.

Un échec donc, ce qui est toujours difficile à vivre.

Un échec peut toutefois être bénéfique si on en tire des leçons pour l'avenir, ce qui autorise parfois des succès.

Cela me fait penser à la réflexion fort sagace de Winston Churchill : **« Le succès, c'est d'aller d'échec en échec sans perdre son enthousiasme ».**

LES EXPLICATIONS DE L'UNIVERSITAIRE : CHAPITRE 2

1. Quelles sont les règles déontologiques essentielles d'un avocat ?

La profession d'avocat est une profession réglementée organisée en ordre. Elle est soumise à des règles strictes qui marqueront sa carrière. Ces normes, inscrites dans le décret du 12 juillet 2005, fixent les règles déontologiques de la profession d'avocat en reprenant largement les règles professionnelles figurant auparavant aux articles 155 à 161 du décret du 27 novembre 1991[7].

Véritable règlement intérieur de la profession, élaboré par le Conseil national des Barreaux pour succéder au Règlement intérieur unifié (RIU), le code de déontologie prend le nom de Règlement Intérieur National (RIN) qui contient également le code de déontologie des avocats européens[8].

Le RIU comporte plusieurs rubriques destinées à englober l'ensemble de la profession. Divisé en six parties, on retrouve :

- les principes de l'avocat
- les champs d'activités
- les conditions d'exercice et les structures
- la collaboration interprofessionnelle

7. https://questions.assemblee-nationale.fr/q14/14-47381QE.htm.
8. https://www.justifit.fr/b/guides/choisir-avocat/deontologie-avocat/.

- les prestations juridiques en ligne
- les rapports entre avocats de barreaux différents

Au moment de prendre la robe, l'élève devenu avocat prête serment devant la Cour d'Appel de son barreau et « jure comme avocat d'exercer [ses] fonctions avec dignité, conscience, indépendance, probité et humanité » (Décret du 12 juillet 2005, art. 3, al. 1er et 2)[9]. Par cette déclaration publique et solennelle, le nouveau membre de cette corporation s'oblige à respecter un certain nombre de règles juridiques et morales destinées à guider le professionnel « en toutes circonstances »[10] telles que les principes d'indépendance, de loyauté, de confidentialité, du respect du secret professionnel, du devoir d'information, de conseil et de diligence.

2. Quel est le rôle du Bâtonnier, notamment au plan disciplinaire ?

Élu par ses pairs, le Bâtonnier exerce une double mission : celle de représenter les avocats dans tous les actes de la vie civile en exprimant l'avis de la profession sur tel ou tel sujet d'actualité ainsi que celle d'assurer la discipline de son Ordre dont il est le garant de la déontologie et des règles de la profession. Par ces fonctions, il est amené à exercer le rôle de conseil et d'arbitre auprès du Conseil de l'Ordre.

Dans l'exercice de ces missions le Bâtonnier peut à la fois traiter les réclamations des clients contre les avocats inscrits au Barreau de son ressort ; prévenir et résoudre les différends entre confrères ou entre avocats et magistrats. Ainsi, en cas de litige avec son avocat, un client pourra envoyer une lettre recommandée avec accusé de réception (LRAR) au Bâtonnier de l'Ordre auquel appartient le

9. Décret n°2005-790 du 12 juillet 2005 relatif aux règles de déontologie de la profession d'avocat, JORF n°0164 du 16 juillet 2005.
10. *Ibid*, art. 1er.

conseil mis en cause. Il faudra alors expliquer en détail les motifs de la plainte et en y joignant toutes les pièces qui appuieront votre prétention.

Sur le plan disciplinaire, le Bâtonnier préside, sans disposer d'une voix prépondérante, le conseil de discipline qui se réunit pour statuer sur la faute commise par un avocat. À l'issue de la procédure, le conseil de discipline pourra prononcer quatre types de sanctions, à savoir l'avertissement, le blâme, l'interdiction temporaire d'exercer et la radiation (Décret du 27 novembre 1991, art. 184) et y assortir des sanctions complémentaires telles que la publication de la sanction ou encore l'impossibilité de faire partie du conseil de l'Ordre.

3. Par qui est jugé l'avocat défaillant? L'avocat est-il jugé par ses collègues au plan disciplinaire ou par des magistrats? Qu'en est-il du cumul de sanctions?

Un avocat défaillant peut effectivement être jugé mais tout dépendra de la nature de la faute commise par ce dernier.

Hors cas de faute disciplinaire pour laquelle l'avocat sera jugé par ses pairs devant le conseil de l'Ordre, ce dernier demeure un justiciable et pourra être poursuivi par toute personne tant sur le plan civil que sur le plan pénal. Il pourra donc être poursuivi et jugé par le tribunal territorialement compétent (Code de procédure civile, art. 42 s.) et être défendu par l'un de ses confrères le cas échéant.

Sur le plan civil, il faut noter que l'avocat est tenu à un certain nombre d'obligations de moyens vis-à-vis de son client. En effet, au titre du devoir de conseil, il se doit de fournir des informations exactes, objectives et complètes à son client. Il doit également faire preuve de prudence et assurer la régularité des procédures engagées au nom de ses clients en vérifiant notamment les documents fournis par ces derniers. Enfin, l'avocat doit faire preuve de diligence et effectuer les missions qui lui incombent dans l'assistance et la représentation de, ce qui signifie qu'il doit être actif dans sa tâche en recueillant auprès de ses clients toutes informations et tous documents lui permettant d'assurer au mieux la défense de leurs intérêts.

En revanche, il existe à son encontre une obligation de résultat, notamment lorsqu'il est question d'accomplir des actes de procédure et la rédaction d'actes. En cas de manquement à cette obligation, la responsabilité de l'avocat pourra être engagée même si la faute est légère, à charge pour le client qui s'estime lésé d'apporter la preuve d'un préjudice actuel, direct et certain caractérisant la perte de chance de voir son affaire aboutir en sa faveur. Notons enfin que dans le cas de poursuites exercées à l'encontre d'un avocat, ce dernier en informera sans délai le Bâtonnier.

Sur le plan pénal, tout avocat peut voir sa responsabilité pénale mise en jeu lorsqu'il commet une faute dite pénale (une contravention, un délit ou un crime). Par exemple, il pourra être poursuivi pour des faits de violation du secret professionnel (délit pénal prévu à l'article 226-13 du code pénal) et être condamné par la Cour à une peine d'emprisonnement et à des peines complémentaires telles que le paiement d'une amende ou encore l'interdiction d'exercer sa profession pour une durée fixée par le tribunal (code pénal, art. 131-27). Il est alors intéressant de noter que le prononcé d'une peine au pénal n'empêche pas le prononcé d'une sanction disciplinaire à l'encontre du même avocat, les sanctions pouvant alors se cumuler (voir par exemple : Cour de cassation, chambre civile 1re, 9 avr. 2015, n° 14-50.012 P).

La possibilité d'un tel cumul de sanctions s'explique par la différence de nature que revêtent les sanctions prononcées à l'encontre de l'avocat reconnu coupable des faits qu'on lui reproche, le célèbre principe processuel de l'autorité de chose jugée est alors inopérant. En conséquence de quoi, un avocat, condamné par le tribunal correctionnel à une peine d'interdiction d'exercer son activité pendant un temps défini par cette juridiction, devra également exécuter la sanction disciplinaire prononcée à son encontre par ses pairs quand bien même la sanction prononcée par les deux instances serait de même nature et de même durée (Civ. 1re, 17 mai 1988, no 86-15.067, Bull. civ. I, no 145 ; D. 1991. 302, obs. A. Brunois ; Gaz. Pal, 1989, 2, 491, obs. G. Flécheux. – Civ. 1re, 9 avr. 2015, no 14-50.012, D. 2015. 1192, obs. O. Décima : dans cette affaire, l'avocat avait été condamné à une peine d'interdiction d'exercer son activité professionnelle pendant 12 mois, durée identique concernant la sanction prononcée par le conseil de discipline). Notons, pour finir sur cette question, qu'avec l'imprégnation de plus en plus forte des principes protecteurs du droit européen, la possibilité de prononcer un cumul de sanctions s'est vue impactée par l'obligation de respecter le principe de proportionnalité dans les mesures prononcées à l'encontre d'un avocat. Selon une jurisprudence récente, le montant global des sanctions ne dépasse pas le montant le plus élevé de l'une des sanctions encourues, l'ensemble des autorités judiciaires et disciplinaires devant faire preuve de vigilance lors du prononcé des peines et sanctions (Cons. const., 24 oct. 2014, no 2014-423 QPC, JO 26 oct).

CHAPITRE 3 :

DES NOTAIRES EN DÉLICATESSE AVEC LA JUSTICE

LE SUICIDE SOCIAL D'UN NOTAIRE

UN NOTAIRE BERNÉ
PAR LA SÉDUCTION D'UN ESCROC

Les Notaires sont habituellement de bon conseil mais il peut arriver que certains membres de cette honorable profession s'égarent, ce que je vais à présent relater brièvement.

LE SUICIDE SOCIAL D'UN NOTAIRE

Jean P., un Notaire de la région, comparait début 2006 devant le Tribunal correctionnel pour abus de confiance, faux et escroqueries, des infractions qui lui ont rapporté 650 000 €.

« Dès mon installation en tant que Notaire, à l'issue de ma période de salariat chez un collègue, je me suis retrouvé seul et j'ai paniqué. Je me suis rendu compte que j'étais incapable de gérer mon étude... Je me suis rendu compte que j'étais fait pour être un salarié, un exécutant, mais je ne pouvais pas le reconnaitre, face à mes proches... Je suis rentré dans une logique de l'apparence. Ma peur était d'apparaitre comme un looser ».

Le Notaire à la psychologie fragile plonge rapidement dans la délinquance économique, d'abord dans le cadre de son étude notariale, puis en tant que gérant de deux sociétés immobilières.

Il aurait pu chercher de l'aide au lieu de s'enfermer dans une spirale infernale, mais il ne voulait pas déchoir aux yeux de son entourage.

Il avait un sot besoin de paraitre aux yeux des tiers et il se lance rapidement dans des dépenses somptuaires pour sa maison notamment.

Il fait l'acquisition d'un véhicule de luxe fort couteux.

Tout cela est financé du fait des infractions qui lui rapportent, comme indiqué plus haut, un montant très conséquent.

Claude PALPACUER, Procureur de la République de Colmar, un Magistrat de très grande qualité, cherche à se montrer nuancé alors qu'il est dans sa mission de réclamer une sanction.

Le Procureur évoque une forme de suicide social mais il explique que la loi pénale prévoit jusqu'à 10 ans de prison pour les infractions commises par l'Officier Ministériel.

Le Procureur réclame une sanction raisonnable, à savoir cinq ans de prison dont deux ans avec sursis, soit trois ans d'emprisonnement ferme.

Présidé par Élisabeth MEHL, le Tribunal Correctionnel prononce la sanction préconisée par le Ministère Public.

En tant que défenseur du Notaire, j'admets bien volontiers le caractère raisonnable du réquisitoire tout en insistant sur la coopération avec l'autorité judiciaire dont le Notaire a fait preuve depuis le début de la procédure et sur les sérieux efforts d'indemnisation.

Le Notaire à la psychologie fragile doit certes être sanctionné mais avec mesure et discernement, ce qui me semble avoir été le cas.

La psychologue mandatée par le Juge d'Instruction indiquait clairement que l'homme de loi s'est heurté à de graves problèmes de nature psychologique qui ont contribué à le déstabiliser.

Il a été dépassé par une situation ingérable pour lui.

Il s'est enfermé dans une image qui ne lui correspondait pas et il a besoin d'une aide de nature psychologique.

De son côté, le psychiatre relevait la franchise et la culpabilisation de Jean P.

J'indique volontiers que, en ce qui me concerne, j'éprouvais pour cet homme de la sympathie car il avait le courage de se remettre en cause, ce qui est loin d'être toujours le cas chez les personnes en délicatesse avec la loi pénale.

UN NOTAIRE BERNÉ PAR LA SÉDUCTION D'UN ESCROC

Le journal *L'Alsace* du mois de janvier 2012 résume bien le dossier soumis au Tribunal Correctionnel de Mulhouse.

Je cite : **« Escroquerie, complicité, abus de confiance, faux et usage de faux, corruption active ou passive, le Tribunal Correctionnel de Mulhouse a entendu dix prévenus hier, dans une affaire très complexe d'escroquerie immobilière évaluée à 1,4 millions d'euros et qui remonte à plus de dix ans ».**

Le journaliste ajoute que l'affaire est peu commune, dans les faits comme dans son déroulement.

Le prévenu principal, qui présente une personnalité intéressante si j'ose dire, est un ancien gérant de sociétés civiles immobilières (SCI) bien connu dans le milieu du bâtiment et de la rénovation.

Le journaliste des *Dernières Nouvelles d'Alsace* (DNA), Alain CHEVAL, un bon professionnel, relève de son côté ceci : **« Sous le charme d'un talentueux escroc. Des deux jours d'audience, on ne retiendra qu'une chose : le talent du principal mis en cause. Ce dernier aura été capable de mettre dans sa poche amis, proches, banquiers, agent de l'Agence Nationale de l'Amélioration de l'Habitat (ANAH) ».**

En clair, le personnage principal du dossier est un escroc particulièrement sympathique qui a réussi à berner différentes personnes pourtant expérimentées dans leur cadre professionnel, et notamment un Notaire de la région, dont j'étais l'avocat, Notaire qui risquait une lourde sanction au plan pénal et au plan disciplinaire.

En effet, l'Officier Ministériel avait réalisé des faux, faisant toute confiance à certaines affirmations mensongères de l'escroc.

Le Président Pierre WAGNER qui doit démêler le vrai du faux, ce qui n'est pas une mince affaire, souligne notamment que les conditions d'attribution des subventions de l'ANAH et des prêts bancaires étaient d'une facilité déconcertante puisque personne n'a vraiment été regardant.

Le mis en cause principal se présentait comme un ancien militaire haut gradé, fils de député. Il avait de la prestance et se déplaçait dans une grosse voiture. Il avait la parole facile et savait flatter les uns et les autres.

Le prévenu principal peut à sa décharge faire valoir qu'au moment du procès il souffre d'un grave handicap. Il est atteint de cécité et à présent il se débat dans une situation matérielle très difficile.

Il est condamné à trois ans de prison dont deux avec sursis, soit un an d'emprisonnement ferme.

Le Notaire que je défends obtient une décision très satisfaisante pour lui puisque le Tribunal, suite à mon argumentation, constate la prescription de l'action publique et l'extinction définitive de celle-ci.

Le Notaire, à l'instar de plusieurs des personnes poursuivies devant le Tribunal, a été berné par un escroc immobilier qui savait se faire aimer comme le disait dans son article Céline BECHLER, journaliste à *L'Alsace*.

Grande est la crédulité de l'âme humaine !

LES EXPLICATIONS DE L'UNIVERSITAIRE : CHAPITRE 3

1. Pouvez-vous nous expliquer la signification de différents termes : Officier Ministériel, acte authentique, acte sous-seing privé, inscription de faux ?

Pour reprendre la définition du très célèbre Doyen Cornu, le titre d'Officier Ministériel s'attache à toute personne dont l'office est rattaché à l'administration de la justice, ce qui signifie que la personne a été nommée par décision ministérielle à un poste pour exercer une tâche relevant du service public. Il en va ainsi des avocats nommés au Conseil d'État, de ceux nommés à la Cour de cassation, des huissiers ou encore des notaires. Par cette nomination, l'intéressé devient titulaire de son office que l'on appelle aussi « charge » et dispose à ce titre du droit de dresser des actes authentiques[11].

Constitue alors un acte authentique, un acte dressé ou reçu par un Officier public compétent, selon des formalités prescrites par la loi. À la différence des actes sous-seing privé qui sont des documents établis par/ou entre personnes privées (par exemple : un testament olographe fait par une personne hors la présence d'un notaire), l'acte authentique revêt un caractère solennel et possède une protection juridique plus forte que le simple acte.

11. G. CORNU, Vocabulaire juridique, éd. PUF, coll. Quadrige, 2020.

Certains actes de la vie doivent obligatoirement être établis par un Officier public, et en l'occurrence un notaire. Citons par exemple les testaments authentiques, les contrats de mariage ou encore les ventes immobilières pour les besoins de la publicité foncière. L'ensemble de ces actes doit être passé devant notaire qui, de par sa qualité d'Officier ministériel et la signature qu'il apposera sur le document, confèrera à l'acte la qualité d'acte authentique et la protection accrue qui y est attachée. Cette protection accrue de l'acte permet de lui conférer une force d'exécution plus importante tant que n'est pas invocable ce que le nomme « l'inscription de faux ». En effet, pour casser la force d'un acte authentique, il faut apporter la preuve en justice de « l'altération de la vérité » contenue dans l'acte litigieux (code civil, art. 441-1) car l'acte qui a été dressé par un Officier ministériel fait foi jusqu'à inscription de faux, jusqu'à ce que la preuve que ce que contient l'acte est mensonger, faux. Si le faux est avéré devant le tribunal, la valeur de l'acte est alors nulle et le document perd sa qualité d'acte authentique ainsi que la protection juridique qui lui était attachée.

2. Comment est organisé le contentieux disciplinaire des notaires ? Qui les juge et quelles sont les sanctions applicables ?

Tout comme les avocats, les notaires relèvent d'une profession réglementée. Ils appartiennent à un ordre et doivent respecter des règles de conduite et de déontologie qui s'y rattachent.

À ce titre, un notaire est soumis à un devoir de conseil par lequel il garantit des conseils éclairés, actualisés et désintéressés à son client. Dans l'exercice de sa tâche, le notaire est soumis au secret professionnel, il doit faire preuve d'impartialité (par exemple lorsqu'il s'agit d'un même acte, ce qui arrive en cas de vente immobilière ou d'héritage), de transparence (particulièrement lorsqu'il est question de respecter les tarifs légaux et l'annonce des honoraires) et de neutralité ce qui l'empêche de se livrer à une activité de commerce par exemple.

Et tout comme pour la profession d'avocat, le notaire peut faire l'objet d'une mise en cause, de poursuites et de sanctions de trois natures : disciplinaire, civile et pénale.

En effet, le notaire relève de l'autorité de la chambre de discipline ou du tribunal de grande instance territorialement compétent (la sanction disciplinaire prononcée par la chambre de discipline pouvant faire l'objet d'un recours devant une Cour d'Appel et la Cour de cassation).

Sur le plan civil, le notaire peut être attaqué par toute personne qui se prétend lésée par son action, à charge pour cette dernière d'apporter la preuve devant le tribunal d'un tel préjudice et de faire le lien entre le manque de chance et le manquement allégué de l'officier public mis en cause.

Sur le plan pénal, le notaire peut faire l'objet de poursuites lorsqu'il est suspecté d'avoir commis des fautes personnelles pouvant être qualifiées de contravention, de délit ou de crime. Comme tout justiciable, il relève des juridictions de droit commun territorialement compétentes. Sa responsabilité pénale peut également être engagée à l'occasion de l'exercice de son activité, tel est le cas lorsqu'il aurait sciemment constaté des faits inexacts. Il pourra alors être accusé de faux en écriture publique. L'altération de la véracité d'un tel document par un agent public, un notaire en l'occurrence, constitue alors une circonstance aggravante qui aura pour conséquence le prononcé d'une peine plus lourde pouvant aller jusqu'à une peine de 15 années de réclusion criminelle assortie de 225 000 euros d'amende (code pénal, art. 441-5).

3. Thierry MOSER explique qu'il a fait valoir la prescription de l'action publique pour le Notaire dans le second récit qu'il nous livre. Pouvez-vous nous expliquer ce qu'est la prescription ? Quel est le fondement de cette règle ? Au plan moral, ne peut-on pas déplorer cette règle qui peut permettre à certains prévenus de bénéficier de l'impunité qui moralement parlant peut heurter ? Quel est votre avis à ce sujet ?

La prescription est le principe selon lequel l'écoulement du temps entraîne l'extinction de l'action publique rendant toute poursuite impossible. La prescription de l'action publique repose sur l'idée selon laquelle, passé un certain délai, dans l'intérêt de la paix et de la tranquillité sociale, il vaut mieux renoncer et oublier l'infraction. Cet argument se justifie par le fait que poursuivre et condamner quelqu'un pour une infraction a pour but de restaurer la paix sociale qui a subi un trouble du fait de la commission d'un acte contrevenant aux normes établies. Si l'on n'a pas exercé l'action dans les temps, le délai qui s'est écoulé a « guéri » les plaies, il n'y a plus de raison d'agir. Un deuxième argument peut justifier le principe de la prescription, celui du droit à l'oubli. Suivant ce raisonnement, on prend en considération l'état psychologique de la personne qui a commis l'acte car aussi longtemps qu'elle a échappé à la justice, il a vécu dans l'inquiétude et la crainte d'être arrêtée à tout moment. Enfin, un troisième argument en faveur de l'application de la prescription de l'action publique peut se trouver dans la sanction de l'inaction des représentants des forces publiques qui peut mener au dépérissement des preuves, à la disparition de certains témoins induisant, le cas échéant, une solution juridique erronée et une erreur judiciaire.

La question de la prescription de l'action publique est une question ancienne qui continue de susciter débats, interrogations et parfois incompréhensions de la part du public. Il suffit d'observer l'actualité et de constater les vifs échanges concernant la prescription en matière de crimes odieux tels que le terrorisme ou les meurtres commis sur de jeunes enfants. Bon nombre de nos concitoyens souhaiteraient voir appliquer le mécanisme tenant à l'imprescriptibilité de l'action publique. Ce mécanisme processuel, inscrit à l'article 7 du code de procédure pénale, est réservé en droit français aux seuls crimes contre l'humanité. Cette stricte position peut sembler *a priori* révoltante face au décès de jeunes enfants ou de victimes innocentes telles que celles des attentats du *Bataclan* ou de *l'Hyper casher* (pour ne citer que les affaires les plus récentes) mais elle se justifie juridiquement et pour justifier une telle position, reprenons les paroles de Robert Badinter, avocat et ancien Garde des sceaux qui a justement expliqué, à l'occasion des débats parlementaires relatifs à l'opportunité d'appliquer le régime de l'imprescriptibilité aux crimes de guerre, que l'allongement des délais de prescription en matière de crimes de guerre à trente années « constituait déjà une avancée significative » et suffisante. À cette occasion, l'éminent juriste ajouta qu'il fallait réserver aux seuls crimes contre l'humanité le régime très dérogatoire de l'imprescriptibilité en raison « de la gravité de ces infractions qui constituent la négation même de l'être humain ». Cette hiérarchie juridique de l'horreur avait alors été dénoncée par Jean-Jacques Urvoas, garde des Sceaux en poste à cette époque ; lui considérait, à l'appui de la décision du Conseil constitutionnel du 22 janvier 1999, qu'aucune règle, ni aucun principe de valeur constitutionnel « n'interdi(sait) l'imprescriptibilité des crimes les plus graves touchant l'ensemble de la communauté internationale ». Il faut tout de même noter qu'en 2010, les mêmes Sages avaient relevé que « les crimes de guerre et les crimes contre l'humanité (étaient) de nature différente», validant ainsi la différence des délais de prescription.

Je conclurai ces réflexions en disant qu'en la matière il faut savoir raison garder, que les délais liés à prescription de l'action publique en matière de crime commis à l'encontre de mineurs ou en matière de terrorisme comptent parmi les cas où la prescription a été nettement augmentée et portée à 20 ans suivant l'acquisition de la majorité (pour les jeunes victimes) et à 30 ans en cas de crimes sexuels commis sur des mineurs pour lequel la qualification d'acte terroriste peut être retenu, délais de droit commun les plus longs que notre procédure pénale connaisse à ce jour, sans oublier que par le jeu des suspensions et des interruptions de prescription, il est aisé pour l'autorité publique de se jouer des délais et de mettre en place des «imprescriptions» de fait. Tel est le cas dans la tristement célèbre affaire du Petit Grégory. Alors que le petit garçon est décédé depuis plus de 30 ans et qu'en principe le délai de prescription devrait être atteint depuis bien longtemps, c'est grâce à la ténacité des avocats des parties civiles et des magistrats en charge du dossier que cette affaire continue à vivre et que des actes de procédure sont régulièrement diligentés permettant l'interruption de la prescription et la survie de l'affaire.

CHAPITRE 4 :

DES POLICIERS AUTEURS ET VICTIMES D'INFRACTIONS

VALISE DIPLOMATIQUE ET TRAFIC D'ARMES AU LIBAN

COUPS DE FEU À STRASBOURG

DRAME AU COMMISSARIAT DE POLICE DE MULHOUSE

LA DÉLINQUANCE PRESQUE QUOTIDIENNE DIRIGÉE CONTRE LES POLICIERS

UN POLICIER DONT LA VIE EST DÉVASTÉE

UN POLICIER TUÉ PAR UN DÉMENT

Vous avez bien noté la formulation du titre de ce chapitre : j'évoque des Policiers auteurs et victimes d'infractions.

J'ai beaucoup plaidé pour les forces de l'ordre pendant ma vie professionnelle, soit en défendant l'auteur présumé de l'infraction, soit avec la qualité de partie civile, victime d'une infraction commise par une tierce personne.

J'ai de la sympathie à titre général pour les Policiers et les Gendarmes car je sais qu'ils font un travail difficile.

Je sais que la fonction de policier ou de gendarme est une charge, un honneur, mais parfois un lourd fardeau.

Le policier est un auxiliaire de tranquillité publique et de démocratie.

Rude tâche surtout à notre époque actuelle particulièrement troublée.

J'observe d'ailleurs que l'opinion publique est fréquemment versatile : les citoyens applaudissent la police au lendemain des crimes terroristes, puis les mêmes vont moquer de façon grossière l'autorité policière.

Situation vraiment incohérente.

Tout à la fois, le citoyen réclame la présence de l'autorité de la police pour le protéger et en même temps, le même citoyen éprouve hostilité et méfiance.

On veut la Police et en même temps on la déteste.

Je relève également la lâcheté du monde politique en général, un monde qui fluctue à l'égard de la police en fonction de l'opinion publique dominante, en fonction de l'air du temps.

J'avoue très clairement que je suis quelque peu inquiet face au déficit évident et inquiétant de l'autorité de l'État depuis plusieurs années.

Pourtant, je pense avoir des opinions raisonnables et modérées, du moins je veux l'espérer.

Ce préambule étant fait, j'en viens à relater différents dossiers.

J'ai retenu dans un premier temps des dossiers dans lesquels j'occupais pour le policier poursuivi par la justice pénale.

Ensuite, dans un second temps, je vais relater des dossiers dans lesquels le policier se présentait à juste titre comme la victime partie civile.

VALISE DIPLOMATIQUE ET TRAFIC D'ARMES AU LIBAN

J'ai sous les yeux le jugement du 15 novembre 1994 du Tribunal Correctionnel de Marseille, un document relativement volumineux et je résume l'essentiel.

Un policier, CRS de son état, est amené à révéler en mars 1990 l'existence d'un trafic d'armes auquel il se livre depuis plusieurs années.

Il dit avoir deux fournisseurs principaux, à savoir le gérant d'un bar de Mulhouse et d'autre part un fonctionnaire de Police qui lui livre des armes en provenance du Liban.

Une information est ouverte en mai 1990 pour infractions à la législation sur les armes et elle met en évidence l'existence d'un trafic international d'armes et de munitions.

Le trafic en question a été réalisé par des fonctionnaires de Police appartenant à la sécurité de l'ambassade de France à Beyrouth.

Ce trafic n'a pu exister que grâce à l'aide des escadrons de Gendarmerie mobile affectés au Liban.

L'achat d'armes au Liban était chose courante et simple n'exigeant aucune formalité compte tenu de l'état de guerre qui existait à l'époque.

Les marchands d'armes étaient des commerçants respectés comme les autres.

Pour acheminer une cantine contenant les armes destinées à la France, il fallait l'autorisation des chefs d'escadron de Gendarmerie qui ne pouvaient évidemment ignorer l'existence du trafic.

Les chefs d'escadron s'abstenaient de faire fouiller les cantines en partance pour la France.

Le contexte de l'époque du Liban, le climat de confiance existant entre les gendarmes et les CRS ne favorisaient évidemment pas les contrôles.

Les fonctionnaires de Police attachés à la sécurité de l'ambassade de France à Beyrouth ont acquis des armes et des munitions en grande quantité, d'abord pour l'exercice de leurs activités professionnelles, le matériel de dotation étant selon eux insuffisant en face d'un ennemi surarmé, ensuite pour les importer en France, soit en vue d'alimenter leur propre collection, soit pour les revendre.

Le personnage principal du procès qui va s'ouvrir devant le Tribunal Correctionnel de Marseille est Jean-Claude L., un personnage qui a un certain panache comme on va le constater pendant les débats.

Il a été affecté à Beyrouth à partir de juin 1985 comme chef d'escorte de l'ambassadeur.

Jean-Claude L. ne conteste pas la réalité du trafic dans lequel il est impliqué et il se présente comme un amateur d'armes de manière boulimique.

Il a livré des armes et munitions en assez grosse quantité et il a réalisé un bénéfice de l'ordre de 20 000 francs environ.

Il est fait grief à Jean-Claude L. d'avoir ramené des armes par les avions du GLAM (Groupe de liaisons aériennes ministérielles).

Toutefois, il n'est pas démontré par l'accusation que Jean-Claude L. aurait été l'instigateur du trafic.

L'intéressé a été détenu de juillet 1990 à avril 1992 avant de subir une lourde sanction administrative, à savoir la révocation.

Jean-Claude L. est assisté d'un excellent avocat en la personne de Maître Philippe VOULAND de Marseille.

Pour ma part, j'interviens pour deux fonctionnaires de Police de la région mulhousienne qui ont joué un rôle assez prononcé dans la réalisation du trafic d'armes.

Quelques mots à présent sur le procès qui se tient à Marseille au mois de novembre 1994.

Face aux Magistrats du Tribunal, une trentaine de prévenus et parmi eux des policiers, des gendarmes, des retraités présumés paisibles mais aussi, ce qui est plus préoccupant, des gens du milieu peu recommandables, le tout formant un bien étonnant mélange.

Mon confrère Philippe VOULAND a bien fait les choses en citant à la barre des témoins le journaliste Roger AUQUE, ex-otage au Liban qui vient relater le rôle très actif de Jean-Claude L. au moment de sa libération.

Le journaliste relève que Jean-Claude L. lui a sauvé la vie tout en exposant la sienne.

Nous entendons ensuite comme témoin Alain MENARGUES, envoyé spécial permanent de *Radio-France* au Liban qui dit ceci : **« Jean-Claude L. m'a appris à organiser mon cadre de sécurité à Beyrouth. Les ambassadeurs européens utilisaient Jean-Claude L. pour franchir la ligne de démarcation ».**

Ces deux témoins de grande qualité ont fait sans aucun doute une très forte impression dans le prétoire.

La Présidente du Tribunal, Annette DURAND, préside avec compétence et autorité. Elle fait preuve d'une grande objectivité.

Elle déplore évidemment que des armes aient pu bénéficier au banditisme même si l'essentiel est parti chez des collectionneurs paisibles.

Les deux policiers que je défendais font valoir à juste titre qu'ils pensaient céder les armes uniquement à des collectionneurs et non pas à des mauvais garçons.

Ils disent notamment ceci pour faire comprendre l'atmosphère régnant à Beyrouth : **« On avait perdu la notion de la légalité et de l'illégalité. Les diplomates et la DGSE ne pouvaient pas ignorer le trafic. On vivait en vase clos ».**

Solange MORRACHINI, Procureur-Adjoint au Tribunal de Marseille a accompli un travail très important dans ce dossier en rédigeant le réquisitoire définitif qui fait plus de cent pages et constitue la synthèse aux yeux de l'accusation.

Le Magistrat n'est pas tendre vis-à-vis des prévenus au moment de son exposé verbal visant à faire prononcer de très lourdes sanctions.

« C'est comme si l'état de guerre au Liban avait aboli les consciences de l'État de droit...

Je déplore la tolérance inacceptable des gradés de la Gendarmerie qui n'ont exercé aucun contrôle...

Je déplore également la tolérance des chefs de la Police Nationale...

Les dévoiements s'inscrivent dans un contexte de dérive générale. »

Mes confrères et moi plaidons avec ardeur pour nos mandants respectifs.

Parmi mes confrères, plusieurs avocats réputés dont Francis SZPINER et Jacques VERGES.

Celui-ci (le défenseur notamment de Klaus Barbie) occupe d'ailleurs le même hôtel que moi sur le vieux port de Marseille et il nous arrive de converser agréablement le matin lors du petit déjeuner avant d'aller à l'audience.

Le Tribunal, dans son jugement, s'écarte notablement des réquisitions de Madame le Procureur de la République.

Le Tribunal rend un jugement mesuré et équilibré qui satisfait pour l'essentiel la défense.

Jean-Claude L. est condamné à deux ans de prison ferme, mais la peine est couverte par la détention provisoire.

Les deux policiers que je défends sont condamnés à une peine de prison avec sursis pour l'intégralité.

Je quitte Marseille avec le sentiment d'avoir vécu pendant quatre jours un procès particulièrement intéressant, sortant de l'ordinaire.

Je suis également soulagé par le verdict très satisfaisant que je viens d'évoquer.

COUPS DE FEU À STRASBOURG

Au mois de juin 1994 deux inspecteurs du SRPJ de Strasbourg sont, à la suite d'une altercation avec un groupe de jeunes gens, mis en examen pour violences avec arme et complicité.

L'un des deux policiers a tiré deux coups de feu au sol et il a d'ailleurs été placé suite à cela sous contrôle judiciaire.

Les faits sont controversés, les deux policiers n'ayant pas la même version que les jeunes gens.

Toujours est-il qu'au moment de l'audience en 1995 par-devant le Tribunal Correctionnel de Strasbourg, le Procureur tient des propos particulièrement durs pour les policiers.

Selon le Magistrat, les deux fonctionnaires ont agi de manière illégale au long de la soirée.

Avocat de la défense pour les deux policiers, je déplore la vision manichéenne du Ministère Public qui fait fi du rapport très nuancé de l'Inspection Générale de la Police Nationale et je suggère un verdict mesuré et équilibré tenant compte des torts qui existent de part et d'autre.

Je ne suis guère suivi par le Tribunal de Strasbourg qui prononce un jugement d'une sévérité excessive de mon point de vue et je fais appel par devant la Cour d'Appel de Colmar.

Au mois de mars 1996, faisant droit à mon recours, la Cour d'Appel infirme le jugement de Strasbourg et prononce des sanctions beaucoup plus raisonnables, à savoir deux et trois mois d'emprisonnement avec sursis et une peine d'amende.

La Cour de Colmar écrit ceci :

« Eu égard aux circonstances dans lesquelles les faits ont été commis et à la personnalité des prévenus, les peines prononcées constituent une sanction d'une excessive sévérité. La Cour, tout en tenant compte de la

qualité de policier des intéressés, estime qu'elle ne doit pas constituer une circonstance aggravante ».

DRAME AU COMMISSARIAT DE POLICE DE MULHOUSE

Une affaire tout à fait navrante qui reste dans ma mémoire.

Au mois d'avril 2017, Raphaël B., gardien de la paix en fonction au groupe des stupéfiants de la Sûreté Départementale de Mulhouse, âgé de 31 ans, trouve la mort dans les locaux du Commissariat Central.

Le décès a été occasionné par la manipulation, dans son bureau, de son arme par le Brigadier de Police Nicolas D. qui est affecté au même service.

Je résume brièvement l'ordonnance de renvoi devant le Tribunal Correctionnel du Juge d'Instruction Stéphane GALLAND.

Voici tout d'abord les explications fournies au mois d'avril 2017 par l'auteur mortel du coup de feu Nicolas D.

Il dit arriver à son service en début d'après-midi.

Il est recruté pour participer à une interpellation d'un délinquant, interpellation qui présente un certain risque, ce pourquoi il s'équipe en mettant son gilet pare-balle.

Il est en possession de son arme et des menottes à la ceinture.

Son arme n'est pas chambrée et il la met en service en la chambrant, ce qui permet à la munition de se loger dans le canon.

Il réalise cette opération dans son bureau alors qu'il est seul.

Il apprend ensuite que l'opération d'interpellation a été annulée et il retourne à son bureau.

Il enlève sa veste et son gilet pare-balle et s'installe à son poste de travail.

À ce moment, son arme est toujours chambrée et il réalise la nécessité de la déchambrer.

Il s'apprête à effectuer la manipulation lorsque Raphaël B., son collègue qui occupe le bureau voisin, rentre dans le sien.

Raphaël B. a des feuilles en main et taquine Nicolas D. en lui mettant les feuilles devant le visage, ce qui réduit le champ de vision de Nicolas D.

Nicolas D. ajoute que son collègue et lui ont quelque peu chahuté.

Il dit avoir été bousculé au niveau de l'épaule, avoir été déséquilibré, suite à quoi le coup de feu est parti et a blessé mortellement le malheureux Raphaël B.

Nicolas D. ajoute qu'il connaissait parfaitement les règles de sécurité concernant la manipulation des armes à feu.

Il dit n'avoir pas utilisé le puits balistique situé non loin de son bureau.

Dès le départ de l'enquête, Nicolas D. reconnait parfaitement sa faute et il est d'autant plus catastrophé par les conséquences de son comportement négligeant qu'il avait avec la victime des relations très amicales, ce que l'enquête a confirmé sans aucune ambiguïté.

Dans sa décision de renvoi devant le Tribunal Correctionnel, le Juge d'Instruction écrit ceci : **« Il reste en tout état de cause, et quelles que soient les raisons du départ de ce coup de feu (déséquilibre allégué ou plus vraisemblablement chahut), que c'est bien Nicolas D. qui en est l'auteur, et qu'il a bien agi de manière accidentelle, mais en violant plusieurs des règles élémentaires de sécurité... »**

Nicolas D. que je défends comparait devant le Tribunal Correctionnel de Mulhouse pour homicide involontaire par violation délibérée d'une obligation particulière de prudence ou de sécurité imposée par les lois ou le règlement.

Je fais de mon mieux pour obtenir si possible une sanction modérée.

Nicolas D. est condamné à trois ans d'emprisonnement dont deux ans avec sursis simple, soit une année d'emprisonnement ferme mais il obtient la possibilité d'effectuer cette période de détention à domicile sous surveillance électronique (DDSE).

Je sais que Nicolas D. a été très fortement affecté par le décès tragique de son collègue et ami.
Le psychologue, dans son rapport, avait relevé une forme de sidération face aux évènements ainsi que des traits de dépression.

L'Expert avait préconisé un suivi psychologique.

Ceci étant dit, il n'est pas question un seul instant d'oublier la profonde détresse de la famille de la victime, famille qui d'ailleurs intervenait en tant que partie civile avec l'assistance de ma collègue Magali SPAETY.

Conformément aux dispositions légales, la réparation du préjudice subi par la famille a été prise en charge par l'État qui est l'employeur du fonctionnaire de Police.

À présent, j'évoque les policiers victimes d'infractions, ce qui est malheureusement de plus en plus fréquent et je vous propose à cet égard différents récits de dossiers que j'ai suivis.

LA DÉLINQUANCE PRESQUE QUOTIDIENNE DIRIGÉE CONTRE LES POLICIERS

Trois dossiers me reviennent en mémoire.

En 2002, un individu dont le casier judiciaire est richement doté est convoqué au Commissariat pour une affaire de violences.

Il prétend avoir été, dès son arrivée, menotté et frappé violemment à la tête.

Il dit avoir subi des propos racistes et il va déposer plainte pour coups et blessures contre l'enquêteur de Police, lequel fait l'objet d'une désagréable enquête avec de lourdes répercussions sur sa vie privée.

L'enquête minutieuse aboutit à une décision de non-lieu qui démontre la totale mauvaise foi du plaignant.

Pour le compte du policier victime, je dépose plainte pour dénonciation calomnieuse et j'obtiens gain de cause.

Le calomniateur est condamné à six mois de prison dont quatre avec sursis et mise à l'épreuve pendant trois ans.

Second dossier quelque peu insolite.
En 1994, un jeune homme, Omar B., 21 ans, qui ne manque pas d'aplomb, se trouve en garde à vue dans une cellule de sécurité du Commissariat.
Il dit au sous-brigadier de surveillance qu'il doit aller aux toilettes.

Sans méfiance, le fonctionnaire de Police ouvre la cellule et immédiatement il est jeté au sol, violemment frappé sur tout le corps.

Omar B. tente de lui arracher son pistolet et il traine le sous-brigadier jusque dans la cellule.

Il s'empare de ses menottes et l'attache par un bras.

Il enferme le brigadier dans la cellule et avant de quitter les lieux il vide dans la cellule le contenu de la bombe lacrymogène du policier.

Omar B. est arrêté à Strasbourg un mois plus tard et il conteste les faits qui lui sont reprochés.

J'interviens pour le policier comme partie civile et je relève notamment qu'il a souffert d'une double fracture de la mâchoire et d'une longue incapacité de travail.

Le Procureur reproche à Omar B. d'avoir battu, humilié et dégradé un policier et il réclame une sanction significative.

Sous la Présidence de Frédérique JOVET, le Tribunal suit les réquisitions et inflige trois ans de prison ferme à Omar B.

Troisième récit qui donne également à réfléchir sur l'état dégradé de notre société :

En 2002, six jeunes gens sont jugés pour avoir attaqué le Commissariat de Wittenheim.

Les faits en bref :

Fin mars 2002, le Commissariat de Wittenheim est investi par de nombreux jeunes gens, environ vingt ou trente.

Ils veulent en découdre avec la Police.

À l'audience, le Procureur de la République relève que l'attaque a été préparée et qu'il s'agissait d'une véritable émeute.

J'abonde en ce sens en tant que partie civile et le Tribunal prononce effectivement des sanctions sévères.

UN POLICIER DONT LA VIE EST DÉVASTÉE

En 2014, le Tribunal juge les agresseurs d'un policier victime de faits très graves à Kingersheim en 2012.

En septembre 2012, à la fin de son service, la victime se rend à Kingersheim pour voir son ex-compagne, étant précisé que le couple est en crise.

Sur le chemin, le fonctionnaire de Police croise une connaissance du quartier du Béarn qui menace de s'en prendre à lui s'il remet les pieds dans la rue.

L'homme agressif casse la vitre du véhicule du policier en guise d'avertissement sans doute.

Il faut dire que le policier connait bien les habitants du quartier dans la mesure où il a travaillé pendant dix ans dans la zone avant de rejoindre le Commissariat de Mulhouse.

Le lendemain, le fonctionnaire revient voir son amie, ce qui provoque la colère de sa connaissance du quartier de Béarn et des jeunes qui l'accompagnent.

Ils se rassemblent autour de la voiture du policier pour y mettre le feu et ils le frappent violemment au visage avec des pierres.

Le malheureux policier est replacé dans son véhicule enflammé alors qu'il est presque inconscient et profondément choqué.

L'un des agresseurs est retrouvé grâce à l'ADN présent sur les pierres ensanglantées qui ont servi à frapper le policier.

Finalement, plusieurs jeunes gens comparaissent en février 2014 devant le Tribunal Correctionnel de Mulhouse.

J'interviens pour la victime dont la vie a été à l'évidence dévastée de façon barbare.

Le Tribunal condamne trois jeunes gens à quatre ans de prison ferme en répression des faits que je viens de résumer en me basant d'ailleurs sur l'article de presse paru dans les DNA à l'époque.

UN POLICIER TUÉ PAR UN DÉMENT

En novembre 1991, un policier du Commissariat de Huningue, Bernard V., réalise ce qui semble être une opération de routine.

Un habitant de la ville de Huningue signale des coups de feu ou de pétards dans une rue de la ville.

Avec deux collègues, Bernard V. se rend sur place pour vérifier la situation.

Arrivé sur place, il est immédiatement abattu d'un coup de fusil de chasse par Gilbert S., lequel s'enferme dans son appartement, ce qui nécessite l'intervention des spécialistes du GIPN.

Ils sont obligés, pour appréhender Gilbert S., de faire sauter la porte de l'appartement à l'explosif avant de lancer deux grenades offensives dans les lieux afin de neutraliser le forcené.

Il s'agit d'une personne qui présente des troubles de nature psychiatrique et qui s'adonne aux stupéfiants.

Une instruction est ouverte et menée par Frédérique JOVET, instruction qui aboutit à une ordonnance de non-lieu en 1993 du fait que, selon les Experts, Gilbert S. se trouvait en état de démence au moment de l'action.

Avocat de la famille du fonctionnaire de Police, je dois évidemment m'incliner devant la décision de non-lieu mais je puis naturellement obtenir la réparation du préjudice de la famille en m'adressant à la Commission d'Indemnisation des Victimes d'Infractions.

Dans sa décision du 23 novembre 1992, cette juridiction présidée par Monsieur PALPACUER relève les circonstances particulièrement dramatiques de la mort du policier abattu dans l'exercice de ses fonctions.

La CIVI insiste sur le préjudice moral spécifique éprouvé par l'ensemble de la famille.

Il m'est arrivé dans ma vie d'avocat, à plusieurs reprises, de plaider devant la Cour d'Assises pour les familles de policiers ou de gendarmes dévoués, abattus dans leur cadre professionnel.

Consternante situation !

LES EXPLICATIONS DE L'UNIVERSITAIRE : CHAPITRE 4

1. Dans l'affaire du drame du commissariat de Huningue, le policier a été abattu d'un coup de fusil de chasse par un forcené. En réparation du préjudice subi, une demande de prise en charge est faite auprès de la Commission d'Indemnisation des Victimes d'Infraction (CIVI). Pouvez-vous m'expliquer ce qu'est cette entité ?

La Commission d'Indemnisation des Victimes d'Infraction (CIVI), est le produit d'une prise en considération progressive des victimes par les pouvoirs publics qui ont pour mission d'assurer la protection et la sécurité de l'ensemble de ses ressortissants, que ce soit sur le territoire national ou à l'étranger.

C'est en 1981 que l'éminent avocat et nouvellement nommé Garde des Sceaux, Robert Badinter, constitue une commission d'études et de propositions dont il confie la présidence au professeur Paul Milliez. Cette commission a pour objectif de travailler sur la question du suivi de la victime et doit rédiger un rapport destiné à soutenir la création d'un réseau associatif d'aide aux victimes. En 1982, est installé au sein du ministère de la Justice un bureau de la protection des victimes et de la prévention. Cette nouvelle entité est rattachée à la Direction des Affaires

Criminelles et des Grâces avec pour mission de rechercher les conditions d'une meilleure indemnisation des victimes et de soutenir le développement des associations d'aide aux victimes.

C'est par la très importante loi du 9 septembre 1986[12] qu'est créé le Fonds de garantie des victimes d'actes de terrorisme. Ce fonds, alimenté par des prélèvements sur les assurances privées, a pour mission la réparation intégrale des préjudices des victimes de terrorisme. Le nouveau dispositif légal vient, entre autres, définir la notion de terrorisme, incriminer des nouveaux comportements tels que l'apologie de terrorisme, autorise des perquisitions domiciliaires même sans l'assentiment des personnes suspectées, étend la durée de la garde à vue à quatre jours, reporte l'intervention de l'avocat à la 72ème heure de garde à vue, alourdit les peines encourues.

La même année, en juin 1986, est créé l'INAVEM. Placée sous la présidence de Claude Lienhard, célèbre avocat, l'association fédère un réseau de 132 associations d'aide aux victimes d'infractions pénales. Elle a pour mission l'écoute, l'information juridique, le soutien psychologique et l'accompagnement des victimes d'infractions pénales en France. L'INAVEM, devenue aujourd'hui l'association France Victimes, intervient à titre gratuit, dans un cadre confidentiel et officiel sur mandat du ministère de la Justice pour apporter aide et soutien aux victimes d'infractions, sur le fondement de l'article 41 du code de procédure pénale[13].

Depuis, la prise en charge et la protection des victimes d'infraction n'ont cessé de s'étoffer pour aboutir au dispositif en vigueur actuellement et inscrit aux articles 706-3 et suivants du code de procédure pénale.

---

12. Loi n° 86-1020 du 9 septembre 1986 relative à la lutte contre le terrorisme, JORF n°0210 du 10 septembre 1986.
13. Lien utile : https://www.france-victimes.fr/index.php/categories-inavem/122-federation-inavem/organisation/11-histoire.

Sur le plan juridique, la CIVI est une juridiction spécialisée, placée dans chaque tribunal judiciaire. Elle a pour mission d'examiner les demandes d'indemnisation des victimes de certaines infractions (ou de leurs ayants droit), lorsque celles-ci ne peuvent pas obtenir une réparation, effective et suffisante de leur préjudice, par les assurances ou les organismes de sécurité sociale.

Pour pouvoir prétendre à indemnisation, il faut que la victime de l'infraction réponde aux exigences du code de procédure pénale. Elle pourra, en fonction de l'infraction et du dommage causé, obtenir une indemnisation intégrale ou partielle.

D'abord, par application de l'article 706-3 du code de procédure pénale, toute personne victime de faits volontaires ou non, et présentant le caractère matériel d'une infraction pénale, peut être intégralement indemnisée du préjudice, résultant des atteintes à la personne, qu'elle a subies si ces faits ont entraîné la mort, une incapacité permanente ou une incapacité totale de travail au moins égale à un mois. Il en sera de même lorsque les faits commis à l'encontre de la victime peuvent être qualifiés de viol, d'agression sexuelle, d'atteinte sexuelle sur mineur ou de traite des êtres humains, sans condition d'incapacité minimum. Dans cette configuration, la loi rappelle alors que les infractions en cause ne doivent pas relever de procédures spécifiques d'indemnisation. Tel sera le cas lorsque l'infraction concernera des victimes de l'amiante, d'actes de terrorisme, d'accident de la circulation ou encore d'accident de chasse. Rappelons enfin pour être complet que l'indemnisation peut être réduite, voire refusée, en cas de faute de la victime.

Ensuite, par application de l'article 706-4 du code de procédure pénale, l'individu victime pourra obtenir une indemnisation partielle en cas de dommage corporel entraînant un arrêt de travail ou d'activité de moins d'un mois ; ou encore en cas de vol, d'escroquerie, d'abus de confiance, d'extorsion de fonds ou de détérioration d'un bien appartenant à la victime de l'infraction.

Enfin, pour pouvoir être indemnisée, la victime de l'infraction devra remplir certaines conditions :

- la victime doit être soit de nationalité française, soit ressortissante de l'Union européenne et de l'Espace Économique européen ou encore de nationalité étrangère en séjour régulier (au jour de l'infraction ou de la demande d'indemnisation). En revanche, lorsque l'infraction est commise à l'étranger, seules les personnes de nationalité française peuvent bénéficier de l'indemnisation[14].
- les ressources mensuelles de la victime doivent être inférieures au montant du plafond de l'aide juridictionnelle partielle (1 400 € au 1er janvier 2014) augmenté en fonction du nombre de personnes à charges (159 € par mois pour les deux premières personnes à charges, 101 € pour les suivantes) ;
- Il faudra vérifier que l'indemnisation du préjudice par les assurances personnelles, la mutuelle, la sécurité sociale ou tout autre débiteur se révèle insuffisante ou impossible ;
- Enfin, il est impératif que les faits doivent avoir entraîné dans sa vie des troubles graves.

2. Concernant le drame au commissariat de Mulhouse, Thierry Moser nous apprend que la réparation du préjudice a été prise en charge par l'État français. Pouvez-vous m'expliquer la notion de faute détachable et non-détachable du service ?

Comme tout membre d'une administration, les policiers et les gendarmes demeurent des citoyens et ils peuvent

14. Code de l'organisation judiciaire, article R. 214-6.

commettre des erreurs, qui prennent en droit le qualificatif de « faute ». Pour déterminer quelle sorte de responsabilité peut être mise en jeu, il faut vérifier les conditions dans lesquelles la faute a été commise. On vérifiera alors si la faute se rattache à l'activité professionnelle, à l'exécution de la mission de service publique ou si la faute se détache de cette activité constituant alors une faute personnelle de l'auteur de l'acte.

Est qualifiée de faute de service une faute commise par un agent de l'administration dans le cadre de ses fonctions. Pour pouvoir caractériser une faute de service, il faudra qu'elle corresponde à une défaillance dans l'organisation ou le fonctionnement normal du service public. Elle peut consister en un fait matériel ou en un acte juridique. Elle peut résulter d'une action, d'une abstention ou d'une omission. Elle peut être collective et anonyme, ou imputable à une personne physique individualisée[15].

Dans ce cadre, la faute qui n'est pas détachable du service ne pourra pas entraîner la mise en jeu de la responsabilité personnelle de l'agent et sera imputable au service auquel il appartient. Selon le mécanisme de la faute de service, l'agent n'est donc pas personnellement responsable des fautes commises dans l'exercice de son travail. La responsabilité de l'administration est la seule à être mise en cause quand bien même l'agent serait à l'origine du dommage et que ce dernier a bien été identifié.

Dans certains cas, une même faute s'analyse à la fois comme une faute de service et comme une faute personnelle. Une telle possibilité permet alors d'engager la responsabilité de l'agent devant les tribunaux judiciaires d'une part, et celle de l'administration devant le juge administratif d'autre part. Pour pouvoir agir tant à l'encontre de l'administration que de l'agent poursuivi à titre personnel, il faut que la

15. https://www.fonction-publique.gouv.fr/la-discipline.

faute en question présente un lien avec le service. Cette configuration permettra un cumul de responsabilités grâce auquel[16].

Selon ce mécanisme, si l'administration a été condamnée sur la base d'une faute personnelle non dépourvue de tout lien avec le service, elle pourra agir et déclencher ce que l'on appelle une action récursoire à l'encontre de son agent. Cette action aura pour unique but de récupérer tout ou partie de la somme versée en dédommagement[17]. Réciproquement, l'agent peut obtenir de l'administration le remboursement d'une partie de l'indemnité versée en cas de partage de responsabilité[18].

Concernant la qualification de « faute personnelle », il faudra différencier selon le degré de gravité et de proximité avec le service.

Lorsque la faute commise par l'agent l'est en dehors de tout lien avec le service et que ce dernier agit comme un citoyen *lambda*, ce seront les mécanismes et les procédures du droit commun qui trouveront à s'appliquer. Par exemple, si un policier ou un gendarme blesse involontairement une autre personne à l'occasion d'une bagarre dans un bar, il faudra appliquer les règles relatives à la responsabilité de tout un chacun que ce soit sur le plan de la responsabilité civile (code civil, art. 1240) ou de la responsabilité pénale (en mettant en jeu, en fonction des blessures causées à la victime et des mises en causes respectives, la qualification de violences volontaires au titre de l'article 222-13 et suivants du code pénal). L'auteur de l'acte pourra alors être poursuivi devant les tribunaux judiciaires territorialement compétents. Dans cette configuration, si l'agent est poursuivi devant les tribunaux par le représentant du ministère public, la victime présumée des faits pourra se constituer

16. Conseil d'État, 26 juillet 1918, n° 49595, époux Lemonnier.
17. Conseil d'État, n° 01074, 28 juillet 1951, Laruelle.
18. Conseil d'État, n° 04032, 28 juillet 1951, Delville.

partie civile devant le même tribunal, bénéficiant alors de la procédure principale actionnée par le procureur et ainsi tenter d'obtenir réparation du préjudice qu'elle estime avoir subi (code pénal, art. 2 et art. 418 et suivants).

En revanche, il se peut que la faute commise soit personnelle mais « non dépourvue de tout lien avec le service », dans ce cas l'administration de rattachement pourra également voir sa responsabilité mise en cause.

Si la faute est personnelle et entièrement détachable de sa mission de service public mais commise à l'occasion du service, dans ce cas, seule la responsabilité du fonctionnaire sera mise en œuvreprésenté devant la justice de l'ordre judiciaire et non plus devant les tribunaux administratifs, ce n'est plus l'administration qui est mise en cause mais l'agent lui-même à titre personnel. Pour illustrer le propos, prenons l'exemple d'un acte pouvant être qualifié de « discrimination à raison de l'origine ou du sexe » d'une personne venant faire des démarches telles que le dépôt d'une plainte et qui se voit refuser le recueil de ladite plainte (code pénal, art. 225-1 à 225-4). Dans pareil cas, il faudra que la victime présumée apporte la preuve d'un acte de malveillance, « injustifié au regard des pratiques administratives normales » et résultant d'une motivation de l'agent totalement extérieure au service qu'il assure. Par ailleurs, une faute commise dans le service pourra également être considérée comme personnelle lorsqu'elle constitue un comportement d'une gravité telle ou marquée par l'intention manifestement malveillante de son auteur[19] alors qu'il agit en qualité de représentant de l'administration.

Rappelons enfin que d'une faute personnelle. On parle alors de cumul de fautes. Dans ce cas, la victime pourra demander réparation de la totalité du dommage subi, soit devant les tribunaux administratifs si elle agit contre

19. Conseil d'État, Assemblée, n° 238689, 12 avril 2002, M. Papon.

l'administration, soit devant les tribunaux judiciaires si elle opte pour une action à l'encontre de l'agent à titre personnel[20].

3. Concernant l'affaire du policier tué par un dément, je crois savoir que la loi a été modifiée en ce qui concerne les poursuites pénales dirigées contre des personnes qui présentent un trouble mental. Quelle est la situation actuelle à cet égard ?

En France, l'article 122-1 du code pénal énonce : « N'est pas pénalement responsable la personne qui était atteinte, au moment des faits, d'un trouble psychique ou neuropsychique ayant aboli son discernement ou le contrôle de ses actes ».

La question de l'irresponsabilité des auteurs d'actes criminels est revenue sur le devant de la scène pénale au printemps 2021 à l'occasion du prononcé par la justice d'un non-lieu à l'encontre de Kobili Traoré alors mis en examen pour homicide volontaire sur la personne de Sarah Halimi. Le jeune homme de 27 ans avait alors expliqué son geste par le fait qu'il s'était senti « marabouté » et pourchassé par des démons, à l'occasion d'une crise qui avait commencé quelques jours avant les faits, crise provoquée par une importante ingestion de drogues. Les sept psychiatres chargés d'expertiser l'individu ont conclu unanimement que ce dernier avait agi sous l'emprise d'une « bouffée délirante aiguë », dont la consommation habituelle de cannabis avait pu encourager ou déclencher l'apparition.

Sur la base de ces conclusions, à l'issue de l'information judiciaire, les magistrats instructeurs saisissaient la chambre

20. Conseil d'État, 3 février 1911, n° 34922, Anguet.

de l'instruction sur le fondement de l'article 706-120 du code de procédure pénale, considérant qu'il existait des raisons plausibles de retenir l'irresponsabilité pénale du mis en examen[21].

En droit, la question posée à l'occasion de cette affaire consistait à savoir si une consommation habituelle de stupéfiants ayant contribué à la survenance de troubles psychiques ou neuropsychiques constitue une faute faisant obstacle à l'application du principe d'irresponsabilité pénale. En l'état du droit positif, une telle question appelait nécessairement une réponse négative : dès lors que l'article 122-1 du code pénal n'opère pas de distinctions par rapport à l'origine du trouble mental qui a fait perdre à l'auteur la conscience de ses actes, il faut conclure que l'existence d'une faute antérieure de cette personne reste parfaitement indifférente pour les poursuites *Ubi lex non distinguit, nec nos distinguere debemus*. Rejetant le pourvoi dont elle était saisie, la Cour de cassation a donc rendu une décision conforme aux textes, et clarifié une position qu'elle n'avait jamais expressément consacrée jusqu'alors (v. Crim. 12 mai 2010, n° 10-80.279, renvoyant à l'appréciation souveraine des juges du fond, dans une situation de fait comparable à l'espèce)[22].

À cette étape des développements il est important de différencier selon que les juges établissent une abolition totale du discernement ou une altération de celui-ci.

Le sujet de la responsabilité de l'auteur d'actes ou plutôt l'irresponsabilité de celui-ci est une question récurrente en droit et de nombreux textes sont venus réformer la matière.

---

21. V., au sujet de cet arrêt, V. Tellier-Cayrol, La turpitude du fou, D. 2020. 349 ; S. Fucini, Affaire Sarah Halimi : déclaration d'irresponsabilité pénale pour cause de trouble mental, Dalloz actualité, 3 févr. 2020.
22. S.Hasnaoui-Dufrenne, « Affaire Sarah Halimi : peu importent les raisons de la folie », Crim. 14 avr. 2021, FS-P+I, n° 20-80.135, Dalloz actualité 28 avril 2021.

Depuis l'Antiquité, le principe selon lequel « on ne juge pas les fous » s'applique. Cela est resté le principe du droit dans quasiment tous les pays. Dès 1810[23], le droit criminel français introduit ce principe à l'article 64 de la célèbre Ordonnance criminelle en disposant qu' « il n'y a ni crime ni délit, lorsque le prévenu était en état de démence au temps de l'action, ou lorsqu'il a été contraint par une force à laquelle il n'a pu résister ».

Ainsi, la grande réforme de 2008[24] est venue mettre en place la possibilité pour le juge d'instruction de décider de la responsabilité ou non d'un accusé pendant la phase de l'instruction. En effet, au titre de l'article 706-135 du code de procédure pénale, un tel magistrat peut prononcer une décision portant déclaration d'irresponsabilité pénale pour cause de trouble mental. Pour ce faire, le juge d'instruction en charge de la mise en état de la procédure doit ordonner que soit transmis le dossier au parquet pour que ce dernier puisse prendre des réquisitions en ce sens. Il est alors fait obligation légale que figure dans le dossier un rapport d'expertise psychiatrique attestant que les troubles mentaux de l'intéressé « nécessitent des soins et compromettent la sûreté des personnes ou portent atteinte de façon grave à l'ordre public ».

En 2014[25], le législateur réécrit le second alinéa de l'article 122-1 relatif aux hypothèses dans lesquelles l'auteur d'une infraction était, au moment des faits, atteint d'un trouble psychique ou neuropsychique ayant altéré son discernement et vient préciser que l'appréciation du discernement relève en tout état de cause de l'appréciation

---

23. https://ledroitcriminel.fr/la_legislation_criminelle/anciens_textes/code_penal_1810/code_penal_1810_1.htm.
24. Loi n° 2008-174 du 25 février 2008 relative à la rétention de sûreté et à la déclaration d'irresponsabilité pénale pour cause de trouble mental, JORF n°0048 du 26 février 2008.
25. Loi n°2014-896 du 15 août 2014 relative à l'individualisation des peines et renforçant l'efficacité des sanctions pénales, JORF n°0189 du 17 août 2014, article 17.

souveraine des juges du fond[26], c'est-à-dire des tribunaux de première instance et des cours d'appel.

Suivant la nouvelle rédaction de cet article, le droit applicable actuellement est donc le suivant : « Toutefois, la juridiction tient compte de cette circonstance, lorsqu'elle détermine la peine et en fixe le régime. Si est encourue une peine privative de liberté, celle-ci est réduite du tiers ou, en cas de crime puni de la réclusion criminelle ou de la détention criminelle à perpétuité, est ramenée à 30 ans. La juridiction peut toutefois, par une décision spécialement motivée en matière correctionnelle, décider de ne pas appliquer cette diminution de peine. Lorsque, après avis médical, la juridiction considère que la nature du trouble le justifie, elle s'assure que la peine prononcée permette que le condamné fasse l'objet de soins adaptés à son état ».

Au cours de l'instruction criminelle, le recours à l'expertise médicale est soit obligatoire, soit laissée à la discrétion du juge d'instruction en charge de la procédure. En effet, par application de l'article 706-47-1 du code de procédure pénale, l'expertise médicale avant jugement est obligatoire pour les infractions les plus graves ou celles présentant un caractère sexuel mentionnées par l'article 706-47 du même code. En revanche, dans les autres cas, le juge d'instruction peut prescrire un « examen médical ou psychologique »[27] à chaque fois que « l'attention du magistrat est appelée, notamment par l'examen médical ou psychologique ou par l'enquête sociale, sur l'existence possible de troubles psychiatriques[28]. Cet acte est alors confié à des médecins experts psychiatres afin de déterminer si les perturbations de la personnalité peuvent être situées dans l'ensemble des affections psychopathologiques connues.

---

26. Voir par exemple : Crim. 21 mars 2012, n° 12-80.178 P.
27. Code de procédure pénale, article 81-8ème.
28. Circulaire générale du 1er mars 1993.

Par ailleurs, au correctionnel, les parties ou leur avocat peuvent, à tout moment au cours des débats (y compris avant toute défense au fond)[29] , demander, par conclusions écrites, qu'il soit procédé à tout acte qu'ils estiment nécessaire à la manifestation de la vérité. Dans ce cas, le Tribunal Correctionnel pourra conclure à l'existence d'un trouble psychique ou neuropsychique ayant altéré le discernement de l'auteur et devra réduire du tiers la peine privative de liberté.

Au criminel, devant les Cours d'Assises, l'expertise psychiatrique ou psychologique peut être effectuée sur demande des parties ou ordonnée d'office par le président de la Cour. Si l'expertise est ordonnée par le Président, elle le sera avant l'ouverture en application des articles 283 et suivants du code de procédure pénale. La faculté d'ordonner une expertise est également possible au cours de l'audience soit en vertu du pouvoir discrétionnaire du Président, soit par la Cour en vertu de son pouvoir juridictionnel. Dans ce cas, par application de l'article 122-1 du code pénal, la Cour d'Assises devra prévoir une question spécifique qui aura pour but de déterminer si l'accusé était atteint au moment des faits d'un trouble psychique ou neuropsychique qui aurait altéré son discernement ou entravé le contrôle de ses actes[30]. Dans ces conditions, pour pouvoir entrer en voie de condamnation, la Cour devra répondre par la négative à la question posée. Si la Cour conclut à l'existence d'une altération du discernement, et non à l'abolition totale de ce dernier, elle conservera la faculté de condamner la personne mise en cause tout en prononçant une diminution de peine à son encontre. En conclusion, lorsque le discernement de la personne poursuivie aura été altéré, la reconnaissance de la culpabilité de ce dernier reste possible, l'entrée en voie de condamnation envisageable et la reconnaissance du statut de victime effective par la juridiction de jugement.

29. Code de procédure pénale, article 388-5.
30. Code de procédure pénale, article 356.

CHAPITRE 5 :

DES GENDARMES DU BON ET DU MAUVAIS CÔTÉ

LE COLLECTIONNEUR PASSIONNÉ
EST-IL DE BONNE FOI ?

UN GENDARME CORROMPU ET RECELEUR ?

LA LIBIDO PERTURBÉE DE L'OFFICIER
DE GENDARMERIE

UNE DRAMATIQUE INTERPELLATION
SUR L'AUTOROUTE

LE GENDARME SAUVE LA VIE DE SA COLLÈGUE

VOIR L'OCÉAN INDIEN ?

L'HONNEUR BAFOUÉ D'UN GENDARME

UNE FILATURE QUI TOURNE AU TRAGIQUE

Vous avez sans doute observé le titre de ce cinquième chapitre : j'évoque des gendarmes du bon et du mauvais côté comme je l'ai fait précédemment pour les policiers.

Commençons par évoquer des affaires dans lesquelles le gendarme que je défendais se trouvait en position d'accusé.

LE COLLECTIONNEUR PASSIONNÉ EST-IL DE BONNE FOI ?

Un intéressant procès en 2002 par-devant le Tribunal Correctionnel d' Aix-en-Provence, une bien belle région !

Tout commence plus de dix ans plus tôt au mois d'octobre 1990 lorsque deux individus masqués et armés de fusils s'introduisent au domicile de Patrick F. à Cabriès.

Les deux malfaiteurs neutralisent les deux personnes présentes, Gisèle R. et sa fille âgée de 8 ans, les ligotent et obligent Gisèle R. en la molestant de révéler où se trouve le coffre.

Les malfrats s'emparent d'une collection d'insignes militaires d'une grande valeur (près de 150 000 € si ma mémoire ne me trahit pas).
Une enquête est naturellement ouverte.

À l'issue de multiples péripéties judiciaires qu'il serait trop long d'évoquer, trois personnes comparaissent en 2002 devant le Tribunal Correctionnel d' Aix-en-Provence.

Serge M., gérant de société, est poursuivi pour recel de biens provenant d'un vol et il est défendu par Yves KLENIEC.

Walter A., garagiste, assisté par Jean-Louis KEITA, est poursuivi également pour recel.

Georges M., officier de Gendarmerie, dont je suis l'avocat, est également poursuivi pour recel de biens provenant d'un vol.

Les deux auteurs matériels du vol n'ont pas été appréhendés.

L'enquête de Gendarmerie a été menée essentiellement dans le milieu des collectionneurs d'insignes militaires.

Elle a permis de retrouver chez plusieurs personnes un certain nombre de pièces volées et c'est ainsi que les trois prévenus sont amenés à comparaitre devant le Tribunal Correctionnel.

Ils sont obligés à l'évidence de reconnaitre la possession matérielle des insignes volés, mais ils disent n'avoir pas eu connaissance de l'origine frauduleuse des objets au moment de l'acquisition.

Je plaide en novembre 2002 devant le Tribunal Correctionnel d'Aix-en-Provence qui suit mon argumentation visant à dire que Georges M., officier de Gendarmerie, était de bonne foi au moment de l'acquisition des insignes.

Il est relaxé, ce qui me donne évidemment satisfaction mais le Tribunal retient la culpabilité de Serge M. et de Walter A.

Les deux hommes sont condamnés à une peine mixte, une peine de prison ferme et une peine de prison avec sursis.

Les deux hommes sont condamnés solidairement à payer à la partie civile Patrick F. ayant pour avocat Alain LHOTE, un montant de 103 362 € plus un certain montant au titre des frais de procédure (article 475-1 du Code de Procédure Pénale).

Je suis amené à retrouver deux ans plus tard en 2004 la région d'Aix-en-Provence car, mécontent du jugement de relaxe ayant bénéficié à mon mandant, le Procureur de la République a fait appel.

Il faut donc replaider devant la Cour d'Appel d'Aix-en-Provence pour tenter d'obtenir la confirmation du jugement de relaxe, mais je me heurte à un échec.

La Cour d'Appel présidée par Monsieur LACAN estime que l'Officier de Gendarmerie George M. avait nécessairement conscience, au moment de l'acquisition des insignes, de leur origine frauduleuse.

La Cour d'Aix-en-Provence, contrairement au Tribunal Correctionnel de la même ville, retient la mauvaise foi de Georges M. qui est déclaré coupable.

À la page 6 de l'arrêt, la Cour écrit ceci : « **Que la participation de Georges M. dans le circuit du recel parait moins importante que celle des deux coprévenus. Que toutefois les fonctions qu'il occupait à l'époque des faits justifient qu'il soit sanctionné sans indulgence.** »

Mon mandant est condamné à douze mois d'emprisonnement avec sursis.

La Cour aggrave les sanctions prononcées contre les deux autres hommes.

Je suis évidemment déçu par cette issue judiciaire, mais il faut dire que j'avais bien perçu dès l'origine la difficulté du dossier.

Bilan de cette longue procédure : d'abord un succès pour la défense à savoir le jugement de relaxe puis un échec, soit la déclaration de culpabilité et la condamnation subséquente.

Cherchez l'erreur !

Qui se trompe ? Est-ce le Tribunal Correctionnel qui a relaxé ? Est-ce la Cour d'Appel qui a condamné ?

On voit donc que, s'agissant d'un même dossier, des Magistrats différents peuvent avoir un regard contraire.

Je suppose que la situation est un peu comparable pour ce qui concerne non plus la chose judiciaire, mais la chose médicale.

Le même cas médical peut être considéré de plusieurs façons différentes en fonction du médecin mandaté par le patient.

Dans le récit qui suit, je vais évoquer l'hypothèse inverse, à savoir d'abord un échec pour la défense puis, à hauteur d'appel, un très appréciable succès.

UN GENDARME CORROMPU ET RECELEUR ?

Cette fois-ci je suis à Dijon et non plus dans le Midi de la France.

Les faits en résumé, me basant d'ailleurs sur un article de Jean-Marie STOERKEL, excellent professionnel pour le journal *L'Alsace*, article en date du 13 décembre 2006.

En 2002, un habitant de la région mulhousienne se fait dérober son véhicule Mercedes cabriolet, non assuré, bien que de grande valeur.

Il met en cause son ex-concubine avec qui il entretient des relations conflictuelles pour avoir commandité le vol et il dépose plainte.

Il apprend fortuitement que son véhicule circule quartier de la Rotonde à Rixheim, un endroit qui n'est pas bien fréquenté.

Il informe de cela la Brigade de Gendarmerie de Rixheim.

En octobre 2002, l'adjudant-chef de la Brigade de recherches, Yannick E., arrête à Mulhouse un trafiquant de drogue en possession de 250 kilos de résine de cannabis, de l'argent et des armes.

Le trafiquant est placé en garde à vue et de façon incidente il fournit des informations sur le vol du véhicule Mercedes.

Le gardé à vue indique notamment le nom d'une connaissance qui pourrait obtenir la restitution du véhicule moyennant finances.

Yannick E. prend contact avec le propriétaire du véhicule volé et lui expose clairement la situation.

Le propriétaire de la Mercedes accepte, voulant récupérer sa voiture, la transaction, mais en même temps il dépose plainte contre l'Officier de Gendarmerie, Yannick E. entre les mains du Procureur de la République de Mulhouse.

Le Magistrat saisit l'inspection technique de la Gendarmerie qui organise une opération de flagrant délit en appréhendant l'adjudant-chef dans son bureau en train de compter les 2 500 € dans l'enveloppe que vient de lui remettre le propriétaire de l'auto volée.

Durant sa garde à vue, Yannick E. maintient que l'argent était destiné à l'informateur.

Les apparences semblent contre l'Officier de Gendarmerie dont on pourrait penser qu'il est un corrompu.

La procédure est dépaysée à Dijon.

Le Juge d'instruction de cette ville met en examen Yannick E. pour différents délits et notamment pour corruption passive.

Je défends Yannick E. par-devant le Tribunal Correctionnel de Dijon et je sollicite avec force une décision de relaxe mais je n'obtiens pas gain de cause puisque mon mandant est déclaré coupable et condamné.

Contrarié par ce jugement qui me parait injuste, je fais appel et je suis donc devant la Cour d'Appel de Dijon au mois de décembre 2006.

Je développe mon argumentation visant à démontrer que le gendarme a agi, certes d'une façon peu classique mais en toute bonne foi, l'objectif étant d'obtenir à coup sûr la restitution d'un véhicule de valeur.

La Cour me suit en mon argumentation.

Elle relève, il est vrai, un manque de recul et d'informations de la hiérarchie du gendarme, mais elle met en relief un acharnement de l'Officier de Gendarmerie à son travail, acharnement ayant pu avoir une incidence sur sa sérénité d'enquêteur.

Yannick E. est relaxé purement et simplement par la Cour de Dijon présidée par Monsieur WAULTIER.

L'arrêt de relaxe est rendu à près de minuit à l'issue d'un long débat très charpenté et je reprends la route pour Mulhouse dans la nuit car un autre dossier m'attend dès le lendemain matin devant mon Tribunal habituel.

LA LIBIDO PERTURBÉE DE L'OFFICIER DE GENDARMERIE

Devant mes yeux, un article de la presse régionale du mois de mai 2007 que je résume :

Une fois par mois, un Lieutenant-Colonel de Gendarmerie se rend dans un salon d'esthétique de la Vallée de Thann pour un modelage du corps, autrement dit un massage avec des huiles nécessitant pour le client de porter un string.

En décembre 2005, sur la table de massage, alors qu'il est allongé sur le dos, le prévenu enlève son string, prétextant une gêne. Il force l'esthéticienne à caresser son sexe à plusieurs reprises.

La victime porte plainte contre le gendarme, lequel commence par nier les faits et se prétend victime d'une dénonciation calomnieuse.

Il vient à mon bureau me mandater pour sa défense et je lui fais immédiatement les gros yeux en lui indiquant que son système de défense est tout à la fois déplaisant au plan moral et stupide au regard de sa défense pénale.

Suite à cela, il adresse un courrier d'excuses à sa victime, mais il n'en comparait pas moins devant le Tribunal Correctionnel compétent.

La jeune femme victime est auditionnée en tant que partie civile avec l'assistance de ma collègue Muriel THIELEN.

Je plaide les circonstances atténuantes et notamment des éléments de personnalité.

Mon gendarme est condamné à 4 mois de prison avec sursis et il doit payer 2 000 € à la partie civile.

Un dossier quelque peu désolant !

UNE DRAMATIQUE INTERPELLATION SUR L'AUTOROUTE

En date du 18 mars 2004, peu après minuit, une patrouille de Gendarmerie composée de quatre fonctionnaires, dont Éric M. qui en est responsable, prend en chasse sur l'autoroute A35 à hauteur d'Ensisheim un véhicule Peugeot 405 circulant dans le sens Mulhouse-Colmar.

La Peugeot vient de doubler dangereusement la patrouille à très vive allure, soit au moins à 150km/h, manquant de heurter le véhicule de gendarmes et lui faisant « une queue de poisson » en se rabattant devant lui.

Dans sa course effrénée, la Peugeot double un poids lourd et un autre véhicule par la droite en empruntant sans aucune raison la bande d'arrêt d'urgence.

Éric M. qui est le conducteur du véhicule de la Gendarmerie roule à 170 km/h et n'arrive pas à rattraper le suspect dans un premier temps.

Il lui faut attendre, pour se placer à sa hauteur, de se trouver à proximité de la sortie Nord de Colmar.

Après plus de vingt kilomètres de poursuite, les gendarmes peuvent forcer le véhicule suspect à ralentir pour enfin le stopper.

Le véhicule de Gendarmerie se place sur la bande d'arrêt d'urgence devant la Peugeot du suspect.

Du fait du comportement irrationnel et imprévisible du conducteur de la Peugeot et de l'espace restreint de la chaussée (bande d'arrêt d'urgence), les conditions d'interpellation sont très inhabituelles et difficiles.

Éric M. sort son arme de service en se portant à la rencontre du véhicule suspect.

Il engage une munition en actionnant la culasse et s'avance vers la Peugeot, l'arme dans la main droite et le canon dirigé vers le sol.

Il prend le conducteur de la Peugeot, Hassan J., par les vêtements à l'aide de sa main gauche pour le faire sortir du véhicule.

Il semblerait que cet homme de 33 ans, ait commencé brusquement à se débattre en gesticulant avec ses bras.

Il aurait cherché à repousser le gendarme par des coups de coude alors que Éric M. essayait de ranger son arme.

Le gendarme aurait été déséquilibré par des gestes intempestifs et imprévisibles de Hassan J.

Un coup de feu part et Hassan J., qui est touché à l'arrière de la tête, s'écroule et il décède le lendemain à l'Hôpital de Colmar où il a été transféré.

Face à Éric M. dont je suis l'avocat, plusieurs parties civiles qui sont fort bien représentées par mon excellent confrère Francis METZGER de Strasbourg.

J'essaie d'obtenir la relaxe du gendarme qui est poursuivi pour homicide involontaire par-devant le Tribunal Correctionnel de Colmar, juridiction qui rend en janvier 2009 un jugement décevant en ce sens que Éric M. est déclaré coupable et condamné à 8 mois de prison avec sursis simple.

Au plan civil, le Tribunal déclare qu'il s'agit d'une faute non détachable du service, ce qui veut dire que la famille du défunt doit s'adresser au Tribunal Administratif pour obtenir une indemnisation.

Déçu par le jugement précité, je fais appel mais je ne suis pas davantage satisfait puisque la Cour d'Appel de Colmar confirme le premier jugement en déclarant notamment ceci : **« La victime a eu un comportement irrationnel et dangereux pour les gendarmes… Le coup de feu est parti accidentellement lors du contrôle… Lors de l'interpellation, rien ne vient corroborer avec certitude l'attitude agressive de la victime, des actes de violences ou de rébellion… Si le gendarme Éric M. pouvait sortir son arme, il ne devait pas l'armer… Rien ne justifie une telle disproportion de moyens en l'absence de menaces réelles de Hassan J… Le gendarme a commis une faute de maladresse et d'imprudence… L'inspection générale de la Gendarmerie confirme que les règles "de fouille sécurité" n'ont pas été respectées… Il y a eu au contraire précipitation, incohérence dans la préparation de l'interpellation ».**

Vous noterez que l'inspection générale de la Gendarmerie apportait de l'eau au moulin de l'accusation et ne venait nullement à la rescousse du gendarme incriminé et poursuivi en justice.

Ceci dit, il me semble que le principe même de la condamnation pourrait se justifier mais le quantum de la sanction me parait quelque peu élevé.

Je crois personnellement qu'une sanction plus modérée, par exemple trois mois de prison avec sursis, aurait été plus justifiée.

Il ne s'agit naturellement que de mon opinion personnelle.

LE GENDARME SAUVE LA VIE DE SA COLLÈGUE

Ce dossier présente à mon sens quelques analogies avec le précédent et vous verrez que la décision de justice a été autre.

Le 26 août 2014, deux gendarmes doivent effectuer le transfèrement judiciaire par voie routière du détenu Hocine B. depuis la maison d'arrêt de Strasbourg jusqu'au Tribunal de Colmar.

Le Juge d'Instruction de cette ville veut interroger Hocine B. qui est mis en examen pour une affaire de hold-up si ma mémoire ne me trahit pas.

Il y a deux gendarmes dans le véhicule, le gendarme Michel G. qui tient le volant et sa collègue Mélissa R. qui se tient sur la banquette arrière.

Hocine B., qui est menotté, est assis lui aussi à l'arrière à côté de la gendarme féminine.

Michel G. qui est gendarme adjoint volontaire est obligé d'immobiliser rapidement le véhicule de dotation, une Renault Clio, sur la bande d'arrêt d'urgence afin de maitriser le détenu qui se bat avec la gendarme à l'arrière de la voiture.

Le détenu cherche à s'emparer de l'arme de Mélissa R. et le lecteur comprend immédiatement que la situation est particulièrement dangereuse et difficile à gérer.

Michel G. ne parvient pas, malgré ses efforts, à maitriser le détenu, à le neutraliser et finalement, il fait usage de son arme à une seule reprise en blessant mortellement à la tête Hocine B.

L'enquête va révéler que le détenu avait tenté de subtiliser par la force l'arme de service de la gendarme.

En réaction, Michel G. a utilisé son bâton de protection avant de faire usage de son arme.

Michel G. dont je suis l'avocat n'est pas mis en examen mais il est témoin assisté dans le cadre d'une procédure ouverte chez le Juge d'Instruction pour homicide involontaire par une personne dépositaire de l'autorité publique.

Face à moi, pour la famille du défunt, des avocats chevronnés et notamment Renaud BETTCHER de Strasbourg et Éric DUPOND-MORETTI de Paris, ce confrère devenu en juillet 2020 Ministre de la Justice.

Jean-François ASSAL, Juge d'Instruction à Colmar, mène son enquête de façon minutieuse et approfondie et finalement rend une ordonnance de non-lieu en janvier 2016, décision que je résume très brièvement.

« Les investigations ont démontré que Hocine B. a assené de nombreux coups violents à Mélissa R. en cherchant à lui dérober son arme de service chargée...

La gendarme R. présentait de nombreuses griffures et hématomes du fait des coups...

Le détenu a réussi, malgré son menottage, à enlever la sécurité de l'étui et à extraire l'arme, la saisissant par la crosse et d'autre part il a tenu l'arme en position de tir...

Les Experts ont mis en évidence la présence de l'ADN de Hocine B. sur le pistolet SIG-PRO en neuf endroits significatifs de l'arme...

L'arme a été maniée par Hocine B...

La gendarme féminine n'a eu de cesse de protéger son arme en criant plusieurs fois à l'intention de son collègue que Hocine B. voulait lui voler son arme et la tuer...

Elle estime que Michel G. lui a sauvé la vie et que le tir était l'ultime solution pour faire lâcher prise à Hocine B...

Les sommations faites par Michel G. avant le tir n'ont eu aucun effet et pas davantage les coups du bâton de défense sur la jambe du détenu pour l'obliger à lâcher prise...

Le coup de feu était commandé par la nécessité absolue de protéger l'intégrité physique de la gendarme Mélissa R... ».

Les avocats des parties civiles régularisent naturellement un appel contre l'ordonnance de non-lieu et le dossier est soumis à la Chambre de l'Instruction de la Cour d'Appel de Colmar qui, au terme d'une analyse très charpentée, confirme la décision querellée.

S'agissant des éléments de personnalité concernant le gendarme mis en cause, la Cour d'Appel indique en résumé ceci : **« L'Expert livre le portrait d'un jeune homme nanti d'une personnalité stable et bien structurée...**

Il présente un syndrome post-traumatique relativement intense et durable...

Michel G. a d'ailleurs démissionné en septembre 2015 de la Gendarmerie nationale, décision en relation avec le choc subi au plan psychologique...

Le gendarme se trouvait en état de légitime défense au moment des faits... ».

Soulagement pour Michel G. et ses collègues après la décision de confirmation de l'ordonnance de non-lieu.

Il me semble d'ailleurs, si ma mémoire est fidèle, que la partie civile a régularisé un pourvoi en cassation contre l'arrêt confirmatif de non-lieu, pourvoi rejeté.

À présent, un dossier qui se déroule dans un territoire bien éloigné du sol métropolitain.

VOIR L'OCÉAN INDIEN

À l'automne 2015, Jérémie B., fonctionnaire de Police, se présente à mon bureau et il me demande de plaider pour lui par-devant le Tribunal Correctionnel de Mamoudzou à la fin de l'année.

Séduit un bref instant par cette « nouvelle aventure judiciaire », je décline sa proposition et lui dis ceci : **« Il vaut mieux pour vous que vous soyez défendu par un avocat local qui connait les us et coutumes, la psychologie des gens du pays. Je vais vous recommander à un avocat talentueux avec lequel je vais travailler depuis Mulhouse en bonne concertation, nous allons d'un commun accord élaborer la stratégie qui nous semble adéquate pour votre défense. Vous pouvez compter sur moi pour ce travail de préparation et vous pouvez naturellement solliciter mes conseils et avis quand vous le souhaitez. »**

Jérémie B. est poursuivi devant le Tribunal Correctionnel pour deux faits différents, à savoir homicide involontaire et infractions en matière de stupéfiants.

Je prends contact avec mon confrère Jean-Jacques MOREL, avocat au Barreau de Saint-Denis de La Réunion.

Quels sont en bref les faits qui présentent une certaine complexité ?

Le samedi 15 janvier 2011, une personne découvre dans le village de Trévani le corps sans vie d'une jeune femme.

Les investigations médicales mettent en évidence une consommation d'héroïne peu avant le décès ainsi qu'une consommation régulière de cannabis.

Le Juge d'Instruction s'intéresse évidemment aux filières d'acheminement du produit stupéfiant ayant entrainé la mort de Roukia S.

Le Magistrat apprend notamment ceci.

Saïd A. et Daniel M. sont les informateurs enregistrés pour le groupe d'intervention régional de Mayotte et ils ont pour interlocuteurs le policier Jérémie B. dont je suis l'un des deux avocats et le gendarme Daniel P. qui parle couramment shimaorais, le dialecte du pays.

Je précise que Daniel P. est également poursuivi pour les mêmes faits que Jérémie B.

Le groupe d'intervention régional a notamment pour mission de lutter contre le trafic de stupéfiants qui est très développé dans la région.

Il existe notamment un réseau qui transmet la drogue dure depuis les Comores vers Mayotte.

Pour tenter d'obtenir du résultat dans la lutte contre la délinquance des stupéfiants, le groupe d'intervention régional a évidemment besoin d'informateurs.

Le GIR souhaite vérifier l'implication d'un trafiquant anjouanais dénommé F. dans un réseau relativement actif.

Daniel M., l'un des informateurs, se fait passer pour un client auprès du trafiquant F. et obtient que celui-ci lui envoie un échantillon du produit stupéfiant.

Effectivement, Daniel M. l'informateur, se rend sur Petite-Terre et obtient de l'intermédiaire une enveloppe dans laquelle se trouve l'échantillon que le GIR veut examiner et analyser pour avancer dans les investigations.

Le problème est que peu après la remise de l'échantillon, celui-ci est restitué par Daniel M. à F. avec l'accord des deux enquêteurs dont j'ai parlé précédemment.

Au préalable, l'échantillon a été examiné par les enquêteurs.

L'échantillon a été restitué du fait que le trafiquant F. réclamait de l'argent et soumettait l'informateur à des menaces et à une forte pression, d'où la crainte de l'informateur pour sa sécurité.

Allons à l'essentiel pour évoquer la thèse de l'accusation selon laquelle le produit stupéfiant ayant entrainé le décès de Roukia S. serait précisément le produit restitué par les enquêteurs à des personnes très peu recommandables.

Jérémie B., dès le départ de l'enquête, reconnait avoir commis une erreur professionnelle en faisant restituer la poudre à l'informateur Daniel M. mais il conteste formellement sa culpabilité au regard du délit d'homicide involontaire.

Il pense non sans raison que l'accusation ne démontre pas l'implication du produit stupéfiant qui a été restitué dans le décès de la jeune femme.

Pour l'essentiel, Daniel P., le gendarme, soutient la même thèse.

Les deux enquêteurs, le policier et le gendarme, sont fort bien défendus en janvier 2016 par mon collègue Jean-Jacques MOREL devant le Tribunal Correctionnel de Mamoudzou, mais cette juridiction rend un jugement très décevant.

Elle déclare les deux enquêteurs coupables des deux délits et les condamne avec une grande vigueur.

Jérémie B. est condamné à deux ans de prison dont un an assorti d'une période de sursis probatoire, soit un an de prison ferme.

Le Tribunal ordonne toutefois la non-inscription de la condamnation au bulletin n°2 du casier judiciaire national.

De son côté, Daniel P., le gendarme, est condamné à un an de prison dont six mois avec sursis, soit six mois de prison ferme.

Je conseille à Jérémie B. de faire appel contre le jugement que je viens de rappeler et c'est ainsi que le dossier vient en juin 2016 devant la Cour d'Appel de Mamoudzou présidée par André SCHMITT.

La Cour fait droit à l'appel des deux enquêteurs qui sont à nouveau assistés par Jean-Jacques MOREL.

La Cour dit en résumé ceci : « **Jérémie B. reconnait une infraction à la législation des stupéfiants mais il conteste les faits d'homicide involontaire...**

La responsabilité pénale des prévenus dans la mort de Roukia S. passe par la démonstration que la drogue qui a occasionné la mort de cette dernière est celle qui a été rendue à Daniel M., l'informateur, le 16 décembre 2010...

Différents éléments sont de nature à remettre en cause le lien de causalité entre la drogue remise le 16 décembre 2010 par les enquêteurs à Daniel M. et d'autre part le décès de Roukia S...

Le doute à cet égard doit nécessairement profiter aux prévenus et il convient d'infirmer le jugement en tant qu'il a retenu la culpabilité des enquêteurs pour l'infraction d'homicide involontaire... ».

La Cour relaxe Jérémie B. et Daniel P. de l'infraction d'homicide involontaire.

Elle retient la culpabilité non contestée au demeurant pour les faits touchant à la législation des stupéfiants.

La Cour réduit très fortement le quantum de la sanction puisque Jérémie B. est condamné à un an de prison avec sursis en totalité et Daniel P. à six mois de prison avec sursis en totalité.

La Cour prononce l'exclusion des condamnations du bulletin n°2 du casier judiciaire.

Soulagement également pour les enquêteurs et pour leurs avocats.

Étonnant dossier qui pose une fois de plus la question suivante : Les Juges, face au même dossier, et appliquant les mêmes textes de loi, ont rendu des décisions contradictoires, d'abord la condamnation puis la relaxe.

Qui a pu se tromper ? Est-ce le Tribunal Correctionnel ? Est-ce la Cour d'Appel ?

Comment expliquer à un justiciable des décisions aussi opposées ?

À présent, un autre aspect de la réalité, à savoir les multiples infractions dont sont victimes les forces de l'ordre.

J'ai lu avec satisfaction l'éditorial de Laurent BODIN dans *L'Alsace* du 14 octobre 2021 et je cite quelques extraits.

« Une démocratie est gravement malade lorsque ceux qui la servent sont la cible d'une autre partie de la population, fût-elle minoritaire. Pompiers, policiers, gendarmes, risquent leur vie pour secourir et protéger la collectivité. Et en plus de devoir se prémunir des dangers inhérents à leurs métiers, ils doivent régulièrement se protéger d'agressions en augmentation croissante... Comme si la violence était un fait ordinaire et normal. »

J'ai plaidé très fréquemment dans mon exercice professionnel pour des gendarmes et des policiers victimes d'atteintes physiques et autres.

J'ai été confronté à des dossiers dans lesquels il était question de la mort tragique d'un membre des forces de l'ordre.

Dans le présent livre, je vais me limiter à relater deux dossiers mais je pourrais évidemment en citer beaucoup d'autres.

L'HONNEUR BAFOUÉ D'UN GENDARME

En 2000, un habitant de Dannemarie adresse un courrier à son député pour dénoncer de graves manquements à sa fonction de la part du Commandant de la Brigade (sic).

L'auteur de la prose évoque des abus d'autorité et du favoritisme et même une intervention du gendarme pour fausser le cours de la justice.

Le gendarme doit se justifier, ce qui est bien déplaisant pour lui mais il n'a aucune difficulté à démontrer sa totale bonne foi.

Je dépose plainte pour le compte du gendarme contre l'habitant de Dannemarie qui s'est rendu coupable d'une dénonciation calomnieuse.

Lors de son passage devant le Tribunal Correctionnel, défendu par mon collègue Pierre PAWLAS, le rédacteur du courrier mensonger tente sans succès de se justifier mais il est condamné à six mois de prison avec sursis.

Il y a naturellement des agressions d'une gravité bien supérieure, ce que je vais maintenant montrer dans le récit qui suit.

UNE FILATURE QUI TOURNE AU TRAGIQUE

Le lundi 4 février 2008, la page une du journal L'*Alsace* indique ceci : **« Un gendarme colmarien grièvement blessé. Mulhouse : une filature qui se termine mal ».**

Les faits en résumé.

Deux gendarmes de la Brigade de recherches de Colmar, dont Patrick N., l'homme dont je défends les intérêts, tous deux dans une voiture banalisée, prennent en filature un dimanche matin à Mulhouse une voiture Mini volée lors d'un home-jacking à Houssen.

Les gendarmes veulent intercepter les trois occupants de la voiture en question.

Les délinquants veulent se soustraire à l'opération d'interpellation. Ils foncent sur le véhicule de police qui est venu en renfort des gendarmes.

Puis, la Mini des délinquants percute la Clio des gendarmes en la projetant sur le terre-plein.

Le gendarme Patrick N. qui se trouvait en dehors du véhicule est fauché par la Mini et entrainé sur plusieurs dizaines de mètres.

La victime est transportée à l'hôpital et se trouve dans un état déplorable.

Le conducteur de la Mini volée est arrêté peu après dans le Midi de la France.

Il s'agit d'un Colmarien de 17 ans déjà condamné deux fois par le Tribunal pour Enfants.

Les Juges d'Instruction organisent la reconstitution des faits en septembre 2008 et il en résulte que le gendarme a ripé sur soixante mètres sous l'auto.

Selon son avocat, David PATRY, le jeune homme ne s'était pas rendu compte qu'il avait trainé le gendarme dans sa fuite.

Je conteste évidemment avec vigueur cette assertion.

Le dossier a suivi son cours et d'après mes souvenirs, la juridiction compétente a jugé avec la vigueur qui s'imposait.

LES EXPLICATIONS DE L'UNIVERSITAIRE : CHAPITRE 5

1. Pourquoi des décisions de justice contradictoires ? Est-ce inquiétant pour le justiciable ?

Il est de coutume de dire que les juges du fond, c'est-à-dire les tribunaux de première instance et les juges des Cours d'appel, statuent sur le fond de l'affaire, ce qui signifie qu'ils ont à juger l'affaire en fonction de tous les éléments du dossier et des déclarations faites par les personnes entendues à l'occasion du procès. Ces magistrats prennent donc leurs décisions en fonction des éléments qu'ils ont recueillis et de l'appréciation qu'ils en ressortent, il y a donc une part de subjectivité dans les jugements et arrêts qui en résultent. C'est cette part de subjectivisme qui explique en partie les potentielles contradictions entre un jugement de première instance et un arrêt de cour d'appel alors que les acteurs et les pièces sont *a priori* les mêmes.

Une autre explication, qui touche également à la subjectivité, se situe au niveau des acteurs mêmes du procès et particulièrement du mis en cause dans la procédure. En effet, il arrive fréquemment que la personne accusée se défende plus ou moins bien, qu'elle s'explique plus ou moins clairement et que son attitude soit plus ou moins bien perçue par le Tribunal. Tout ceci participe alors de l'« ambiance » du procès et des impressions qui peuvent influer, sans qu'ils en aient conscience, sur la décision finale des juges et des jurés.

2. Qu'en est-il des provocations policières qui sont parfois nécessaires pour lutter contre certaines formes de délinquance ? Quelle est la règlementation en la matière ?

La provocation peut se définir comme une action exécutée en vue de provoquer quelqu'un, de le pousser à commettre un geste que la loi réprime et qui pourra être qualifiée juridiquement d'infraction. Pour que cet acte provocateur constitue une infraction susceptible d'être elle-même sanctionné par des juges, il faut qu'il existe un lien personnel, direct et certain entre la provocation et le comportement interdit provoqué par cette dernière (c'est par exemple le cas de la complicité par provocation qui est sanctionnée par l'article 121-7 du code pénal).

Le cas des provocations policières revêt un caractère particulier et un traitement différencié selon que l'on parle de provocation policière à commettre une infraction ou de provocation à la preuve.

Dans tous les cas, la provocation policière est par principe prohibée par la loi ; elle est cependant autorisée et strictement encadrée lorsque certaines infractions sont en cause. En effet, depuis l'adoption de la très célèbre loi du 9 mars 2004[31], dite loi « Perben II », les forces de l'ordre peuvent, sur autorisation de la justice, user de moyens qui permettent la provocation à la preuve. En introduisant dans le code de procédure pénale l'article 706-81, le législateur autorise la surveillance des personnes suspectées de commettre un crime ou un délit en se faisant passer auprès de ces personnes pour un de leurs coauteurs, complices ou receleurs. Sont alors concernées par cette exception procédurale les infractions qui touchent à la criminalité organisée et à la grande délinquance. Concluons enfin

31. Loi n° 2004-204 du 9 mars 2004 portant adaptation de la justice aux évolutions de la criminalité, JORF n°59 du 10 mars 2004.

qu'en dehors de cette catégorie strictement limitée par la loi et par application du principe de loyauté de la preuve pénale, toute forme de provocation reste interdite et lourdement sanctionnée.

3. Quid de l'usage des armes à feu par les policiers et les gendarmes ? Quelle est la règlementation ? Quid de la légitime défense au profit des forces de l'ordre ? Que peut-on en dire ?

En France, la législation applicable à l'usage des armes à feu par les forces de l'ordre est très stricte et fixe le cadre dans lequel les agents peuvent user de leurs armes. Faisant suite à l'attaque contre une patrouille de police à Viry-Châtillon (octobre 2016), le régime a été récemment modifié par la loi du 28 février 2017 relative à la sécurité nationale, occasion pour le législateur de procéder à l'harmonisation des règles s'appliquant aux agents de la police nationale et aux militaires de la gendarmerie lorsque ces derniers font usage de leur arme en cas de légitime défense.

Ainsi, l'article L. 435-1 du code de la sécurité intérieure fixe les conditions dans lesquelles les représentants des forces de l'ordre, qu'ils soient agent de police ou membre de la gendarmerie, peuvent faire usage de leurs armes. Pour pouvoir recourir à la force armée, il faut que l'usage d'une arme à feu entre dans les quatre conditions que la loi fixe. En effet, l'agent doit être revêtu de sa tenue d'uniforme ou des insignes extérieurs et apparents de sa qualité de policier (brassard de police par exemple) sinon il ne pourra pas invoquer les dispositions de l'article suscité. Il pourra toutefois, en fonction des circonstances, se prévaloir de la légitime défense de l'article 122-5 du code pénal. Ensuite, L'article L. 435-1 s'applique, pour la police nationale (comme pour les gendarmes[32]), à tous les policiers régulièrement armés, qu'il s'agisse des fonctionnaires actifs, des adjoints de sécurité ou des réservistes, agissant dans l'exercice de leurs fonctions, y compris lorsqu'ils sont hors service et qu'ils interviennent conformément aux articles R. 434-19 du code de la sécurité intérieure et 113-3 de l'arrêté portant règlement général d'emploi de la police nationale. Puis, l'agent doit agir dans le cadre d'une absolue nécessité ce qui signifie qu'il doit se trouver face à une menace d'atteinte à sa vie ou à son intégrité physique ou à celle d'autrui, condition qui s'apprécie au regard de la situation réelle en fonction des circonstances et de la conviction que le policier / le gendarme s'est forgée. Enfin, par application des principes issus de la jurisprudence de la Cour européenne des droits de l'Homme[33] et de la Cour de cassation[34], principes intégrés dans l'article préliminaire du code de procédure pénale, l'usage de l'arme à feu doit être strictement proportionnée au comportement que l'on cherche à faire cesser et donc être la seule réponse possible.

Le même article, en plus de fixer les conditions dans lesquelles les agents peuvent recourir à l'usage d'une arme, donne les cinq cas autorisant un tel recours, à savoir :

1) une atteinte à la vie ou à l'intégrité physique du policier ou du gendarme ; ou contre autrui ou lorsque des personnes armées menacent leur vie, leur intégrité physique ou celle d'autrui.

2) L'usage d'une arme est également possible après deux sommations faites à haute voix et uniquement s'ils ne

32. L'article L. 2338-3 du code de la défense renvoie à l'article L. 435-1 du code de la sécurité intérieure.
33. CEDH, Wasilewska et Kalucka c. Pologne, 23 février 2010.
34. Ass. Crim., 13 avril 2005 n° 0483939.

peuvent défendre autrement les lieux qu'ils occupent ou les personnes qui leur sont confiées.

3) Lorsque, immédiatement après deux sommations adressées à haute voix, ils ne peuvent contraindre à s'arrêter, autrement que par l'usage des armes, des personnes qui cherchent à échapper à leur garde ou à leurs investigations et qui sont susceptibles de perpétrer, dans leur fuite, des atteintes à leur vie, à leur intégrité physique ou à celle d'autrui.

4) Lorsque l'usage des armes sur des véhicules est le seul moyen permettant l'immobilisation d'embarcations ou d'autres moyens de transport. C'est le cas lorsque les conducteurs n'obtempèrent pas à l'ordre d'arrêt et quand les occupants sont susceptibles de perpétrer, dans leur fuite, des atteintes à leur vie, à leur intégrité physique ou à celle d'autrui.

5) Lorsque l'usage de l'arme est le seul recours possible pour empêcher la réitération, dans un temps rapproché, d'un ou de plusieurs meurtres ou tentatives de meurtre venant d'être commis, lorsqu'ils ont des raisons réelles et objectives d'estimer que cette réitération est probable au regard des informations dont ils disposent au moment où ils font usage de leur arme.

En conclusion, rappelons que le recours aux armes à feu par les forces de l'ordre ne peut avoir lieu que dans le strict respect des principes de proportionnalité et de nécessité, l'invocation de la légitime défense préventive n'étant toujours pas reconnue en droit positif français. Définie en droit international comme le recours à la force armée dans le but d'éliminer une menace imminente d'agression armée, la légitime défense préventive est un droit de réaction armée dont dispose tout État victime d'une agression armée. Transposé dans le cadre des missions exercées par les forces de l'ordre, le législateur maintient l'interdiction d'user de leurs armes en arguant d'une légitime défense préventive et, tout comme la justice, affirme que pour être en état de légitime défense il faut faire la preuve d'un acte d'agression injuste, certain et actuel[35]. Par conséquence, si ces trois conditions cumulatives ne sont pas réunies, la légitime défense ne pourra pas être invoquée et la pleine responsabilité des agents pourra être engagée.

35. Voir par exemple : Crim. 3 nov. 2004, n°04-80.244.

CHAPITRE 6 :

DES PRÊTRES CONFRONTÉS À LA JUSTICE HUMAINE

UN GOUROU MALFAISANT

UN PRÊTRE IMMATURE

Remarquable éditorial de Madame Anne PONCE dans la revue *La Croix L'Hebdo* en date du 8 octobre 2021, un éditorial intitulé « Opération vérité ».

Je cite : « **Le rapport de la Commission indépendante sur les abus sexuels dans l'Église (Ciase) suscite l'effroi dans son constat impitoyable : 216 000 victimes de prêtres et religieux depuis 1950, un phénomène massif, une institution qui n'a pas pris la défense des victimes, une gouvernance inadéquate...**

La Commission a mis en évidence l'ampleur et le caractère systémique des violences sexuelles dans l'Église alors que jusque-là, il était plutôt question d'une succession d' "affaires" isolées, dont l'affaire Preynat qui a servi d'électrochoc...

Jean-Marc Sauvé, Président de la Commission, salue le courage des victimes et nous donne à tous une leçon de service de la vérité, quoi qu'il en coûte ».

Belle objectivité de la journaliste qui a rédigé le texte que je viens de résumer.

Pour autant, voulant demeurer objectif, j'ajoute que face aux nombreux prêtres déviants, il en est d'autres heureusement qui sont bienveillants pour autrui et dignes de confiance.

Des prêtres ont payé de leur vie leur dévouement. Je pense notamment au père Jacques HAMEL, prêtre de Saint-Étienne-du-Rouvray égorgé dans son église en 2016.

Je pense aussi au père UHL, le curé de Kingersheim, exécuté dans son presbytère il y a plus de vingt ans par un jeune homme sous l'emprise d'une secte satanique.

Dans ma vie professionnelle, j'ai eu l'occasion de plaider pour et contre des prêtres et je vous livre à présent deux récits.

UN GOUROU MALFAISANT

Ryszard P., un prêtre polonais, est jugé en 2019 par le Tribunal Correctionnel de Mulhouse pour abus de faiblesse au préjudice de deux dames âgées et pour violence sur l'une d'elles.

Dans le journal *les Dernières Nouvelles d'Alsace* du 28 juin 2019, François FUCHS, journaliste, résume fort bien les choses.

Le prêtre a 57 ans et il a commis des actes particulièrement laids au plan moral.

Il fait la connaissance des deux dames qui sont sœurs en 2002. Elles ont une santé vacillante. Il leur porte la communion et tisse des relations avec elles, gagnant ainsi leur confiance.

De façon évidente, le prêtre est très intéressé par le patrimoine confortable des deux dames.

Des sommes conséquentes ont été détournées par le prêtre, lequel avait d'ailleurs procuration sur les comptes bancaires de ses victimes.

L'une des deux dames fait du prêtre son héritier.

Les deux sœurs sont véritablement sous l'emprise du prêtre qui a pris soin de les couper de leur entourage habituel afin de mieux asseoir sa domination.

L'une des sœurs décède et l'autre vient vivre dans la maison occupée par le prêtre, ce qui permet à celui-ci d'accentuer son emprise sur la victime.

La dame octogénaire est logée de façon très spartiate et elle doit subir des insultes, des propos vexatoires et des humiliations.

Le prêtre est interpellé et placé en détention provisoire en avril 2016.

Il est retors face au Juge d'Instruction et il en dit le moins possible.

Il se retranche derrière des explications choquantes, à savoir qu'il se serait dévoué pendant des années au service des deux sœurs, alors qu'en réalité le dossier démontre qu'il entendait les dépouiller.

Intervenant pour la partie civile, la famille des dames victimes, j'évoque un mauvais pasteur qui s'est comporté comme un gourou malfaisant et a opéré un dévoiement ignoble de son autorité spirituelle pour parvenir à ses fins.

François BRIEN, Procureur de la République, évoque la descente aux enfers de la dame qui vivait chez le prêtre, une victime prise au piège.

Le Ministère Public réclame trois ans d'emprisonnement à l'encontre du prêtre.

Jean-Marc FUCHS, avocat du prêtre, fait de son mieux face à un dossier bien difficile mais son argumentation s'avère inopérante puisque l'homme d'Église est condamné à trois ans de prison ferme sans mandat de dépôt dans l'immédiat et à cinq ans d'interdiction d'exercice de la prêtrise.

Le Tribunal prononce également la confiscation d'une grande partie des biens saisis par les enquêteurs dans le temps de l'enquête.

J'ajoute pour être complet que deux autres prévenus comparaissaient aux côtés du père Ryszard P.

Ils ont joué un rôle secondaire et je ne crois pas nécessaire d'entrer les détails.

Le prêtre qui ne veut toujours pas admettre sa culpabilité, qui ne perçoit pas la gravité des délits et cherche à utiliser les autres selon le psychologue, fait appel contre le jugement du Tribunal de Mulhouse du 27 juin 2019.

La Cour d'Appel de Colmar qui est saisie rend un arrêt le 12 novembre 2020. Elle confirme le jugement en tant qu'il a condamné Ryszard P. à trois ans de prison ferme et en sus le condamne à une amende de 100 000 euros.

La Cour interdit au prêtre d'exercer ses fonctions pendant plusieurs années et elle ordonne la confiscation de différents montants.

La Cour prononce également l'interdiction des droits civils, civiques et de famille pendant cinq ans.

Ryszard P. aurait mieux fait de s'abstenir de frapper d'appel le jugement de Mulhouse.

Sous la présidence de Madame PAULY, la Chambre Correctionnelle de la Cour d'Appel de Colmar a rendu la décision appropriée.

Toutefois, Ryszard P. régularise un pourvoi en Cassation contre l'arrêt de Colmar.

À l'heure où j'écris, la Cour de Cassation n'a pas encore rendu sa décision, mais je veux penser qu'il s'agira d'un arrêt de rejet du pourvoi.

J'ai également plaidé pour un prêtre qui devait rendre des comptes à la justice humaine, ce que je développe à présent.

UN PRÊTRE IMMATURE

Henri S. comparait début 2019 devant le Tribunal Correctionnel de Colmar pour abus de confiance et pour agressions sexuelles.

Jean-Frédéric SURDEY, journaliste pour *L'Alsace*, rend compte du procès dans l'édition du 2 février 2019.

Il en résulte en substance ce qui suit.

Henri S. est poursuivi pour avoir agressé sexuellement quatre jeunes paroissiennes, des jeunes filles mineures et pour avoir détourné plus de 100 000 euros.

Selon le psychologue, il est intelligent. Il peut être manipulateur.

Il présente une immaturité sexuelle sans avoir le profil d'un pervers.

Il a soixante ans au moment de sa comparution en justice.

Il reconnait les faits d'agressions sexuelles et il a fait preuve de franchise dans le temps de l'instruction.

Il est reproché à Henri S., outre les délits sexuels, des faits d'abus de confiance envers la communauté de paroisses.

Le prévenu reconnait avoir détourné plus de 100 000 euros, une somme qui était destinée au Conseil de Fabrique et à la mense curiale de la communauté de paroisses.

L'homme d'Église a passé trois mois en détention provisoire avant de bénéficier pendant l'instruction d'une mesure de contrôle judiciaire.

Au moment du procès, il vit dans une communauté religieuse dans le Midi de la France et il souhaite continuer des activités sociales.

Bien évidemment, il a cessé d'exercer son ministère de prêtre.

Madame le Procureur du Tribunal de Colmar réclame quatre ans de prison ferme, ce qui obligerait Henri S. à réintégrer la prison.

Delphine GILBERT de Colmar et moi-même présentons la défense du prêtre et nous nous appuyons notamment sur les réflexions de Jean-Louis SCHLEGEL, sociologue des religions et codirecteur de la rédaction de la revue *Esprit*.

Que dit en substance Jean-Louis SCHLEGEL dans un article paru dans le journal *Le Monde*, article du 18 septembre 2018.

« Le célibat mal vécu, avec les frustrations qu'il engendre, peut favoriser toutes les perversions et susciter la violence et le crime sexuels...

Une révolution sexuelle a eu lieu au cours des dernières décennies qui fait que le régime des pratiques et des expressions sexuelles même dans des sociétés non occidentales, a changé du tout au tout. Or, rien, ou presque, n'a bougé du côté de l'Église catholique... qui oppose sa seule morale sexuelle rigoureuse...

Beaucoup de couples pratiquent la contraception "artificielle" interdite par Paul VI en 1968... La plupart des catholiques qui veulent se marier à l'Église ont cohabité auparavant... Tout catholique est évidemment concerné aussi par la licence multiple, l'érotisation généralisée, la pornographie en accès libre...

Le prêtre célibataire vit lui aussi dans le monde, le même que ses paroissiens. Comment fait-il pour garder le célibat et rester chaste ? Il est exposé comme tout un chacun aux exhibitions de la liberté amoureuse, vestimentaire, érotique et aux images innombrables qui la véhiculent...

La faible relève du côté des vocations a eu pour effet mécanique d'amplifier la solitude du prêtre et donc sa fragilité...

Faut-il à nouveau se pencher sur la question du célibat ? Il est peut-être plus urgent et plus efficace de promouvoir les femmes dans l'Église. Il faut que les femmes soient présentes dans les instances de l'Église, à égalité avec les hommes, associées à la prise de décision...

La présence des femmes ne résoudra pas tout mais cette mixité et cette égalité seraient beaucoup plus saines qu'un pouvoir réservé aux mâles célibataires... »

Ma collègue de Colmar et moi faisons valoir encore d'autres arguments qu'il serait trop long de résumer et nous proposons au Tribunal de prononcer une sanction équilibrée et mesurée sous la forme d'une peine de prison avec sursis probatoire, ce qui permettrait à Henri S. de persévérer dans la voie des efforts entrepris depuis sa mise en liberté après la période de détention provisoire.

Henri S. semble avoir pris la mesure de la gravité des faits. En plaidant pour lui, je dis au Tribunal qu'il éprouve certainement le besoin de pouvoir à nouveau s'estimer.

La supplique de la défense est entendue par le Tribunal qui s'écarte nettement du réquisitoire de Madame le Procureur.

Henri S. est condamné à cinq ans de prison dont trois avec sursis probatoire, soit deux ans d'emprisonnement ferme.

La partie d'emprisonnement ferme peut être aménagée par le Juge de l'Application des Peines.

Henri S. obtient effectivement quelques mois plus tard une mesure d'aménagement et ainsi il n'a pas à retourner en prison alors que le Ministère Public réclamait quatre ans d'emprisonnement ferme.

LES EXPLICATIONS DE L'UNIVERSITAIRE : CHAPITRE 6

1. Dans ces affaires, on peut observer que les prêtres sont jugés par les tribunaux civils. N'existe-t-il pas un privilège de juridiction en la matière ?

Le prêtre, un justiciable comme un autre

Avant toute chose, il est important de rappeler que la Cour européenne des droits de l'Homme affirme et entend assurer la protection de l'autonomie des communautés religieuses qui constitue un socle sur lequel repose la garantie de la liberté de religion de l'ensemble des fidèles. Par ces garanties, les communautés quelle que soit la confession ont le droit de s'organiser selon leurs propres règles[36].

En France, l'article 1er de la Constitution de la V° République affirme que « la France est une République indivisible, laïque, démocratique et sociale ». En inscrivant au frontispice de ce texte fondateur ce principe, l'État entend affirmer son unité et, par là même, le caractère laïque de la République française.

Notons que déjà l'article 1er de la Constitution du 27 octobre 1946, rédigé dans les mêmes termes, contenait lui aussi cette définition et, bien avant de recevoir sa pre-

36. Françoise Curtit, « Les droits et devoirs des ministres du culte devant la Cour européenne des droits de l'homme », Revue du droit des religions, 8. 2019, 59-74.

mière consécration constitutionnelle, le principe de laïcité s'était déjà affirmé en France comme l'un des principes centraux de la République.

Avec la loi de 1905, le principe de la laïcité affirmé vient poser la neutralité de l'État vis-à-vis de l'exercice du culte, mais fixe également le socle du traitement judiciaire des affaires mettant en cause des membres du clergé.

Ainsi, même si les faits d'agression sexuelle sur mineur par un ecclésiastique constituent un délit canonique[37] inscrit dans le code de droit canonique, c'est devant les tribunaux judiciaires que l'auteur des faits sera jugé. Les prêtres et autres représentants du clergé, au nom du principe de la laïcité et surtout par l'application du principe d'égalité de tous devant la loi, sont reconnus comme des justiciables des tribunaux judiciaires et non des tribunaux ecclésiastiques. Ils ne sont donc pas jugés par leurs pairs mais par des magistrats civils, issus d'une formation laïque et républicaine. Par conséquent, qu'il soit prêtre, militaire[38] ou encore ministre[39], aucun homme ne bénéficie plus d'un quelconque privilège juridictionnel et voit son affaire jugée par des tribunaux ordinaires. Il ne faut pas interpréter cette affirmation du principe d'égalité de tous devant la loi comme une sanction ou une volonté du séculier de s'immis-

---

37. Code de Droit Canonique CIC/1983 (en vigueur depuis le 8 décembre 2021), Canon N° 1395 §2 : « §2. Le clerc qui a commis d'une autre façon un délit contre le sixième commandement du Décalogue, si vraiment le délit a été commis publiquement, sera puni d'une juste peine, y compris, si le cas l'exige, le renvoi de l'état clérical ».
38. Hors période de guerre ou actes commis par un militaire et non-détachable de sa mission.
39. Hors cas pour lesquels le membre du Gouvernement a agi dans le cadre de ses missions et pour lequel l'acte ne peut être détachable de sa mission. Pour ces actes, le membre du Gouvernement sera jugé par la Cour de justice de la République au titre de l'article 68-1, al. 1 et 2 de la Constitution,« lorsque les actes accomplis dans l'exercice de leurs fonctions et qualifiés de crimes ou de délits au moment où ils ont été commis ». Cette juridiction d'exception est liée par la définition des crimes et délits ainsi que par la détermination des peines telles qu'elles résultent de la loi » (art. 68-1, al. 3, de la Constitution). C'est dire, en particulier, que la Cour ne peut prononcer d'autres peines que celles prévues par le droit commun (c'est-à-dire celles inscrites dans le code pénal).

cer dans le sacré ; bien au contraire, la réintégration de l'ensemble des membres de la communauté des hommes dans le système judicaire ordinaire permet aux personnes suspectées ou poursuivies de bénéficier des règles et des garanties procédurales et protectrices inscrites dans notre dispositif pénal. Ainsi, tout prêtre mis en cause dans une procédure pourra bénéficier des principes inhérents aux droits de la défense (respect du contradictoire, accès à un conseil juridique...) et verra son affaire jugée par un tribunal indépendant et par des juges impartiaux.

Comme précisé plus en amont, le principe d'égalité de tous devant la loi pénale souffre de quelques exceptions tenant au critère *ratione personae* mais celles-ci tendent à disparaître de plus en plus pour finalement concerner, en temps de paix, essentiellement le jugement des délinquants mineurs qui bénéficient d'un privilège de juridiction justifié par le jeune âge de l'auteur des faits. Le privilège ainsi inscrit dans la loi tient à l'impérieuse nécessité de juger de façon équitable le délinquant qui, en raison de son jeune âge, doit se voir appliquer des procédures et une justice adaptées à son statut particulier, statut qui n'existe plus dans le cas des prêtres qui sont, malgré la soutane, des justiciables comme les autres.

Rappelons que la législation française interdit toute relation sexuelle en l'absence de consentement préalable du (ou de la) partenaire, y compris entre époux. Le code pénal considère que « constitue une agression sexuelle, toute atteinte sexuelle commise avec violence, contrainte, menace ou surprise » (article 222-22 du code pénal). Il distingue, au sein des crimes et délits sexuels, le viol : « acte de pénétration sexuelle, de quelque nature qu'il soit » (article 222.23) et les autres agressions sexuelles (sans pénétration ou encore l'exhibition sexuelle ou le harcèlement). Par ailleurs, le code pénal retient au titre des circonstances aggravantes un grand nombre de facteurs que sont l'âge de la victime (s'il est inférieur ou égal à 15 ans), l'existence d'un rapport d'autorité de l'agresseur vis-à-vis de la victime ou encore la vulnérabilité particulière de la victime (âge, état de santé, ...).

Le domaine d'activité des tribunaux ecclésiastiques

Ces tribunaux sont compétents pour juger de toutes les causes contentieuses en lien direct avec la société ecclésiale. À ce titre, ils peuvent juger des délits ecclésiastiques et des questions d'état canonique des personnes, en particulier le mariage ou l'ordre, de la diffamation et des faux, des questions liées à réparation des dommages ou encore de questions relatives à la propriété ecclésiastique.

Dans la réalité des faits, les juridictions ecclésiastiques ne connaissent presque exclusivement que des questions matrimoniales et particulièrement la question des annulations de mariages qui ont été célébrés à l'église et donc bénis religieusement.

Remarquons enfin qu'en juin 2021 le Vatican a inscrit dans le droit canonique un article explicite sur les crimes pédophiles, revenant alors sur une position archaïque qui considérait que les abus sur mineurs étaient punis sous le simple intitulé du non-respect du sixième commandement « tu ne commettras pas l'adultère »[40].

2) Secret de la confession et obligation de dénoncer un crime ou un délit

Force est de constater que la liberté de conscience, de religion et de culte, comme l'égalité devant la loi constituent des principes partagés par l'ensemble des acteurs qu'ils relèvent du clergé ou qu'ils soient laïcs.

40. https://www.sudouest.fr/culture/religion/abus-sexuels-le-vatican-inscrit-dans-son-droit-un-article-explicite-sur-les-crimes-pedophiles-3535454.php.

Le récent rapport[41] de la Commission indépendante sur les abus sexuels dans l'Église, présidée par M. Jean-Marc Sauvé, ancien Vice-président du Conseil d'État, a reposé la question du secret professionnel des ministres du culte, mécanisme qui intègre la protection du secret de la confession.

Lors de la remise dudit rapport, Monseigneur de Moulins-Beaufort, président de la Conférence des évêques de France, avait déclaré que le secret de la confession « s'imposait » aux prêtres et était « plus fort que les lois de la République ». Ces propos, qui remettaient le long débat relatif au secret de la confession sur le devant de la place publique, avaient mené le prélat à justifier ses déclarations. À cette occasion, le porte-parole du Gouvernement, Gabriel Attal, avait rappelé qu'« il n'y a rien de plus fort que les lois de la République ». Une nouvelle fois le laïc se heurtait au spirituel.

Analysons l'état du droit.

Reconnu par la Cour de cassation comme faisant partie du secret professionnel[42], le secret de la confession donne aux prêtres une certaine protection, au même titre qu'aux avocats ou aux médecins.

Rappelons qu'avec la loi de 1905[43], l'État cesse de salarier et de rémunérer les ministres des cultes. Par conséquent, en appliquant le régime de séparation, il n'y a plus de statut spécifique des ministres du culte qui doivent appliquer le droit commun en vigueur sur le territoire français, respectant alors les lois de la République.

41. Rapport de la Commission indépendante sur les abus sexuels dans l'Église Octobre 2021, Les violences sexuelles dans l'Église catholique France 1950-2020 : Le rapport SAUVE révèle que plus de 200 000 personnes ont été victimes en France d'abus sexuels commis par un membre du clergé depuis 1950, https://www.ciase.fr/medias/Ciase-Rapport-5-octobre-2021-Les-violences-sexuelles-dans-l-Eglise-catholique-France-1950-2020.pdf.
42. Crim. 4 décembre 1891, DP 1892. 1. 139.
43. Loi du 9 décembre 1905 concernant la séparation des Églises et de l'État, JORF du 11 décembre 1905.

Il faut toutefois relever que les ministres du culte peuvent être soumis à des règles particulières, dérogeant alors au principe d'égalité républicaine.

Concernant le sujet qui nous intéresse, le secret de la confession, et plus largement le secret religieux, est reconnu par le code pénal[44]. Ainsi, aux termes de l'article 226-13 du code pénal, « la révélation d'une information à caractère secret par une personne qui en est dépositaire soit par état ou par profession, soit en raison d'une fonction ou d'une mission temporaire, est punie d'un an d'emprisonnement et de 15 000 euros d'amende ». Mais, tout comme le secret professionnel des avocats et des médecins, ce secret n'est pas absolu et est soumis à des exceptions qui peuvent *de facto* s'appliquer aux prêtres. Il s'agira d'appliquer l'article 226-13 du code pénal qui précise que les sanctions pour non-respect du secret professionnel ne s'appliquent pas lorsque ce-dernier rompt le secret afin d'informer les autorités compétentes de faits « de privations ou de sévices, y compris lorsqu'il s'agit d'atteintes ou mutilations sexuelles » lorsqu'ils sont infligés à un mineur ou à une personne qui n'est pas en mesure de se protéger. À quoi s'ajoutent les prescriptions insérées à l'article 223-6 du code pénal aux termes duquel « quiconque, pouvant empêcher par son action immédiate, sans risque pour lui ou pour les tiers, soit un crime, soit un délit contre l'intégrité corporelle de la personne, s'abstient volontairement de le faire est puni de cinq ans d'emprisonnement et de 75 000 euros d'amende », peine relevée à sept ans d'emprisonnement et à 100 000 euros d'amende quand la victime est un mineur de quinze ans. En effet, face à de tels traitements et actes graves, le secret de la confession s'efface au bénéfice de la protection de la victime potentielle ou avérée.

44. https://www.vie-publique.fr/eclairage/20205-le-regime-de-separation-principe-des-relations-etat-et-les-cultes.

Dans une volonté de respecter les règles en vigueur dans les différents pays d'Europe, le Saint-Siège a adapté sa législation et cite alors un rescrit d'audience du pape François datant du 4 décembre 2019. Par ce document, le souverain pontife déclare que « le secret professionnel n'empêche pas l'accomplissement des obligations établies par la législation nationale, y compris les éventuelles obligations de signalement, ainsi que l'exécution des requêtes exécutives des autorités judiciaires civiles ». Par conséquent, tout prêtre qui aurait connaissance d'un crime ou d'un délit devra se plier aux règles en vigueur dans l'État dans lequel il se trouve, rompant alors avec le secret de la confession, sacrement en droit canonique par lequel le confesseur est tenu au secret absolu des propos que lui rapporte le confessé.

CHAPITRE 7 :

LES MÉDECINS CONTESTÉS

UN MÉDECIN RELAXÉ PUIS CONDAMNÉ

UNE CLINIQUE RESPONSABLE
MAIS PAS COUPABLE

FAUTE PÉNALE ET FAUTE CIVILE

DES ARMES DE CHASSE POUR
UN ŒDIPE MAL RÉGLÉ

UN MÉDECIN TROP PROCHE DE LA PATIENTE

DES CHAMAILLERIES ENTRE MÉDECINS

La responsabilité civile et pénale du médecin et de l'établissement hospitalier, la psychologie quelque peu inquiétante de certains médecins, les chamailleries entre les membres du corps médical, voici ce dont je voudrais à présent vous parler en relatant différents dossiers que j'ai connus.

UN MÉDECIN RELAXÉ PUIS CONDAMNÉ

En décembre 1989, un homme se fracture le coude gauche en glissant sur une plaque de verglas.

Dans une clinique de Mulhouse, le médecin pratique une ostéo-synthèse en utilisant des plaques et des vis pour maintenir les fragments de l'os fracturé.

Le chirurgien étant intervenu explique plus tard qu'il n'a pas posé de plâtre post-opératoire pour éviter une raideur définitive.

Par la suite, le blessé qui n'est toujours pas rétabli comme il faut doit subir plusieurs opérations car, après la cassure d'une plaque, il a fallu démonter les vis.

Le patient estime que le médecin n'a pas agi comme il convenait et il dépose plainte pour blessures involontaires.

Les Experts désignés par le Juge d'Instruction estiment que le médecin intervenant a commis une faute d'imprudence en ne posant pas un plâtre post-opératoire.

Un autre Expert conclut de façon diamétralement opposée.

Il résulte du dossier que deux écoles sur les méthodes en matière de consolidation s'opposent.

Certains préconisent l'immobilisation du coude après l'opération et d'autres sont d'un avis totalement contraire.

En octobre 1994, le médecin qui comparait devant le Tribunal correctionnel pour blessures involontaires est relaxé, mais le Procureur de la République fait appel, ce qui m'amène à plaider pour le blessé par-devant la Cour d'Appel de Colmar.

Cette juridiction ne partage absolument pas le point de vue du Tribunal Correctionnel et entre en voie de condamnation.

La Cour condamne le médecin à une amende relativement conséquente.

Je précise immédiatement que cette affaire a été plaidée avant l'intervention de la loi Fauchon du 10 juillet 2000, une loi qui modifie radicalement les choses dans le domaine des infractions non intentionnelles et notamment les blessures involontaires.

L'universitaire, co-rédactrice de ce livre, vous expliquera à la fin du présent chapitre les grandes lignes de l'importante loi Fauchon dont je dis simplement qu'elle ramène la responsabilité pénale à une dimension moins envahissante, du moins pour les personnes physiques, ce qui a été fait en réduisant l'influence de la causalité indirecte.

Il est possible que la Cour de Colmar aurait confirmé le jugement de relaxe de Mulhouse si, à l'époque, la loi Fauchon avait été applicable.

Dans les dossiers que je relate à présent, la loi Fauchon a été mise en œuvre.

UNE CLINIQUE RESPONSABLE MAIS PAS COUPABLE

Trois médecins comparaissent en 2005 devant le Tribunal Correctionnel de Mulhouse.

Ils sont condamnés non pas au plan pénal (ils sont purement et simplement relaxés) mais uniquement au plan civil, ce qui veut dire qu'ils ont à payer des dommages et intérêts à la famille d'un homme décédé en novembre 1996 dans une clinique de la région frontalière.

Les médecins étaient poursuivis pour homicide involontaire.

Un homme de 79 ans avait été admis à la clinique pour des douleurs au dos accompagnées de fièvre.

En fait, il présentait une méningite à Listéria, une maladie rare, mais connue, une maladie qui n'a été diagnostiquée qu'après son décès, lequel intervient peu après l'hospitalisation.

Sous la présidence de Fernand KATO, le Tribunal Correctionnel relaxe au plan pénal car il n'a pas discerné la faute caractérisée qui constituerait la cause directe du décès.

En revanche, au plan civil, le Tribunal met en relief des insuffisances dans les soins et il ordonne l'indemnisation de la famille du défunt.

Le Procureur de la République avait requis une condamnation pénale mais n'a pas été suivi par les Juges.

Le Tribunal Correctionnel a estimé que, par application de la loi Fauchon, les conditions pour aboutir à une sanction pénale n'étaient pas réunies.

J'intervenais pour la partie civile, la famille du défunt.

J'ai compris et admis le raisonnement juridique aboutissant à la relaxe et j'ai insisté sur la nécessité d'indemniser convenablement les parties civiles.

Tel a été le cas.

FAUTE PÉNALE ET FAUTE CIVILE

Dans le dossier précédent, seules des personnes physiques étaient poursuivies devant le Tribunal, à savoir les trois médecins.

Dans l'affaire que je relate maintenant, le Procureur de la République poursuivait à la fois une personne physique et une personne morale.

Je m'explique.

Dans la nuit du 9 au 10 février 2009, un homme arrive aux urgences d'une Clinique de la région mulhousienne.

Le service des urgences est fermé et l'homme est envoyé à l'hôpital civil de Mulhouse où il décède avant de pouvoir être pris en charge.

La question se posait devant le Tribunal de savoir si la clinique était pénalement responsable.

Intéressant et délicat procès.

Nicole L. se présente comme je le disais précédemment en février 2009 aux urgences de la clinique mulhousienne avec son époux André âgé de 48 ans.

Celui-ci se trouve dans la voiture conduite par son beau-frère.

L'épouse explique à l'infirmière de garde que son mari est souffrant et a du mal à respirer, ce qui a nécessité un peu plus tôt l'intervention de SOS Médecin.

L'infirmière explique à Nicole L. que le service est fermé et lui demande de conduire son mari aux urgences de l'Hôpital.

À l'arrivée au Centre hospitalier 20 minutes plus tard, l'homme est inconscient car victime d'un arrêt cardio-respiratoire et il décède peu après.

L'épouse de la victime estime que la responsabilité de la Clinique mulhousienne est clairement engagée et dépose plainte.

Le Juge d'Instruction, au terme de ses investigations, renvoie pour homicide involontaire devant le Tribunal Correctionnel la Clinique en tant que personne morale et le Directeur de celle-ci en tant que personne physique.

Un dossier « très particulier » pour reprendre l'expression du Président d'audience Ziad EL IDRISSI qui précise ceci : **« On ne dit pas que la Clinique est à l'origine du décès d'André L. On lui reproche de l'avoir privé d'une chance de survie ».**

Le point essentiel de discussion est le suivant : la clinique avait- elle le droit de fermer son service des urgences sans avoir obtenu au préalable l'arrêté normalement délivré par l'ARH, Agence Régionale d'Hospitalisation (actuellement ARS) ?

Le Directeur de la clinique que je défends, ainsi que la personne morale, fait valoir que suite à une pénurie subite et imprévue de médecins urgentistes, il a été contraint de fermer le service la nuit.

Les patients ayant besoin de soins urgents devaient être pris en charge par l'Hôpital Civil en vertu d'un protocole signé en ce sens par la Clinique et l'Hôpital.

Mon confrère Yann MARTINEZ plaide pour la famille du défunt et il réclame une déclaration de culpabilité au pénal et une indemnisation au civil.

Sandra DI ROSA, Procureur de la République, estime que la fermeture du service était illégale et requiert une forte amende contre la clinique.

Je fais valoir une argumentation juridique quelque peu complexe basée sur la loi Fauchon et j'obtiens au plan pénal la relaxe de la personne physique et de la personne morale, ce qui me donne évidemment satisfaction.

En revanche, il appartient naturellement à la compagnie d'assurance de la clinique d'indemniser le préjudice subi par la famille de la victime.

À présent, quittons le domaine de la responsabilité des médecins pour des manquements non intentionnels pour aborder un autre thème : je veux évoquer l'étonnante et quelque peu inquiétante personnalité de certains médecins dont j'ai assumé la défense.

DES ARMES DE CHASSE POUR UN ŒDIPE MAL RÉGLÉ

La presse régionale résume avec compétence au mois de février 2003 le dossier qui suit.

Le journaliste a titré son article comme suit : « **Des armes de chasse pour un œdipe mal réglé** »

Il ajoute ceci : « **L'audience du Tribunal Correctionnel de Mulhouse a viré à la séance de divan chez psychanalyste, hier à l'occasion du procès d'un prévenu peu banal, un respectable médecin de 50 ans.** »

J'essaie de dire l'essentiel.

Le médecin est interpellé en novembre 2001 dans une armurerie de Mulhouse où il s'apprête à acheter une arme avec un faux chèque.

Les fonctionnaires de Police fouillent le véhicule du médecin et découvrent un véritable et curieux arsenal, à savoir des fusils de chasse, une carabine, un couteau de chasse ainsi qu'une carte d'identité et des formules de chèques, le tout à un faux nom.

Les policiers découvrent aussi une moustache et une perruque.

Dans les jours qui précèdent son interpellation, le médecin, revêtu de ses postiches, a arnaqué un armurier de Strasbourg avec un faux chèque d'un montant conséquent et un autre professionnel à Haguenau.

Le Président d'audience Olivier KIRSCHNER est très intrigué par ce cas insolite et il pose de judicieuses questions au médecin sur les motivations de son comportement.

Le médecin explique en substance que son comportement délinquant avait pour finalité « de faire ch... sa mère. »

Il dit que sa mère l'a empêché notamment, entre autres brimades, d'aller se recueillir sur la tombe de son père le jour de la Toussaint.

Le médecin a alors acheté un scanner pour fabriquer les faux papiers et il a rassemblé des armes, ce qui évidemment pose question.

Les psychiatres sont appelés à la rescousse et relèvent que leur collègue est bien perturbé, mais non pas dangereux.

Pour ma part, je fais valoir que « c'est l'histoire d'un homme malheureux qui a pris la fuite dans la fiction et qui a déjà été sévèrement sanctionné avec deux mois de détention provisoire ».

Le Tribunal rend un jugement modéré, à savoir six mois de prison avec sursis et naturellement confiscation des armes.

Un bien curieux dossier.

UN MÉDECIN TROP PROCHE DE LA PATIENTE

En 2011, ce médecin du travail âgé de 60 ans comparait devant le Tribunal Correctionnel pour avoir commis des agressions sexuelles sur une personne vulnérable en abusant de l'autorité de sa fonction.

La victime sortait de dépression et, à la demande de son employeur, avait consulté le médecin du travail, lequel a malheureusement commis des actes particulièrement répréhensibles.

Le médecin explique en résumé qu'il allait très mal au plan psychologique à l'époque des faits.

Il avait des problèmes personnels et familiaux et n'avait plus la notion des bornes à ne pas dépasser.

La victime, assistée par Lionel GATIN, relate son traumatisme à la Barre du Tribunal **« Je voulais juste parler de mon deuil à ce médecin. Je ne comprends pas ce qui s'est passé. J'étais comme tétanisée ».**

Le Procureur de la République fait valoir à juste titre que la relation de confiance entre le patient et le médecin a été trahie, ce qui doit justifier une sanction significative.

Je fais de mon mieux dans l'intérêt du médecin qui s'en sort finalement avec 12 mois de prison avec sursis.

Au plan civil, le médecin défaillant doit payer une indemnité de 2 000 € à la partie civile.

Une affaire bien navrante.

À présent, pour tenter de vous faire un peu sourire, je vous relate un dossier de chamailleries entre membres du corps médical.

DES CHAMAILLERIES ENTRE MÉDECINS

Les Caisses nationales d'Assurance Maladie et la Fédération Française des médecins généralistes (M.G France) ont conclu le 26 novembre 1998 une convention nationale « destinée à organiser les rapports entre les médecins généralistes libéraux et les caisses d'assurance maladie ».

En substance, le patient s'adresse, si besoin est, à un médecin référent librement choisi, celui-ci étant un médecin généraliste qui décide d'adhérer à l'option conventionnelle.

Cette convention nationale déplait à tort ou à raison à certains médecins qui publient en juin 1999 dans le quotidien *L'Alsace* un communiqué émanant de la chambre syndicale des médecins du Haut-Rhin.

Le texte du communiqué est le suivant :

« MÉDECIN RÉFÉRENT = MÉDECIN DÉFÉRENT = MÉDECIN DE CAISSE

Est-ce vraiment le médecin que vous voulez ?

Parlez-en à votre médecin. »

En septembre 1999, la Caisse Nationale de l'Assurance Maladie des travailleurs salariés dépose plainte avec constitution de partie civile devant le Juge d'Instruction de Mulhouse contre la chambre syndicale des médecins du Haut-Rhin pour diffamation publique envers un établissement public administratif.

La caisse plaignante estime que les propos de la chambre syndicale des médecins du Haut-Rhin jettent le discrédit sur ses intentions dans le cadre du régime de l'option conventionnelle.

Selon la caisse plaignante, la chambre syndicale insinue que la caisse veut mettre en place, pour réduire les dépenses de santé, une catégorie de médecins dont l'indépendance vis-à-vis des caisses serait nulle et ce au détriment de la santé des patients.

Je passe sur les péripéties procédurales et j'en arrive au jugement du Tribunal Correctionnel du mois d'avril 2002, un jugement qui fait droit à mon argumentation en faveur de la chambre syndicale des médecins du Haut-Rhin, argumentation visant à faire déclarer par le Tribunal l'irrecevabilité des poursuites diligentées par la Caisse Nationale de l'Assurance Maladie des travailleurs salariés.

La caisse plaignante fait appel contre le jugement qui la déboute et l'affaire est évoquée par la Chambre Correctionnelle de la Cour d'Appel de Colmar au mois de septembre 2002.

La Cour indique très exactement ceci :

« Par jugement en date du 24 avril 2002, le Tribunal correctionnel de Mulhouse a déclaré irrecevables les poursuites diligentées par la CNAMTS contre la chambre syndicale des médecins du Haut-Rhin, aux motifs qu'en vertu des dispositions de l'article 121-2 du Code Pénal, la responsabilité des personnes morales ne peut être mise en œuvre qu'à condition d'être spécialement prévue pour l'infraction considérée et que tel n'est pas le cas en matière d'infractions de presse ».

La Cour de Colmar reprend, comme je le souhaitais, l'argumentation développée par le Tribunal Correctionnel de Mulhouse.

La petite guerre entre les membres du corps médical prend ainsi fin…

Pour clore ce chapitre sur les médecins de façon optimiste, je souhaite dire que, de mon point de vue, le système de santé en France est globalement de bonne qualité.

J'espère que ce constat pourra se maintenir dans les années à venir.

LES EXPLICATIONS DE L'UNIVERSITAIRE : CHAPITRE 7

1. Qu'est-ce que la loi « Fauchon » ? Comment est-il possible de mettre en cause un médecin alors qu'il n'est pas l'auteur direct du dommage subi par la victime ?

Les dispositions légales relatives à cette catégorie de délits sont issues de la loi « Fauchon » du 10 juillet 2000. Cette loi, qualifiée de loi de compromis, cherche à ménager des intérêts parfois contradictoires. Le dispositif qui en est issu procède d'une logique assez simple : le degré de gravité de la faute constitutive du délit doit être fonction du caractère plus ou moins direct du lien de causalité entre cette faute et le dommage.

Lorsque le lien est direct, une faute simple suffit pour que l'auteur puisse être poursuivi. Lorsque le lien est indirect, une faute d'une certaine gravité, dite souvent « qualifiée » (expression doctrinale qui sera utilisée par commodité), entrant dans les prévisions de l'article 121-3, alinéa 4 du code pénal, doit être établie.

En droit, il faut donc distinguer entre les délits intentionnels et les délits non-intentionnels.

Les délits intentionnels sont ceux pour lesquels l'auteur des actes a délibérément cherché à blesser sa victime, même si l'acte n'était pas prémédité. La loi parle alors de violences, qu'elles soient physiques (coup de poing, de pied...) ou psychologiques (menaces, harcèlement...). Dans les deux cas, la sanction s'opère de la même manière. Ces violences sont insérées aux articles 222-7 et suivants du code pénal.

En revanche, face aux délits non intentionnels, le législateur a imposé un certain **degré de gravité** pour pouvoir poursuivre et sanctionner une personne qui n'a pas été l'auteur direct des faits. Il faudra que soit produite la preuve d'une faute qualifiée, exigence inscrite à l'article 121-3 alinéa 4 du code pénal, article qui pose des conditions cumulatives :

1) L'infraction doit supposer la réalisation d'un dommage pour une victime

L'article 121-3, alinéa 4, du code pénal prévoit qu'une faute « qualifiée » doit être établie en cas de causalité indirecte entre la faute et le dommage. Il en résulte que l'exigence d'une telle faute n'est concevable que lorsque le dommage est un élément constitutif de l'infraction, objet de la poursuite. Tel est le cas, bien entendu, en matière d'homicide et de blessures involontaires, les articles 221-6 et 222-19 du code pénal qui se réfèrent expressément à l'article 121-3, alinéa 4.

Si le dommage causé concerne majoritairement des individus, la jurisprudence inclut d'autres victimes, comme par exemple celles pollutions accidentelles des milieux aqueux. Il est donc important de noter que les tribunaux ne distinguent pas selon la nature, corporelle ou matérielle, du dommage causé.

2) Le prévenu doit être l'auteur indirect du dommage

Dans le cas des fautes non intentionnelles, le législateur a posé pour principe l'importance d'étudier le lien de causalité entre la faute commise et le dommage résultant des actes. L'analyse du lien de causalité est donc déterminante dans le traitement de ces affaires. Le tribunal devra étudier le caractère direct ou indirect du lien entre la faute et le dommage pour pouvoir entrer en voie de condamnation. Il faudra alors vérifier soit l'existence d'une faute simple (causalité directe), soit l'existence d'une faute entrant dans les prévisions des dispositions de l'article 121-3 du code pénal, à savoir la causalité indirecte.

Avant l'entrée en vigueur de la loi du 10 juillet 2000, la distinction entre causalité directe et indirecte n'avait qu'un intérêt doctrinal. En matière d'homicide et de blessures involontaires, la chambre criminelle jugeait alors avec constance que les articles 221-6 et 222-19 du code pénal (art. 319 et 320 anciens) n'exigeaient pas, pour leur application, que la cause de l'homicide ou des blessures fût directe ou immédiate (Crim. 2 juill. 1932, Bull. n 166 - 18 oct. 1995, Bull. n 314). En vertu de ce principe, souvent présenté comme une expression de la théorie dite de « l'équivalence des conditions », toutes les fautes ayant joué un rôle causal quelconque dans la survenance du dommage étaient placées sur un même plan. Désormais, les fautes se rattachant au dommage par un lien de causalité indirecte doivent présenter une certaine gravité pour être retenues[45].

45. La responsabilité pénale en matière d'infractions non-intentionnelles (par M. Frédéric Desportes, conseiller référendaire à la Cour de cassation), https://www.courdecassation.fr/publications_26/rapport_annuel_36/rapport_2002_140/deuxieme_partie_tudes_documents_143/tudes_theme_responsabilite_145/matiere_infractions_6114.html.

3) Le prévenu doit être une personne physique

L'exigence d'une faute qualifiée ne concerne que les personnes physiques (l'article 121-3, alinéa 4, du code pénal ne vise que les « personnes physiques »).

Les personnes morales demeurent quant à elles pénalement responsables des dommages qu'elles causent à autrui, quelle que soit la gravité de la faute qui leur est reprochée, sans qu'il y ait à distinguer selon que le lien de causalité est direct ou indirect.

Rappelons également que le législateur ajoute à l'article 121-2 alinéa 3 que la « responsabilité pénale des personnes morales n'exclut pas celle des personnes physiques, auteurs ou complice des mêmes faits ». Cette disposition trouve alors à s'appliquer sous réserve des dispositions du quatrième alinéa de l'article 121-3 du code pénal. Il est donc possible de cumuler les responsabilités de chacun.

En l'absence de l'une de ces trois conditions, une simple faute d'imprudence ou de négligence pourra engager la responsabilité pénale du prévenu. Il suffira alors d'établir, conformément à l'alinéa 3 de l'article 121-3, qu'il n'a « pas accompli les diligences normales compte tenu, le cas échéant, de la nature de ses missions ou de ses fonctions, de ses compétences ainsi que du pouvoir et des moyens dont il disposait ». Néanmoins, la démonstration d'une faute qualifiée ne sera pas pour autant inutile. La violation manifestement délibérée d'une obligation de sécurité prévue par la loi ou le règlement pourra alors être retenue, non comme élément constitutif, mais comme circonstance aggravante de l'infraction (v. par ex. Crim. 11 sept. 2001, Bull. n° 176, pour un manquement délibéré à une obligation de sécurité retenu à l'encontre d'un médecin anesthésiste, auteur direct du dommage, comme circonstance aggravante)[46].

---

46. *Ibid.*

2. Est-il possible qu'un médecin soit puni pénalement et disciplinairement ?

En droit français, les procédure pénales et disciplinaires sont indépendantes. Cette différence s'explique par les enjeux et les fonctions que chaque domaine tend à protéger.

Ainsi, mettre en jeu la responsabilité pénale d'un médecin s'explique quand il s'agit de sanctionner des comportements que la société ne peut accepter. Le but ici est alors d'aboutir à la sanction de l'acte, à la répression d'une déviance vis-à-vis de l'ordre social.

La sanction disciplinaire vient sanctionner la violation d'un comportement professionnel au regard d'un comportement qui entrerait en conflit avec le code de Déontologie. Elle sanctionne le non-respect par le professionnel des principes de moralité, de probité, de compétence et de dévouement ainsi que des règles contenues dans le code de Déontologie médicale. Citons à ce titre les obligations suivantes : assurer personnellement des soins consciencieux, dévoués et fondés sur les données acquises de la science dans le respect de la vie humaine, de la personne et de sa dignité, assurer un suivi de soins, élaborer son diagnostic avec le plus grand soin en s'aidant des méthodes scientifiques nécessaires, informer de manière claire, précise et compréhensible les patients.

Contrairement à la responsabilité pénale qui est relevée par un tribunal judiciaire, la faute disciplinaire sera établie par un conseil formé de professionnels. Ce sera le Conseil national de l'ordre des médecins qui sera alors compétent et qui prononcera la sanction aux manquements des médecins à leurs obligations déontologiques.

Les faits punissables sont les suivants :

- les manquements aux règles déontologiques établies par le Code de Déontologie ;
- les fautes graves comme la négligence dans les soins, le refus de soins ou le manque de surveillance, les certificats abusifs, le manquement aux règles de confraternité, la violation des règles relatives aux honoraires, etc...

Les sanctions applicables peuvent être par ordre croissant :

- l'avertissement ;
- le blâme ;
- l'interdiction temporaire ou permanente d'exercer pour 3 ans ;
- la radiation à vie.

Rappelons enfin les personnes susceptibles de mettre en jeu la responsabilité disciplinaire d'un médecin devant l'ordre :

- un patient ou un ayant-droit ;
- un autre médecin ;
- une administration ou un organisme de service public ;
- une association.

Pour toute information supplémentaire : https://www.conseil-national.medecin.fr/lordre-medecins/linstitution-ordinale/juridiction-ordinale

CHAPITRE 8 :

AUTRES PERSONNES DE CONFIANCE EN DIFFICULTÉS JUDICIAIRES

UN ENSEIGNANT TROUBLÉ
PAR UNE SEXUALITÉ ENVAHISSANTE

JOUER N'EST PAS TRICHER

UN ENSEIGNANT TROUBLÉ PAR UNE SEXUALITÉ ENVAHISSANTE

Très minoritaire parmi ses nombreux collègues dévoués et compétents, voici malheureusement le cas d'un enseignant dévoyé.

L'homme est mis en examen en février 1997 pour des agressions sexuelles.

Il est mis en cause par huit élèves, mais il nie les faits avec véhémence.

Les gendarmes sont chargés de l'enquête sous la direction du Lieutenant HAAS.

Les plaignantes disent que les agressions ont eu lieu au collège, soit durant les cours, soit entre les cours, et ceci depuis 1995.

Une élève dit que le professeur lui a montré des photos pornographiques.

Placé en garde à vue, le professeur conteste.

Il est mis en examen par le Juge d'Instruction Karine MALARA.

Il est placé sous contrôle judiciaire avec interdiction d'exercer sa profession et de rencontrer les personnes concernées par le dossier.

Le professeur déclare au Juge qu'il pouvait avoir simplement à l'égard des élèves des gestes affectueux, mais pas davantage.

Michel DEFER, Procureur de la République déclare à la Presse : **« C'est une enquête difficile. Il n'y a aucun élément matériel et il faut peser la parole des uns contre celle de l'enseignant poursuivi ».**

En juin 2000, le professeur comparait devant le Tribunal Correctionnel mais il persiste dans ses dénégations.

Il se dit victime d'une cabale.

Il insiste sur le fait qu'il enseigne depuis vingt ans dans le collège concerné et il est soutenu non seulement par ses collègues mais encore par les parents d'élèves.

Dans son article qui rend compte de l'audience, le journaliste précise ceci : **« Hier, la salle d'audience était tout juste assez grande pour accueillir ceux qui le soutiennent encore et seulement quelques victimes. »**

L'audience est présidée par Fernand KATO, un Magistrat énergique et doté d'un solide bon sens.

Selon le psychologue qui a examiné le professeur, celui-ci est **« narcissique et dominateur ».**

L'une des collégiennes victimes était même amoureuse du professeur...

Intervenant contre le professeur en tant que partie civile, je fais valoir les éléments qui tendent à démontrer la culpabilité du prévenu.

Mon confrère Philippe NOEL qui défend l'enseignant le présente comme la victime d'une machination et il réclame la relaxe pure et simple.

Sonja LOOS, Procureur de la République, réclame deux à trois ans de prison avec sursis et l'affaire est mise en délibéré, le Tribunal voulant prendre le temps de peser le pour et le contre.

En septembre 2000, le jugement tombe : le professeur est condamné à un an de prison ferme et à cinq ans d'interdiction d'enseigner et d'encadrer des jeunes.

Les parties civiles obtiennent la juste réparation du préjudice.

Le Tribunal a donné totalement crédit aux accusations des jeunes élèves.

Le professeur, fortement contrarié par le jugement, fait appel mais il est à nouveau condamné par la Cour d'Appel de Colmar.

Il bénéficie uniquement d'une atténuation de la sanction.

JOUER N'EST PAS TRICHER

Autre personne à laquelle on devrait pouvoir accorder sa confiance : un fonctionnaire des impôts.

Il comparait en octobre 2000 devant le Tribunal Correctionnel de Mulhouse pour avoir détourné de l'argent des contribuables, un montant très important, et ceci pour jouer aux courses.

Il était un fonctionnaire modèle et bien noté mais pendant plusieurs années, chargé du recouvrement de l'impôt sur les sociétés, il a détourné près de 400 000 francs, et ceci grâce à des manipulations informatiques et des faux en écriture.

Il a fallu du temps pour démasquer le fraudeur selon le Procureur qui réclame quatre ans de prison dont dix mois de prison ferme.

Je fais de mon mieux pour tenter d'obtenir une atténuation de la sanction.

Le Tribunal condamne l'intéressé à quatre ans de prison dont trois ans avec sursis.

J'espérais un résultat un peu plus favorable.

LES EXPLICATIONS DE L'UNIVERSITAIRE : CHAPITRE 8

1. **Dans la première affaire Maître Moser indique que l'auteur des faits est un enseignant. Cette qualité est-elle une source d'aggravation de la peine encourue ?**

La procédure pénale française prévoit une gradation dans la réponse pénale que la justice apporte à des faits qui sont présentés devant les tribunaux. Il est important de relever que cette aggravation tient à plusieurs éléments qui peuvent relever soit de la personnalité de l'auteur présumé des faits, soit d'une des caractéristiques attachées à la victime de l'infraction.

Prenons l'exemple de l'affaire de l'enseignant.

Maître Moser explique que les faits en cause sont constitutifs d'une agression sexuelle, infraction inscrite à l'article 222-22 du code pénal. Selon cet article, « constitue une agression sexuelle toute atteinte sexuelle commise avec violence, contrainte, menace ou surprise ou, dans les cas prévus par la loi, commise sur un mineur par un majeur ».

Pour schématiser, la justice différencie entre les différentes agressions sexuelles. Par exemple, le viol sera constitué à partir du moment où il y aura eu un acte de pénétration que cet acte soit buccal, anal ou vaginal. Notons que très souvent, pour pouvoir agir avec plus de rapidité, la justice va correctionnaliser les faits et transformer la qualification de viol (relevant des Cours d'assises, et donc du criminel) en agression sexuelle, acte relevant de la compétence des tribunaux judiciaires. Sans entrer dans des polémiques tenant à la politique judiciaire des tribunaux, une décoloration de l'aspect criminel de l'acte peut trouver à s'expliquer par la difficulté dans certaines affaires d'établir avec exactitude la matérialité des faits. La correctionnalisation permet alors que la victime ait une forme de reconnaissance de son statut de victime et peut ainsi obtenir la sanction de la violence ressentie.

Mais revenons-en à l'affaire de l'enseignant.

Dans cette affaire, deux critères d'importance sont à relever : les faits mettent en cause un professeur, personne qui dispose d'une certaine aura et qui, à ce titre, a pour mission d'assurer un enseignement dans un cadre de confiance pour les jeunes qui suivent cet enseignement. En parallèle, les victimes supposées de l'infraction sont toutes mineures.

La qualité d'enseignant pour la justice est un élément qui aura toute son importance lors de l'étude de la constitution de l'infraction en ce qu'elle peut avoir lieu par l'exercice de la contrainte, qu'elle soit physique ou morale. Par application de l'article 222-22-1 du code pénal, il y a contrainte morale lorsqu'elle est exercée par une personne qui détient une « autorité morale » sur la victime. Le même article vient encore préciser qu'il y a « autorité morale » lorsqu'il existe une grande différence d'âge entre la victime et l'auteur des faits[47].

47. Code pénal, article 222-22-1 : « La contrainte prévue par le premier alinéa de l'article 222-22 peut être physique ou morale. Lorsque les faits sont commis sur la personne d'un mineur, la contrainte morale mentionnée au premier alinéa du présent article ou la surprise mentionnée au premier alinéa de l'article 222-22 peuvent résulter de la différence d'âge existant entre la victime et l'auteur des faits et de l'autorité de droit ou de fait que celui-ci a sur la victime, cette autorité de fait pouvant être caractérisée par une différence d'âge significative entre la victime mineure et l'auteur majeur. Lorsque les faits sont commis sur la personne d'un mineur de quinze ans, la contrainte morale ou la surprise sont caractérisées par l'abus de la vulnérabilité de la victime ne disposant pas du discernement nécessaire pour ces actes ».

Dans l'espèce, l'enseignant est mis en cause par huit élèves d'un collège, ce sont donc des adolescents, pour certains peut-être âgés de moins de quinze ans. En conséquence, l'auteur des faits encourt en principe une peine de cinq ans d'emprisonnement et de 75 000 euros d'amende sur le fondement de l'article 222-27 du code pénal, peine qui devrait être aggravée en raison de l'âge des victimes et de la qualité d'enseignant de l'auteur des faits à sept ans d'emprisonnement et à 100 000 euros d'amende (article 222-28 du code pénal).

La peine prononcée à l'encontre du professeur dans cette affaire est d'un an d'emprisonnement assortie d'une interdiction d'enseigner et d'encadrer des enfants (peine qui a été atténuée en appel). Une telle solution, un tel écart entre le prescrit et le réel peut alors sembler choquant, mais comment l'expliquer ?

Une explication peut alors se trouver dans les circonstances entourant les faits.

En effet, l'enseignant comparait devant le tribunal en persistant dans ses dénégations et en affirmant qu'il est soutenu par ses collègues et par les parents d'élèves. A priori, l'auteur présumé des faits, qui est enseignant depuis vingt années, n'a pas d'antécédents connus par la justice. En revanche, les psychologues relèvent à son encontre un caractère « narcissique et dominateur », caractère qui ne suffit pas à faire de cet individu un prédateur sexuel.

Par ailleurs, il faut relever que l'enseignant est mis en cause par des élèves, sans que ces derniers n'apportent de preuves matérielles des faits. On se retrouve donc dans une affaire « parole contre parole », affaire difficile pour laquelle même le procureur en charge de l'enquête reconnait qu'il n'y a pas d'éléments matériels pouvant appuyer les accusations des jeunes victimes présumées.

En conséquence, et au vu des faits relatés, il est raisonnable de conclure que la condamnation en première instance s'est essentiellement faite au vu des comportements de chacun, l'auteur des faits s'enfermant dans ses dénégations, apparaissant comme « narcissique et dominateur ».

Il est enfin possible d'analyser la peine prononcée à l'encontre de l'enseignant comme une sanction préventive ayant pour but, d'une part de mettre l'enseignant face à ses turpitudes (en lui infligeant une peine « symbolique » d'un an d'emprisonnement, peine aménageable compte tenu de la surpopulation carcérale) et, d'autre part à un acte de protection pour la jeunesse (en prononçant l'interdiction d'entrer en contact avec une population jeune).

2. Dans la seconde affaire, comment expliquer qu'une peine aussi importante ait été prononcée, alors que dans la première affaire le prévenu n'a été condamné qu'à une année d'emprisonnement alors qu'il s'en est pris à des enfants ?

L'analyse des différentes décisions de justice présente un intérêt tout particulier en ce qu'elles sont le reflet des sanctions que les tribunaux entendent apporter aux atteintes portées à une des valeurs protégées par la République.

Ainsi, comment expliquer qu'un agent des impôts, fonctionnaire sans histoire, puisse être condamné pour avoir détourné des fonds à quatre années d'emprisonnement (dont dix mois fermes) alors que l'auteur d'agressions sexuelles sur des mineurs qu'il avait sous sa garde a été condamné seulement à un an de prison ferme ? Serait-ce à dire que l'atteinte portée à l'argent public doit être sanctionnée plus durement qu'une atteinte portée à l'intégrité physique et morale de jeunes personnes en pleine construction psychologique ?

La question ainsi posée peut paraître a priori choquante et, évidemment que non, la justice ne place pas dans l'échelle des valeurs la protection des fonds publics avant la protection des mineurs, bien au contraire ; la question de la défense et de la protection des mineurs est au fil des réformes de plus en plus assurée et affirmée !

Mais revenons à l'affaire proposée.

Il est intéressant ici de se pencher, comme le fait chaque juridiction, sur les faits de l'espèce.

Dans cette affaire, Maître Moser, assurant la défense de l'agent des impôts, explique que l'auteur des faits comparaît devant le tribunal pour des faits de détournement de l'argent des contribuables, ceci dans le but de jouer aux courses.

Derrière cette affaire de fraude, transparaît en fait le rôle de l'impôt.

L'impôt et les autres prélèvements effectués par l'État relèvent de la participation de tous à la vie de la République ; les fonds prélevés servant alors à financer les services publics tels que les services d'urgence ou autres services ayant pour mission de défendre et d'assurer la sureté, la sécurité et la paix publique (hôpitaux, services de police, pompiers, ...). Détourner des fonds destinés à assurer ces missions revient alors à porter atteinte à la sécurité de ces services et à leur survie, mettant alors en jeu, in fine, la sécurité de la Nation. Ce n'est pas tant la somme détournée qui pose problème ici, mais la qualité de l'auteur des faits et le symbolisme attaché à l'impôt.

En effet, l'auteur des faits est fonctionnaire des impôts et même si l'image du fonctionnaire peut parfois être critiquée (et/ou critiquable), il n'en demeure pas moins que tout fonctionnaire, quel que soit son grade, assure une mission de service public. Par ce statut, il se doit d'être le garant de la continuité du service et de ne pas profiter de sa position pour s'enrichir au détriment de la société.

C'est exactement ce que le tribunal est venu sanctionner lorsqu'il prononce une peine aussi lourde à l'encontre du fonctionnaire. Concluons enfin que même s'il avait détourné 100, 1 000, 10 000, 100 000 euros, cela n'aurait aucune importance pour le tribunal qui entend réprimer l'atteinte portée à l'image de la fonction assurée par le mis en cause et celle portée aux intérêts de la Nation. Le détournement des fonds publics pouvant, en forçant le trait, s'analyser comme une perte de chance pour l'État d'assurer, à travers l'utilisation des fonds issus de la contribution publique, la sécurité de tous et la paix publique.

CHAPITRE 9 :

LE PETIT MONDE SURPRENANT DE LA POLITIQUE LOCALE ET RÉGIONALE

LE COMBAT ENTRE LE VICE ET LA VERTU

LE VIBRIONNANT PRÉSIDENT
DU CONSEIL GÉNÉRAL DU HAUT-RHIN

LA COUR DE RÉCRÉATION

GESTION D'UN TRIPOT ET FINANCEMENT
D'UN PARTI POLITIQUE EN POLYNÉSIE FRANÇAISE

NE PAS TENIR UNE PROMESSE ÉLECTORALE,
EST-CE UN DÉLIT PÉNAL ?

BONNES INTENTIONS
ET POURSUITES JUDICIAIRES

Un malentendu semble exister entre le monde politique et le monde de la justice.

Le monde politique s'offusque généralement à l'idée d'avoir à rendre des comptes au monde judiciaire.

Inversement, il peut arriver que des Juges jaloux de leurs prérogatives traitent l'homme politique qui comparait en justice avec condescendance, voire avec hostilité, ce qui est évidemment inacceptable.

L'homme politique doit être traité ni mieux, ni moins bien qu'un autre justiciable.

LE COMBAT ENTRE LE VICE ET LA VERTU

En juin 1986, le service régional de police judiciaire de Nancy s'intéresse de près à la comptabilité de l'entreprise de maçonnerie et de construction appartenant à André G., entreprise dont Joël LAGRANGE, avocat talentueux de Nancy et moi-même sommes les avocats.

Les investigations policières permettent la découverte de nombreuses factures fictives.

Le total des fausses factures aboutit à onze millions de francs.

Pour quelle raison ces factures ont-elles été suivies d'un paiement bien réel ?

Le paiement correspond à des promesses faites ou à des démarches du chef d'entreprise, André G.

Celui-ci fait valoir ses relations notamment au plan politique et il promet qu'il va intervenir auprès de tel ou tel personnage pour obtenir par exemple l'implantation ou l'agrandissement d'un hypermarché ou l'attribution de marchés de travaux de grande importance.

André G. invoque donc ses amitiés politiques et il donne à penser par ses propos que les fonds pourraient être destinés à un parti politique.

André G. conteste pendant un certain temps les accusations portées contre lui puis il passe aux aveux et il déclare en résumé avoir établi les fausses factures selon les indications de Jacques G., Maire de Toul, Vice-Président du Conseil Général de Meurthe-et-Moselle et membre de la Commission Départementale d'Urbanisme Commercial (CDUC).

André G. dit partager de longue date un engagement politique avec Jacques G., les deux hommes étant des sympathisants actifs du RPR, le parti fondé par Jacques CHIRAC qui cherche à conquérir l'Élysée.

Jacques G., Maire de Toul, est assisté par mon confrère et ami Alain BEHR de Nancy.

Différents personnages sont mis en examen pour les infractions financières. La procédure est complexe et volumineuse : vingt-huit inculpés (je reprends la terminologie de l'époque).

Nous avons comme partie civile l'Association de Défense et d'Information des Consommateurs.

Selon la loi, le Juge d'Instruction a naturellement l'obligation, pour respecter les droits de la défense, de se conformer strictement aux règles procédurales régissant la matière.

Si tel n'est pas le cas, les défenseurs peuvent et doivent réclamer l'annulation pure et simple en tout ou partie de la procédure.

C'est ainsi que mes confrères de la défense et moi-même engageons une bataille de procédure et le dossier est soumis à la Chambre d'accusation de la Cour d'Appel de Metz qui rend un arrêt le 14 mai 1992.

Cet arrêt nous donne moyennement satisfaction et nous régularisons un pourvoi en Cassation contre l'arrêt précité.

Au mois de novembre, la Chambre Criminelle de la Cour de Cassation présidée par Christian LE GUNEHEC casse partiellement l'arrêt de Metz et renvoie le dossier à la Chambre d'accusation de la Cour d'Appel de Paris.

Il est évident que la presse suit de près l'évolution du dossier en raison notamment de la mise en cause du Maire RPR de Toul.

Le dossier présente à l'évidence une coloration politique.

Réputé pour son franc-parler, Gilbert THIEL, substitut général près la Cour d'Appel de Metz, fulmine contre l'arrêt de la Chambre criminelle de la Cour de Cassation et il dit notamment dans la presse ceci : « **Le combat**

entre le vice et la vertu connait parfois de singuliers dénouements ».

Les journalistes interrogent le Magistrat sur le devenir du dossier à présent confié à la Chambre d'accusation de la Cour d'Appel de Paris.

Gilbert THIEL répond ceci : **« Le temps est l'ennemi mortel des procédures. Je crois que les choses sont singulièrement compromises ».**

Effectivement, l'affaire était terminée compte tenu des vices de procédure graves ayant affecté l'information préalable gérée par le Juge d'Instruction.

LE VIBRIONNANT PRÉSIDENT DU CONSEIL GÉNÉRAL DU HAUT-RHIN

Maire d'une ville proche de Mulhouse, président du Conseil Général du Haut-Rhin, député du Haut-Rhin, Jean-Jacques W. cumule tous ces mandats.

Cet homme dont je suis l'avocat est d'une activité débordante, parfois brouillonne, et il finit malheureusement par « se brûler les ailes ».

Il est poursuivi pour différentes infractions, à savoir un abus de confiance à l'occasion d'un voyage d'agrément organisé en Espagne pour les membres du Conseil Général et leurs épouses aux frais du département, pour des faits de favoritisme lors de la passation de marchés publics et pour avoir fait travailler des ouvriers du département à son domicile privé.

Après différentes péripéties, il comparait devant le Tribunal Correctionnel de Colmar.

J'obtiens une relaxe partielle, mais pour le surplus, il est condamné à une peine de prison avec sursis, une amende et une peine d'inéligibilité pendant deux ans.

Intéressant et inhabituel procès.

Quelques années plus tard, en l'an 2000, j'interviens à nouveau pour Jean-Jacques W.

Il s'agit cette fois ci non plus d'un contentieux pénal, mais d'un contentieux civil.

Michelle E. réclame devant le Tribunal civil à Jean-Jacques W. un montant de 300 000 francs.

La demanderesse dit avoir été gravement diffamée par Jean-Jacques W. à l'occasion du procès pénal dont j'ai parlé précédemment.

Elle dit que son honorabilité a été gravement mise en cause lors des explications fournies par l'homme politique, et ce en présence d'une presse nombreuse qui a donné aux propos injurieux un grand écho.

Nous sommes dans un procès civil régi par le droit de la presse, législation relativement complexe.

Je fais valoir l'incompétence de la juridiction civile en raison de la qualité de fonctionnaire départemental de Michelle E. et je suis suivi par le Tribunal de Colmar qui déclare la demande irrecevable et condamne la demanderesse aux frais de la procédure.

LA COUR DE RÉCRÉATION

Des galapiats qui se cherchent querelle pour des motifs futiles : désolant constat soumis à l'appréciation du Tribunal Correctionnel.

Je vous soumets deux récits différents.

En mars 1998, la séance du Conseil Municipal de Mulhouse se termine.

Les conseillers municipaux quittent les lieux.

Certains conseillers, élus sur la liste du Front National, le parti de Jean-Marie LE PEN (actuellement Rassemblement National selon la nouvelle dénomination) s'attardent pour se disputer car ils sont en désaccord les uns avec les autres.

Les protagonistes de la dispute en viennent aux mains et l'affaire se termine devant le Tribunal Correctionnel de Mulhouse qui doit arbitrer dans le cadre d'une chamaillerie familiale.

Je suis partie civile pour l'homme qui a subi de légères violences et je réclame une déclaration de culpabilité ainsi que le franc symbolique en guise de dommages et intérêts.

Le prévenu défendu par Alex CIVALLERO réclame sa relaxe et rejette l'entière responsabilité des faits sur mon mandant.

Le jugement intervient en février 1999 et j'obtiens satisfaction : le prévenu est déclaré coupable, mais dispensé de peine et la partie civile pour laquelle je plaidais obtient le franc symbolique.

Un dossier bien navrant a mobilisé l'attention et le temps du Tribunal...

S'agissant du second récit, le journaliste des *Dernières Nouvelles d'Alsace* résume fort bien l'audience du mois d'avril 2013.

Je cite : « **La relaxe pour l'ancien Maire. Chacun son tour. Le Tribunal Correctionnel de Mulhouse a relaxé hier l'ancien Maire de Brunstatt, Francis F. qui comparaissait pour dénonciation calomnieuse. L'an dernier, c'est le plaignant, accusé de diffamation par l'ancien maire, qui avait été relaxé** ».

Je n'entre pas dans les détails.

Il s'agissait d'un ancien contentieux opposant un habitant de Brunstatt et le Maire de la Commune, un contentieux désolant qui a entrainé des plaintes de part et d'autre.

Le journaliste résume en disant que le score est à un partout.

Tempête dans un verre d'eau...

GESTION D'UN TRIPOT ET FINANCEMENT D'UN PARTI POLITIQUE EN POLYNÉSIE FRANÇAISE

Julien L., demeurant à Papeete en Polynésie Française, désire me rencontrer pour me confier la défense de ses intérêts par-devant la Cour d'Appel de Paris.

Il a été condamné sévèrement par le Tribunal Correctionnel pour tenue illicite d'une maison de jeux de hasard et pour corruption active et a fait appel.

Je le rencontre à Paris pour qu'il m'expose la situation que je résume à présent : il a exploité jusqu'en 1988 une maison de jeux de hasard à Papeete puis il a continué son activité illicite dans des baraquements édifiés sur deux terrains mis à sa disposition en 1990 et 1991 par la commune de Pirae.

La commune a donc donné à Julien L. la possibilité d'installer des baraques de jeux sur des terrains communaux.

Gaston F., Sénateur Maire, président du gouvernement du territoire de Polynésie Française, est un homme fort de ce territoire lointain et grand ami de Jacques CHIRAC, qui est également poursuivi dans le cadre de la procédure, notamment pour corruption passive et complicité de délit de tenue illicite d'une maison de jeux de hasard.

Gaston F. reconnait avoir consenti à Julien L. les locations critiquées alors qu'il était de notoriété publique que ce dernier organisait des jeux d'argent.

Julien L. fait des révélations à l'occasion du dossier sur le financement des partis politiques en Polynésie.

Il affirme avoir non seulement payé le prix convenu pour la location des terrains, mais avoir versé de façon occulte de nombreuses sommes d'argent au parti politique de Gaston F. (le RPR) sur la promesse notamment de se voir attribuer l'emplacement du port autonome de Papeete pour le Heiva (une fête populaire) de 1991.

Il est démontré que Julien L. a versé entre 1990 et 1992 une somme très conséquente au parti de Gaston F dans le but d'obtenir l'autorisation d'exploiter une maison de jeux de hasard sur un terrain loué par la municipalité.

Gaston F. est défendu par un excellent avocat, Francis SZPINER du Barreau de Paris.

Julien L. me demande de le défendre par-devant la Cour d'Appel de Paris.

Malheureusement, le procès est fixé à une date qui ne me convient absolument pas.

Je suis indisponible en raison d'une autre procédure, ce que je fais savoir à Julien L.

Il se fait assister par Gilles LAILLE, avocat au Barreau de Papeete et ce confrère obtient un très bon résultat, à savoir que Julien L. est relaxé des fins de la poursuite du chef de corruption active.

Il est condamné pour la tenue illicite de maisons de jeux de hasard, mais la sanction prononcée par les premiers Juges est fortement réduite.

L'intéressé est condamné à une amende de 25 000 francs.

De son côté, Gaston F. obtient également un résultat très satisfaisant au niveau de la Cour d'Appel de Paris qui rend son arrêt le 28 juin 2001.

NE PAS TENIR UNE PROMESSE ÉLECTORALE, EST-CE UN DÉLIT PÉNAL ?

En date du 23 mars 2001, Serge B., demeurant à Saint-Dié, dont je suis l'avocat, dépose plainte sur le fondement de l'article L.97 du Code Électoral pour détournement de suffrages par divulgation de fausses nouvelles ou autres manœuvres frauduleuses à l'occasion des élections municipales de Saint-Dié des 11 et 18 mars 2001.

Ces élections avaient conduit à la victoire au second tour de la liste conduite par Christian P. qui par ailleurs occupait les fonctions de secrétaire d'État et était considéré comme l'homme fort de la région.

Entre les deux tours, Christian P. a tenu, en tant que candidat aux élections, les propos suivants :

« Si je suis élu, je serai Maire complètement pendant six ans, quelle que soit ma position ministérielle ».

Cette promesse était largement diffusée dans les médias.

Dès le lendemain de l'élection, soit le 19 mars 2001, Christian P. décidait de rester au gouvernement et ne tenait absolument pas ses engagements, ce qui a légitimement ulcéré Serge B. qui dépose donc plainte pour des motifs d'éthique.

Christian P. est auditionné en tant que témoin assisté par le Juge d'Instruction de Saint-Dié et il fait valoir pour sa défense que la doctrine de Lionel JOSPIN, alors Premier Ministre, sur le cumul des mandats, n'était pas définitivement fixée.

Par ordonnance du 24 mai 2002, le Juge d'Instruction relève à juste titre que la promesse de Christian P. a été faite pour attirer des votes sur sa personne.

Il s'agissait d'une promesse hasardeuse et irréfléchie.

Le Juge admet avec beaucoup d'indulgence que Christian P. pouvait n'avoir pas mesuré l'impact de ses paroles et de ses écrits.

Pour le Juge, la preuve de l'intention frauduleuse n'est pas rapportée et par conséquent, Christian P. doit bénéficier d'un non-lieu (ordonnance du 24 mai 2002).

En tant qu'avocat de Serge B., partie civile, je fais appel contre le non-lieu et le dossier est soumis à la Chambre de l'Instruction de la Cour d'Appel de Nancy en date du 12 décembre 2002.

Le Procureur Général de Nancy rejoint totalement le point de vue de la partie civile Serge B., et il suggère à la Chambre de l'Instruction d'envisager la mise en examen de Christian P.

Cet homme politique, dit le Magistrat, a créé un évènement médiatique en faisant les promesses fallacieuses que l'on sait.

Le Procureur Général estime tout comme la partie civile que Christian P. était décidé dès le départ à ne pas respecter sa promesse, promesse non équivoque.

Par conséquent, l'homme politique savait dès le départ qu'il ne disait pas la vérité à ses électeurs et il était bien décidé à l'avance, en toute hypothèse, à ne pas abandonner son poste de secrétaire d'État.

La fausse nouvelle a eu pour effet indiscutablement de détourner des suffrages électoraux.

Malheureusement, la thèse du Procureur Général et de la partie civile n'arrive pas à convaincre la Cour de Nancy qui confirme la décision de non-lieu.

J'indique que Christian P. était défendu par un avocat fort talentueux, à savoir Maître PORTEJOIE de Clermont-Ferrand.

Ce dossier était donc fort intéressant au plan juridique et au plan moral, mais je suis évidemment quelque peu déçu par son issue.

BONNES INTENTIONS ET POURSUITES JUDICIAIRES

François T. est le Président, au moment des faits que je relate maintenant, de la Communauté de Communes de la Vallée de Saint-Amarin.

Il est préoccupé à juste titre par l'appauvrissement économique du territoire dont il a la charge et il pense que, pour faire face à cette situation inquiétante, il serait judicieux de relancer le tourisme dans la Vallée de Thann/Saint-Amarin.

Pour ce faire, il faut évidemment prévoir des installations pour le gîte et le couvert des touristes.

François T., dans cet esprit, propose la rénovation et la mise aux normes de différentes fermes-auberges et notamment la ferme du Belacker sise sur la Commune de Moosch.

Il s'agit de réaliser des travaux conséquents, travaux qui nécessitent notamment des opérations de désamiantage.

Il semblerait que ces opérations n'aient pas été réalisées dans le strict respect de la loi.

Vous savez que l'amiante est un matériau pouvant présenter de la dangerosité pour la santé humaine, ce pourquoi les dispositions légales prévoient des règles précises et strictes.

Ces règles n'ont-elles pas été respectées scrupuleusement par différents intervenants, notamment la ComCom ainsi que son Président ?

C'est la thèse du Procureur de la République de Mulhouse qui a engagé des poursuites notamment pour mise en danger d'autrui par violation manifestement délibérée d'une obligation particulière de sécurité ou de prudence.

À l'heure où j'écris ces lignes, le Juge d'Instruction n'a pas encore statué.

Le Magistrat instructeur dira s'il partage ou non le point de vue du Procureur de la République.

Si malheureusement tel était le cas, les personnes mises en examen auraient à comparaitre par-devant le

Tribunal Correctionnel, juridiction qui pourrait soit retenir la culpabilité et sanctionner, soit au contraire, relaxer.

Nous verrons ce que l'avenir réservera à ce dossier.

Comme je l'ai écrit un peu plus haut, de bonnes intentions au départ, mais à présent des poursuites judiciaires...

LES EXPLICATIONS DE L'UNIVERSITAIRE : CHAPITRE 9

1. Quid à l'heure actuelle du financement des partis politiques et de la transparence plus ou moins grande de la vie politique ? Pouvez-vous m'expliquer les règles essentielles en la matière ?

En France, le financement d'un parti politique a pour but d'assurer la gestion et la vie du parti qui est à la fois financé par des fonds publics et par des fonds privés. Depuis la loi du 11 mars 1988[48], le régime juridique de ce financement est strictement règlementé ; régime qui a connu des réformes successives. Les lois du 11 mars 1988, du 15 janvier 1990[49], du 19 janvier 1995[50], du 11 avril 2003[51], et les lois pour la confiance dans la vie politique du 15 septembre 2017[52], prises consécutivement à plusieurs affaires politico-judiciaires, constituent ainsi le socle légal des financements des partis politiques en France.

48. Loi n° 88-227 du 11 mars 1988 relative à la transparence financière de la vie politique, JORF du 12 mars 1988.
49. Loi n° 90-55 du 15 janvier 1990 relative à la limitation des dépenses électorales et à la clarification du financement des activités politiques, JORF n°13 du 16 janvier 1990.
50. Loi n° 95-65 du 19 janvier 1995 relative au financement de la vie politique, JORF n°18 du 21 janvier 1995.
51. Loi n° 2003-327 du 11 avril 2003 relative à l'élection des conseillers régionaux et des représentants au Parlement européen ainsi qu'à l'aide publique aux partis politiques, JORF n°87 du 12 avril 2003.
52. Loi n° 2017-1339 du 15 septembre 2017 pour la confiance dans la vie politique, JORF n° 0217 du 16 septembre 2017.

Le dispositif a alors pour ambition d'instaurer des obligations fortes à la charge des candidats à l'élection présidentielle. En particulier, tout candidat doit remettre au Conseil constitutionnel une déclaration d'intérêts et d'activités (avant la réforme, seuls les candidats ayant franchi le seuil des 500 parrainages étaient soumis à cette obligation)[53]. Dans une même volonté de transparence, les députés et sénateurs élus ont l'obligation de se soumettre à la vérification de leur situation fiscale[54].

Tout d'abord, rappelons qu'est considéré comme un parti politique, toute personne morale de droit privé qui s'est assigné un but politique. Par application de la loi n° 88-227 du 11 mars 1988 relative à la transparence financière de la vie politique, elle aura cette qualité lorsqu'elle bénéficiera d'une aide publique (articles 8 et 9 de la loi du 11 mars 1988), si elle a régulièrement désigné un mandataire (articles 11 à 11-7) et, enfin, quand elle a déposé des comptes certifiés par un ou deux commissaires aux comptes auprès de la CNCCFP (article 11-7). Seuls les partis politiques qui répondent à ces exigences légales sont autorisés à financer un candidat à une élection et un autre parti politique[55].

Concernant les fonds privés, ils proviennent de deux ressources que sont : des cotisations de leurs adhérents et de leurs élus, qui étaient traditionnellement la source de financement des partis de masse. D'un montant généralement peu élevé, elles ne suffisent pas à faire face aux dépenses de fonctionnement ; des dons des personnes privées, limités à 7 500 euros par an et par personne. Ils sont généralement obtenus au moment des élections et non dans le cadre normal du fonctionnement des partis[56].

53. Article 3 de la loi du 6 novembre 1962 modifié par l'article 1 de la loi organique du 15 septembre 2017 pour la confiance dans la vie politique.
54. Article L 136-4 du code électoral [archive] créé par l'article 4 de la loi organique du 15 septembre 2017 pour la confiance dans la vie politique.
55. http://www.cnccfp.fr/index.php?art=685.
56. https://www.vie-publique.fr/fiches/24004-comment-les-partis-politiques-sont-ils-finances.

Par exemple, la loi de 1988 avait alors fixé le montant des dons en précisant que « les dons consentis et les cotisations versées en qualité d'adhérent d'un ou de plusieurs partis politiques par une personne physique dûment identifiée à une ou plusieurs associations agréées en qualité d'association de financement ou à un ou plusieurs mandataires financiers d'un ou de plusieurs partis politiques ne peuvent annuellement excéder 7 500 € » (article 11-4).

Les partis politiques peuvent également obtenir des prêts d'établissements de crédit et sociétés de financement ayant leur siège social dans un État membre de l'Union européenne ou partie à l'accord sur l'Espace économique européen.

Par ailleurs, les partis bénéficient d'un financement public calculé sur la base de deux critères cumulatifs que sont d'une part, les résultats aux élections législatives, pour ceux qui ont présenté des candidats ayant obtenu au moins 1 % des voix dans au moins 50 circonscriptions et sous réserve qu'ils aient déposé leurs comptes auprès de la Commission nationale des comptes de campagne et des financements politiques (CNCCFP), et d'autre part, le nombre de parlementaires.

Ils bénéficient également d'une aide indirecte qui se matérialise via une incitation fiscale résultant de la réduction d'impôt sur le revenu (à hauteur de 66 %) accordée aux donateurs et cotisants[57].

57. *Ibid.*

2. Pouvez-vous m'expliquer ce qu'est la mise en danger d'autrui ? De quoi s'agit-il très exactement ?

Le délit de mise en danger[58] et une des innovations majeures issues de l'adoption du nouveau code pénal[59].

Inséré dans ce corpus répressif pour sanctionner des comportements qui n'ont pas encore causé de dommage à une victime mais qui constituent des violations d'une obligation particulière de prudence ou de sécurité. Par l'adoption d'un tel dispositif, le législateur a inscrit un vrai délit formel dans l'arsenal répressif national applicable en matière de sécurité routière[60] de sécurité dans le travail, de sécurité dans le logement, mais également en matière environnementale.

Insérée à l'article 223-1 du code pénal, la mise en danger d'autrui se définit comme « le fait d'exposer directement autrui à un risque immédiat de mort ou de blessures de nature à entraîner une mutilation ou une infirmité permanente par la violation manifestement délibérée d'une obligation particulière de prudence ou de sécurité imposée par la loi ou le règlement est puni d'un an d'emprisonnement et de 15 000 euros d'amende ».

Il est intéressant de noter que, contrairement à la plupart des dispositions insérées dans le code pénal, cette disposition vient réprimer une simple potentialité, un éventuel dommage causé à une victime potentielle.

---

58. Loi n°92-684 du 22 juillet 1991 portant réforme des dispositions du code pénal relatives à la répression des crimes et délits contre les personnes, JORF n°169 du 23 juillet 1992.
59. Loi n°92-683 du 22 juillet 1992 portant réforme des dispositions générales du code pénal, JORF n°169 du 23 juillet 1992.
60. Code pénal, art. 223-1. L'article 223-1 vient définir l'élément matériel de l'infraction qui consiste en la violation par une personne d'une obligation particulière de prudence et de sécurité que la loi ou le règlement imposent.

En effet, le texte vient réprimer l'exposition d'autrui à un risque immédiat de mort ou de blessure ce qui signifie que l'infraction trouvera à s'appliquer uniquement lorsqu'aucun dommage ne s'est réalisé, qu'il soit constitutif de blessures ou de la mort d'une personne. Il faut alors en conclure que cet article ne s'applique pas dans le cas d'un dommage effectif causé à autrui et il s'agira de poursuivre l'auteur de tels faits sur le fondement des violences (volontaires ou involontaires) ou de l'homicide (volontaire ou involontaire) en fonction des circonstances entourant l'affaire.

Comme le texte vient sanctionner une potentialité, le législateur est venu fixer des conditions strictes encadrant la mise en œuvre de l'incrimination. Ainsi, il faut apporter la preuve de :

- l'existence d'une obligation particulière de sécurité ou bien de prudence, imposée par la loi ou un règlement ;
- une violation délibérée de cette obligation de sécurité ;
- une exposition directe d'un tiers au danger ;
- un risque immédiat de mort ou de blessures graves pour autrui, entraînant par exemple mutilation ou infirmité permanente.

Les juges devront donc, comme à chaque fois, vérifier la matérialité des faits, l'état d'esprit de l'auteur et l'exposition directe de victimes potentielles à un danger immédiat.

En fait, cette incrimination a essentiellement pour but de pouvoir entrer en voie de répression à l'encontre de personnes agissant sans aucune considération pour la vie d'autrui lorsqu'ils sont au volant de leur voiture. La loi vient ici réprimer un comportement désinvolte, irrespectueux des règles de conduite et dangereux pour la vie des autres usagers de la route.

Il est intéressant de conclure ces propos en apportant un éclairage sur une nouvelle incrimination de mise en danger, celle issue de la loi du 22 août 2021 dite « climat et résilience »[61] qui a pour but de lutter contre le dérèglement climatique et de renforcer la résilience face à ses effets. La nouvelle loi a alors pour mission d'accélérer la transition écologique de la société et de l'économie françaises et crée à cette occasion deux délits, à savoir : le délit de mise en danger de l'environnement et le délit d'écocide.

Marquant un tournant pour une société pleinement engagée dans la lutte contre le dérèglement climatique et la surconsommation de ressources, au bénéfice des Français[62], cette loi entend renforcer la répression pénale des atteintes à l'environnement (titre VI) en s'inscrivant dans un dispositif plus large pour lequel a déjà été adoptée la loi relative au « Parquet européen et à la justice pénale spécialisée »[63].

Matériellement, les nouvelles dispositions renforcent les peines en cas d'atteinte à l'environnement, créent un délit de mise en danger de l'environnement lorsque la violation d'une réglementation peut entraîner une pollution grave et durable ou encore en renforçant le délit général de pollution des eaux, des sols et de l'air. Dans sa forme la plus grave, lorsque les dommages à l'environnement sont irréversibles, ce délit est qualifié d'écocide.

Promulguée le 24 août 2021, la loi avait fait l'objet de critiques par le Conseil d'État et par le Conseil constitutionnel. Le Conseil d'État a considéré qu'un tel ajout

---

61. Loi n° 2021-1104 du 22 août 2021 portant lutte contre le dérèglement climatique et renforcement de la résilience face à ses effets, JORF n°0196 du 24 août 2021.
62. https://www.ecologie.gouv.fr/promulgation-loi-climat-resilience.
63. Loi n° 2020-1672 du 24 décembre 2020 relative au Parquet européen, à la justice environnementale et à la justice pénale spécialisée, JORF n°0312 du 26 décembre 2020.

législatif concernait des faits déjà sanctionnés et s'exposait en conséquence à un risque d'inconstitutionnalité (avis n° 401933 sur un projet de loi portant lutte contre le dérèglement climatique et ses effets, séance du 4 févr. 2021). Pour sa part, le Conseil constitutionnel[64] s'est prononcé sur la loi suite à la saisine de plus de soixante députés, lesquels arguaient que les dispositions s'inscriraient « dans la spirale d'inaction ayant conduit au non-respect de la trajectoire de la France en matière de réduction des gaz à effets de serre ». En réponse, les Sages, bottant quelque peu en touche, rappellent que le Conseil constitutionnel ne dispose pas d'un pouvoir général d'injonction à l'égard du législateur et donc, ne peuvent que conclure que, les requérants ne développant qu'une critique générale des ambitions du législateur, ils ne peuvent qu'écarter la plupart des griefs et ne peuvent que prononcer une non-conformité partielle de la loi en censurant uniquement 14 amendements, sur les 300 articles, amendements qualifiés de « cavaliers législatifs[65] ».

En conclusion, notons que cette loi, inspirée du travail de la Convention citoyenne pour le climat, devrait en principe participer aux objectifs français face aux engagements pris tels que celui de « tendre vers l'objectif de -40% » des émissions de gaz à effet de serre d'ici 2030 par rapport à 1990[66]. Affaire à suivre…

64. Conseil constitutionnel, Décision n° 2021-825 DC du 13 août 2021.
65. On qualifie de « cavalier législatif » un article de loi qui porte sur des mesures qui n'ont rien à voir avec le sujet dont traite le projet ou la proposition de loi en cours de discussion.
66. Déclaration du ministère de la Transition écologique lors de son adoption par le Parlement le 20 juillet : https://www.geo.fr/environnement/le-conseil-constitutionnel-se-penche-sur-la-loi-climat-205872.

CHAPITRE 10 :

LES DRAMES AU SEIN DES FAMILLES

ELLE PROSTITUE SA FILLE

UN ENFANT N'EST PAS UNE CAUTION

UN AVORTEMENT PAR COMPASSION

RECONSTITUTION SUR UN LUXUEUX YACHT ANGLAIS AU LARGE DE NICE

TOURISME SEXUEL AU CAMBODGE

MORT NOYÉ AU COURS D'UNE SOIRÉE FESTIVE SUR UNE PÉNICHE

HÉROÏSME PATERNEL ADMIRABLE

ELLE PROSTITUE SA FILLE

Le Président GLON-VILLENEUVE tance avec véhémence la prévenue qui baisse la tête.

Elle n'a pas encore quarante ans mais parait beaucoup plus âgée, sans doute usée par les épreuves de la vie.

Que reproche le Président à Marianne S. ?

Elle a prostitué sa fille qui avait à peine quinze ans.

Il est vrai que cette mère que je défends semble gelée dans l'absence de sentiment maternel.

Quelle immense tristesse pour l'enfant et pour sa mère !

Le Président : « **Vous avez dit au Juge d'Instruction que vous cherchiez des clients pour votre fille... Vous avez dit que vous vous mettiez sur la banquette arrière des voitures pour surveiller ce qui se passait. Vous avez précisé que vous avez accompagné votre fille dans les véhicules de la clientèle et cela vous paraissait normal... Vous avez indiqué pendant l'instruction que vous touchiez de l'argent de votre fille** ».

Réponse de la prévenue : « **Mon fils ne travaillait plus Monsieur le Président et nous n'avions plus de logement... Mon mari est invalide de guerre et n'a pas de métier... Alors, pour vivre, nous étions trois sur une pension.** »

Le Procureur de la République fustige le comportement de Marianne S. Il dit que cette mère indigne est tombée au plus bas, puis la parole m'est donnée pour la défense.

À cette époque (l'année 1973), je suis depuis peu avocat stagiaire. Je suis remué par cette affaire douloureuse et je suis d'autant plus content de lire dans la presse régionale le lendemain de l'audience les commentaires très aimables du journaliste.

« La plaidoirie de Thierry MOSER est remarquable en finesse et convaincante si tant est que l'on puisse trouver des excuses à une mère qui prostitue sa fille ».

Je fais valoir en résumé que cette affaire ne devrait pas être jugée par une juridiction dite répressive mais par une commission sanitaire et sociale.

Je dis qu'il s'agit d'un cas humain et social qui baigne dans la misère et l'indifférence de la société.

Je retrace le parcours de vie calamiteux de Marianne S. et j'obtiens finalement un jugement particulièrement modéré, soit une peine de prison avec sursis.

UN ENFANT N'EST PAS UNE CAUTION

En 1981 je défends devant le Tribunal Correctionnel de Mulhouse Louise B. qui comparait pour abandon d'enfant, à savoir sa fille Peggy âgée de 5 ans à peine.

Le compagnon de Louise B. qui s'appelle François G. comparait également pour le même délit.

L'audience est présidée avec fermeté mais humanité par Marie-Agnès CREDOZ qui était précédemment Juge des enfants.

Les faits :

François G. et Louise B. abandonnent, en mai 1980, Peggy dans un hôtel du Pas-de-Calais, parce qu'ils n'ont pas d'argent pour payer la chambre qu'ils ont occupée pendant quatre jours.

Le couple voulait filer à l'anglaise sans payer la note d'hôtel mais ils ont dû faire face à la légitime revendication de l'hôtelier, et ils ont purement et simplement laissé Peggy sur place comme otage en quelque sorte.

Le couple revient à Mulhouse en faisant de l'auto-stop.

L'hôtelier alerte naturellement très vite la police qui se met à la recherche du couple fuyard.

François G. et Louise B. prennent alors contact avec un journaliste qui leur conseille de se rendre à la police pour s'expliquer.

Excellent conseil...

François G. est incarcéré à titre provisoire.

Louise B. voit ses enfants, dont, Peggy, confiés à la pouponnière de l'Ermitage à Mulhouse.

La presse a relaté largement ce bien triste fait divers et certains lecteurs ont même envoyé des subsides à Louise B.

Lors du procès correctionnel, le Procureur de la République réclame trois ans de prison ferme contre François G. qui a déjà été condamné précédemment pour autre cause.

Le Procureur est plus modéré s'agissant de Louise B. en tant qu'il réclame une peine de prison avec sursis.

Je défends la jeune femme mais mon rôle est facilité du fait de la modération du réquisitoire et cette personne immature est condamnée à deux mois de prison avec sursis probatoire pendant trois ans.

La tâche est plus difficile pour le défenseur de François G., mon confrère Jean-Claude TSCHIRHART, qui obtient un résultat très appréciable puisque François G. est condamné à deux ans de prison dont seize mois avec sursis et mise à l'épreuve pendant trois ans, soit huit mois de prison ferme.

UN AVORTEMENT PAR COMPASSION

Louis P., un petit homme frêle de près de soixante ans, dont je suis l'avocat, comparait par-devant le Tribunal Correctionnel de Mulhouse en 1983 pour fournir des explications suite à deux avortements qu'il a pratiqués sur la personne de sa jeune maîtresse.

Louis P. a été condamné en 1967 à dix ans de détention par la Cour d'Assises de Colmar pour des agressions sexuelles, et ce passé n'est évidemment pas de nature à lui attirer la sympathie du Tribunal.

Revenons à notre procès correctionnel : Louis P. entretenait des relations sexuelles avec la jeune femme depuis qu'elle était âgée de quatorze ans, mais ses parents n'ont déposé plainte qu'après sa majorité en raison des deux avortements pratiqués par son amant en 1981 et 1982.

Questions du Président HEINTZ au prévenu : « **Pourquoi avez-vous pratiqué ces avortements ? D'autre part, pourquoi avoir agi ainsi alors que, à l'époque des faits, l'avortement était autorisé par la loi à certaines conditions ?** »

Réponses de Louis P. : « **J'ai pratiqué des avortements pour que ma compagne ne soit pas déshonorée… J'ai appris la pratique d'avorteur à l'époque où j'étais militaire… J'ai appris auprès d'une tenancière de maison close… Il était trop tard pour pratiquer un avortement légal… J'ai employé le maximum d'hygiène** ».

Vous jugerez certainement tout comme moi que les explications de Louis P. sont vraiment indigentes.

C'est bien l'opinion de Paul BONNECARRERE, Procureur de la République qui demande au minimum trois ans de prison ferme à l'encontre de Louis P.

Dans mon exposé en faveur du prévenu, je rassemble quelques éléments d'atténuation de la sanction pénale. Je relève notamment que si Louis P. a procédé aux deux avortements, ce comportement répréhensible n'avait toutefois rien de crapuleux ou d'intéressé en ce sens que le prévenu n'a pas agi pour l'argent comme ferait un avorteur professionnel.

Je préconise une peine équilibrée pour un cas de détresse humaine et je suis entendu, puisque Louis P.

est condamné à dix-huit mois de prison dont six avec sursis, soit douze mois de prison ferme.

Les parents de la jeune fille qui intervenaient comme partie civile pour le compte de la victime obtiennent le franc symbolique à titre de dommages et intérêts.

RECONSTITUTION SUR UN LUXUEUX YACHT ANGLAIS AU LARGE DE NICE

J'ai sous les yeux l'article de Jean-Marie STOERKEL, excellent professionnel pour le compte du journal *L'Alsace*, qui relate la reconstitution du drame qui a couté la vie le 17 août 1988 à Thomas D.F, vingt-deux ans, et entrainé de graves blessures à Sylvie W. âgée de vingt ans.

Il s'agit du tragique accident occasionné au large d'Antibes par le yacht conduit par David M., un riche agent immobilier anglais.

Cet homme est poursuivi pour homicide involontaire et blessures involontaires.

On lui reproche également, non sans raison, d'avoir pris la fuite après avoir occasionné la collision entre son yacht et le ski-bus sur lequel se trouvaient les victimes.

Catherine RABY, Juge d'Instruction a organisé une reconstitution sur la mer avec les bateaux impliqués dans le drame.

Le Juge a mobilisé des moyens importants et notamment un hélicoptère de la gendarmerie qui doit filmer du ciel les différentes scènes.

Il s'agit de savoir comment le yacht de l'inculpé et le ski-bus occupé par les victimes sont entrés en collision, à la suite de quoi le malheureux Thomas D.F. a été projeté à la mer et déchiqueté par l'hélice du bateau anglais.

Il s'agit aussi de savoir si c'est David M., pilote du yacht, qui a provoqué l'accident.

L'inculpé a-t-il pris la fuite en toute connaissance de cause ou non ?

Sa thèse, très étonnante, consiste à dire qu'il ne s'est rendu compte de rien, ce que la reconstitution sur la mer va démentir de façon évidente.

L'avocat de l'inculpé, Gérard CENAC d'Aix-en-Provence, persiste à dire que c'est le ski-bus qui a coupé la route du yacht.

Les avocats de la partie civile, Michel DOSSETTO, Gérard BAUDOUX et moi-même soutenons l'opinion inverse et je déclare d'ailleurs à la presse qui suit de près les opérations de reconstitution : **« L'imagination créatrice de David M. n'a pas résisté aux investigations complexes faites par un Magistrat précis et objectif. J'ai bon espoir pour la suite de la procédure ».**

Effectivement, quelques mois plus tard, le Juge d'Instruction renvoie David M. par-devant le Tribunal Correctionnel de Grasse pour être jugé.

Le jour du procès, je suis en avance et j'attends le début de l'audience à l'entrée du Tribunal Correctionnel.

Autour de moi, une petite foule de curieux qui sont attirés par ce procès vraiment inhabituel.

À ce moment-là arrive sur la place devant le Tribunal une belle Rolls-Royce dont s'extrait David M. à l'aide de son chauffeur très stylé au demeurant.
David M. se dirige vers l'entrée du Tribunal et se heurte évidemment à un fort climat d'hostilité de la part des personnes attroupées devant le bâtiment.

L'un des badauds a un geste de colère particulièrement regrettable et peu courageux : il crache au visage de David M.

Ce dernier demeure imperturbable et s'essuie avec dignité le visage sans rien dire et sans accorder un regard à son agresseur.

Sans doute le flegme britannique...

L'audience est relativement longue et se termine à la confusion totale du prévenu qui est condamné avec vigueur.

Si ma mémoire ne me trahit pas (je n'ai pas retrouvé dans mes archives la décision), David M. est condamné à une peine de prison assortie partiellement du sursis.

TOURISME SEXUEL AU CAMBODGE

Robert C., médecin de son état et son compagnon malsain, Jean-Marc M., présentent tous deux une sexualité perverse.

Ils sont des adeptes de la pédophilie qu'ils pratiquent de façon intensive en Asie et plus particulièrement en Thaïlande et au Cambodge.

Ils s'adonnent avec assiduité à ce vice en rémunérant un entremetteur pour obtenir des fillettes de sept ou huit ans et ils se filment réciproquement pendant leurs ébats.

Un dossier à donner la nausée... !

J'interviens dans cette affaire comme partie civile pour le compte d'une association de protection de l'enfance, Enfance Majuscule, par-devant le Tribunal Correctionnel de Colmar qui prononce la sanction maximale en fonction des dispositions légales de l'époque, à savoir sept ans de prison ferme, une amende de soixante-dix mille euros et l'interdiction de quitter le territoire français pendant cinq ans.

Lors du procès, Robert C. tient des propos odieux en faisant valoir notamment ce qu'il appelle les qualités sexuelles des enfants... !

Robert C. fait appel contre le jugement, et il adopte par-devant la Cour d'Appel de Colmar une stratégie un peu moins provocatrice en ce sens qu'il prétend maintenant que la justice lui a ouvert les yeux et qu'il a pris conscience de l'horreur de ses actes.

De belles paroles faites pour tenter de fléchir quelque peu la Cour d'Appel qui ne s'en laisse pas conter.

Sous la présidence de Jérôme BENSUSSAN, la Cour confirme le jugement de première instance et attribue par ailleurs à la partie civile que je représente le montant de dix mille euros à titre de dommages et intérêts.

Dans son article de juillet 2009, le journaliste de *L'Alsace* précise ceci : « **Une loi du 17 juin 1998 a prévu, pour certains cas, une compétence extraterritoriale. C'est elle qui a permis de poursuivre et condamner le français Robert C. pour des faits commis dans le Sud-Est asiatique.** »

Je précise aussi que le compagnon de débauche de Robert C. avait jugé plus pertinent de ne pas faire appel contre le jugement de première instance, de sorte que seul Robert C. a comparu devant la Cour d'Appel avec le résultat que l'on sait.

MORT NOYÉ AU COURS D'UNE SOIRÉE FESTIVE SUR UNE PÉNICHE

Encore un drame familial : un jeune homme de vingt-trois ans, Anthony W. perd la vie à Strasbourg le soir du 14 juillet 2007.

Il se noie dans les eaux du Port-du-Rhin alors qu'il faisait la fête sur une péniche, le Love Boat.

Il est assis au sol, totalement alcoolisé et sous l'empire du cannabis, contre la balustrade du bateau, les jambes dans le vide et il glisse à l'eau selon un témoignage.

S'il s'est noyé, c'est en raison évidemment de son état d'alcoolisation, mais aussi du fait que les règles de sécurité à bord de la péniche recevant du public n'avaient pas été respectées, ce qui constitue une entorse à la loi, d'où la comparution devant le Tribunal Correctionnel de David S., le propriétaire du bateau.

Le Procureur de la République, Lydia PFLUG, relève seize points de non-conformité au regard des dispositions légales.

Le Magistrat fait valoir que si la législation avait été respectée, il n'y aurait pas eu d'accident.

Véronique MALKA, avocat de la défense, soutient évidemment une opinion différente et fait de son mieux dans l'intérêt de son mandant.

David S. contre lequel je plaidais pour la famille de la victime est condamné à huit mois de prison ferme et il doit payer des dommages et intérêts en réparation du préjudice.

En sus, il lui est fait interdiction de travailler dans la restauration pendant cinq ans.

HÉROÏSME PATERNEL ADMIRABLE

Gros titre dans le journal *L'Alsace* du mercredi 21 octobre 2009 : **Une incroyable affaire rebondit à Mulhouse.**

Le journaliste indique en première page ceci : « **Vingt-sept ans après les faits, le cardiologue allemand, Dieter K. condamné par contumace à quinze ans de prison par la Cour d'Assises de Paris pour sa responsabilité dans la mort de Kalinka B., a été livré à la justice française dans des circonstances rocambolesques : il a été retrouvé ligoté, bâillonné et blessé au visage dimanche matin à proximité du Tribunal de Mulhouse, sur un appel téléphonique d'André B., le père de la petite Française de**

quatorze ans assassinée en 1982 à Lindau dans le sud de l'Allemagne. »

Le journaliste précise que André B., âgé de soixante-douze ans, père de Kalinka, fait l'objet d'une information pour enlèvement, séquestration arbitraire, coups et blessures volontaires en réunion, et association de malfaiteurs.

Que s'est-il passé entre le moment de la mort de la malheureuse Kalinka et le moment de la surprenante « livraison » de son beau-père, le second mari de sa mère, à la justice française ?

Pour mieux comprendre, quelques repères chronologiques :

- 1982 : Kalinka B., 14 ans, est retrouvée morte dans son lit le 10 juillet au matin au domicile de son beau-père, Dieter K., en Allemagne. La thèse de l'accident est retenue très vite par l'autorité judiciaire allemande mais elle est mise en doute par le père de la victime, André B., qui réclame à bon droit des expertises complémentaires.
- 1984 : Constatant que ses demandes à l'intention de l'autorité judiciaire allemande sont vaines, André B. dépose plainte en France et une information judiciaire est ouverte.
- 1987 : Cinq ans après la mort de Kalinka, la justice allemande clôt l'enquête sans retenir la moindre charge à l'encontre de Dieter K.
- 1993 : La justice française a de son côté mené un travail beaucoup plus sérieux et elle estime, à l'issue de l'information, qu'il convient de renvoyer Dieter K. par-devant la Cour d'Assises pour homicide volontaire sur la personne de Kalinka.
- 1995 : Dieter K. ne daigne pas se présenter devant les Magistrats français et de ce fait il est condamné

par contumace par la Cour d'Assises de Paris à quinze ans de réclusion criminelle pour violences volontaires ayant entrainé la mort sans l'intention de la donner, ce qu'on appelle plus simplement les coups mortels.

- 2001 : Suite à un recours de Dieter K., la France est condamnée par la Cour Européenne des Droits de l'Homme, juridiction supranationale qui estime inéquitable et contraire aux droits de la défense la procédure par contumace (procédure sans l'assistance d'un avocat). À ce stade procédural, Dieter K. a donc malheureusement marqué un point contre la justice française.
- 2004 : La France lance un mandat d'arrêt européen contre Dieter K. et souhaite fortement que, dans un souci de bonne coopération judiciaire, l'Allemagne facilite les choses dans l'intérêt de la manifestation de la vérité.
- 18 octobre 2009 : Ulcéré par les tergiversations de la justice et bien décidé à obtenir justice pour son enfant, André B. organise l'enlèvement en Allemagne de Dieter K. et la livraison de celui-ci à la justice française. Il obtient le soutien actif de différentes personnes qui vont réaliser l'opération d'enlèvement, ce qui permet d'une part à la justice française de suivre son cours (Dieter K. est à présent à la disposition de notre système judiciaire, ce qui n'était pas le cas précédemment) et d'autre part, entraine une procédure dirigée contre André B. (celui-ci a fait justice lui-même en employant des moyens énergiques, ce qui bien sûr n'est pas licite).

Telle est la situation au moment où la justice française incarcère au mois d'octobre 2009, Dieter K. à la prison de Fresnes.

Que va-t-il se passer à partir de cette date ?

C'est ce que je vais essayer de relater à présent aussi clairement que possible, étant indiqué dès à présent que l'affaire est relativement complexe, notamment au plan procédural.

La justice allemande lance un mandat d'arrêt européen contre André B. du fait de l'implication de celui-ci dans l'enlèvement de Dieter K.

La Chambre de l'Instruction de la Cour d'Appel de Toulouse refuse de donner suite à la sollicitation de la justice allemande du fait que André B. fait déjà l'objet de poursuites émanant de l'autorité judiciaire française.

Par ailleurs, les avocats de Dieter K. s'activent sans succès pour tenter d'obtenir la mise en liberté de leur mandant qui fait valoir un état de santé problématique.

Les défenseurs du médecin allemand vont jusqu'à s'adresser à la Cour de Cassation pour essayer d'obtenir l'élargissement du détenu, mais ils échouent.

André B. a pour défenseur un brillant avocat de Toulouse, Laurent DE CAUNES, qui se tient à ses côtés depuis le début et se dévoue de belle façon.

Mon confrère me fait l'amitié de me mandater comme correspondant local pour appuyer ses efforts et je m'engage avec enthousiasme dans cette « aventure judiciaire ».

Je salue la décision de la Cour de Cassation qui rejette la demande de mise en liberté et je déclare notamment ceci à un journaliste : **« Il aurait été tout de même choquant que Dieter K. ne rende pas des comptes à la justice française. Je suis totalement satisfait de la décision de la Cour de Cassation ».**

Au mois de mars 2010, André B. publie un livre pour relater son combat pour la justice et la vérité. Il indique notamment dans l'ouvrage que Dieter K. a indiscutablement bénéficié abusivement de la protection des Juges allemands.

La question est posée à André B. de savoir s'il ne craint pas de donner un mauvais exemple en faisant justice lui-même (la livraison quelque peu musclée de Dieter K.).

Il répond avoir fait avec Dieter K. ce qui a été réalisé par les services secrets s'agissant du terroriste Carlos et du nazi Barbie.

Il dit aussi avoir un devoir moral et religieux envers sa fille.

Il voulait aller jusqu'au bout malgré les efforts considérables qu'il a été obligé de déployer depuis de longues années.

Un an plus tard, au printemps 2011, André B. obtient une première satisfaction en ce sens que Dieter K. doit comparaitre sous peu devant la Cour d'Assises de Paris pour être jugé, cette fois-ci en sa présence.

André B. déclare à la presse **« Ce sera l'aboutissement de toutes les démarches complexes menées depuis plus de vingt-huit ans ».**

Par ailleurs, la procédure suivie à Mulhouse contre André B. et les personnes qui l'ont aidé dans l'opération d'enlèvement et de rapatriement en France de Dieter K. suit son cours, mais la justice mulhousienne attend dans un premier temps le dénouement de la procédure criminelle suivie aux Assises contre le médecin allemand.

Le procès criminel débute à Paris au printemps 2011 et les avocats du médecin allemand, au premier chef Yves LEVANO, engagent une bataille procédurale.

Ils font valoir en résumé que la justice française n'a pas le droit de juger Dieter K. sous prétexte que celui-ci aurait été innocenté totalement par la justice allemande.

Les avocats font valoir la règle de droit *non bis in idem* selon laquelle nul ne peut être poursuivi ou puni pénalement pour des faits jugés dans un autre État.

Laurent DE CAUNES répond que la décision de classement allemande ne peut être considérée comme une décision d'acquittement et il a parfaitement raison.

La Cour d'Assises présidée par Xavière SIMEONI rejette la demande des avocats du médecin allemand, demande dont la finalité était évidemment d'éviter le débat sur le fond.

Ensuite, la Cour d'Assises se penche sur la personnalité du meurtrier présumé de Kalinka, lequel conteste avec véhémence son implication **« Je veux souligner que je ne suis pas coupable, que je n'ai pas tué Kalinka et pas davantage violé cette jeune fille ».**

Dieter K. se présente comme un homme malade injustement persécuté par la justice française et il est soutenu dans ce discours par Philippe OHAYON, son autre avocat.

Nicolas B., frère de Kalinka, vient à la barre des témoins pour supplier son ancien beau-père d'éclaircir les zones d'ombre de la mort de sa sœur, mais sans succès.

Un rebondissement désolant dans le procès : Dieter K. fait un malaise. Une expertise médicale est ordonnée et finalement le procès est malheureusement renvoyé sine die.

Reprise du procès à l'automne 2011.

Une fois encore, Dieter K. tente de se faire passer pour un grand malade et j'explique d'ailleurs à la presse ceci : **« À l'évidence, il veut se faire passer pour une victime de brutalités imputables aux ravisseurs. Il veut passer pour un homme malade pour apitoyer les jurés de Paris. Cette manœuvre ne doit pas réussir ».**

On apprend à cette époque que Dieter K. veut renforcer sa défense en faisant appel à Éric DUPOND-MORETTI, mais la chose ne se fait pas pour une raison que j'ignore.

De son côté, Laurent DE CAUNES déclare aux jurés ceci : **« On retarde indéfiniment les débats, aujourd'hui par la procédure, demain par la médecine, pour polluer par anticipation vos esprits en victimisant l'accusé ».**

La presse régionale du 11 octobre 2011 relève ceci : **« La Cour d'Assises de Paris, qui juge Dieter K. pour le meurtre de Kalinka B. a le plus grand mal à obtenir de l'accusé des éléments sur les dernières heures de l'adolescente, les débats mettant en évidence les invraisemblances de son récit ».**

L'essentiel est dit d'excellente façon.

Par ailleurs, les charges s'accumulent.

Ainsi par exemple, un Officier de Police allemand remet à la Cour d'Assises un document comportant une liste de sept femmes qui ont dénoncé à la Police des agissements de l'accusé à leur encontre.

Les débats vont confirmer que Dieter K. a des exigences sexuelles très marquées qu'il ne cherche pas à réfréner.

Il a ainsi violé dans son cabinet médical une patiente en 1994.

André B. défend sa vérité dans l'affaire criminelle par-devant la Cour d'Assises au moment de son audition.

En résumé il dit ceci :

« Dieter K. a violé et tué ma fille. Il n'a pas eu une pulsion. Pour moi, c'était bien préparé. Il a volontairement tué Kalinka. Il avait peur que l'enfant, rentrant chez son père, parle ».

L'avocat général, Pierre KRAMER, réclame quinze ans de réclusion criminelle contre Dieter K.

Il dit ceci : **« On ne peut pas dire que le viol n'a pas existé, mais je n'ai malheureusement pas les éléments suffisants pour le démontrer ».**

Le Magistrat estime que Dieter K., médecin de son état a administré à l'enfant un sédatif pour obtenir sa soumission chimique.

Malheureusement, le contrôle du produit lui a échappé et les produits chimiques administrés ont entrainé la mort de la jeune fille.

Pierre KRAMER demande la condamnation non pas pour homicide volontaire, mais pour violences volontaires ayant entrainé la mort sans l'intention de la donner, d'où une légère déception pour le père de l'enfant, aux yeux de qui nous sommes en face d'un homicide volontaire.

Fin octobre 2011, Dieter K. est effectivement condamné pour coups mortels à quinze ans de réclusion criminelle, mais, se disant encore et toujours innocent, il fait immédiatement appel d'où un second procès qui débute fin novembre 2012.

Encore une épreuve supplémentaire pour l'admirable père qui se bat avec acharnement pour que justice soit rendue à son enfant.

La Cour d'Assises du Val-de-Marne passe au crible la dernière soirée de Kalinka avant sa mort mystérieuse en 1982.

Le procès d'assises d'appel est présidé par Hervé STEPHAN qui procède avec calme et méthode.

Cherchant vainement une nouvelle explication, le Docteur K. prétend maintenant que c'est une erreur médicale commise par l'hôpital qui serait à l'origine de la mort de Kalinka.

Imagination débordante que celle de l'accusé.

Face à lui, plus déterminé que jamais, André B. qui se présente selon la presse comme « un rude bretteur ».

Le père de l'enfant ne laisse aucun répit à l'accusé.

Jean-Paul CONTENT, avocat général, réclame quinze à dix-huit ans de réclusion.

Il pense que Dieter K. a donné des somnifères à Kalinka.

Ce dernier a voulu, l'enfant endormie, abuser d'elle sexuellement.

Les médicaments ont provoqué une réaction ayant conduit à l'asphyxie, puis à la mort.

La presse présente André B. comme un « moine combattant et un bloc d'amour paternel ».

La Cour d'Assises de Créteil suit la thèse de l'avocat général et la condamnation de Dieter K. est confirmée.

Le pourvoi en cassation régularisé par le médecin allemand échoue de sorte que la condamnation devient définitive.

À présent, justice étant faite, il convient de juger devant le Tribunal Correctionnel de Mulhouse, André B. ainsi que les gros bras qui ont réalisé l'opération d'enlèvement.

Je sollicite Yves MAYAUD, un professeur de droit réputé avec lequel j'ai des relations très cordiales, pour obtenir son éclairage sur le dossier.

Il pourra sans doute faire des suggestions utiles à la défense du père de l'enfant qui doit maintenant expliquer son comportement à la justice mulhousienne.

Avec une immense gentillesse, Yves MAYAUD nous reçoit à son domicile, André B., Laurent DE CAUNES et moi-même et nous avons en effet un échange de vues que je crois très utile.

Laurent DE CAUNES est à la barre du Tribunal Correctionnel au mois de mai 2014 et il fait valoir en résumé ceci : **« Certes André B. n'avait peut-être pas le droit de faire ce qu'il a fait, mais il en avait le devoir. C'est tout l'enjeu de cette affaire. Le devoir est-il supérieur au droit ? »**

Le Tribunal rend un jugement équilibré.

André B. est relaxé du chef de complicité de violences volontaires, mais il est condamné pour enlèvement et séquestration à un an de prison avec sursis.

Au plan des intérêts civils, la Cour d'Appel de Colmar modifie quelque peu le jugement de Mulhouse dans un sens avantageux pour André B.

C'est ainsi que se termine ce dossier tout à fait exceptionnel qui met en scène un père héroïque et admirable qui a consacré presque toute sa vie à obtenir justice pour son enfant.

Dernière précision : au mois de février 2020, Dieter K. est libéré pour raison médicale.

Il est octogénaire et les médecins experts français ont estimé que son état de santé est à présent incompatible avec la détention.

Il souffre de pathologies neurologiques et cardiaques.

Il meurt en septembre de la même année à l'âge de 85 ans.

LES EXPLICATIONS DE L'UNIVERSITAIRE : CHAPITRE 10

1. Pouvez-vous me dire quelles sont les règles essentielles concernant l'application de la loi pénale non pas dans le temps mais dans l'espace ? Je pose la question car Thierry Moser nous parle à travers ses récits d'infractions qui sont réalisées non pas en France mais à l'étranger (par exemple Cambodge ou Allemagne).

Selon l'article 113-2 du code pénal, « la loi pénale française est applicable aux infractions commises sur le territoire de la République. L'infraction est réputée commise sur le territoire de la République dès lors qu'un de ses faits constitutifs a eu lieu sur ce territoire ». Cette disposition du code pénal vient alors éclairer un des aspects relatifs à l'application de la loi pénale dans l'espace en précisant que la loi pénale s'applique sur le territoire de la République, ceci par application du principe de territorialité de loi pénale.

Serait-ce alors à dire que la loi pénale ne s'applique qu'en France ?

Il n'en est rien et la loi pénale française trouve à s'appliquer en dehors du territoire de la République lorsque la loi le prévoit, par application du principe de légalité. Ainsi, la loi française s'applique à tous les navires battant pavillon français et à toute personne se trouvant leur son bord. Tel est le principe posé à l'article 113-3 du code pénal qui dispose que « la loi pénale française est applicable aux infractions commises à bord des navires battant pavillon français, ou à l'encontre de tels navires ou des personnes se trouvant à bord, en quelque lieu qu'ils se trouvent. Elle est seule applicable aux infractions commises à bord des navires de la marine nationale, ou à l'encontre de tels navires ou des personnes se trouvant à bord, en quelque lieu qu'ils se trouvent ». Il en est de même pour l'article 113-4 du même code selon lequel « la loi pénale française est applicable aux infractions commises à bord des aéronefs immatriculés en France, ou à l'encontre de tels aéronefs ou des personnes se trouvant à bord, en quelque lieu qu'ils se trouvent. Elle est seule applicable aux infractions commises à bord des aéronefs militaires français, ou à l'encontre de tels aéronefs ou des personnes se trouvant à bord, en quelque lieu qu'ils se trouvent ». Dans ces deux cas, la législation française trouve à s'appliquer au bénéfice de toute autre législation en application de la loi du pavillon et de l'immatriculation.

Il existe bien des cas où la loi française trouve à s'appliquer alors que les faits se sont déroulés hors du territoire national. L'exemple le plus marquant, celui qui vous est rapporté dans le récit de maître Moser, tient à l'application de la compétence personnelle de la législation en ce qu'elle s'applique car l'un des protagonistes (auteur ou victime) est de nationalité française. Ainsi, l'article 113-6 du code pénal dispose que « la loi pénale française est applicable à tout crime commis par un Français hors du territoire de la République. Elle est applicable aux délits commis par des Français hors du territoire de la République si les faits sont punis par la législation du pays où ils ont été commis. Elle est applicable aux infractions aux dispositions du règlement (CE) n° 561/2006 du Parlement européen et du Conseil du 15 mars 2006 relatif à l'harmonisation de certaines dispositions de la législation sociale dans le domaine des transports par route, commises dans un autre État membre de l'Union européenne et constatées en France, sous réserve des dispositions de l'article 692 du code de procédure pénale ou de la justification d'une sanction administrative qui a été exécutée ou ne peut plus être mise à exécution. Il est fait application du présent article lors même que le prévenu aurait acquis la nationalité française postérieurement au fait qui lui est imputé », concernant ici les auteurs, complices ou coauteurs de crimes ou délits commis par un de nos ressortissants sur le territoire d'un autre État. Le droit pénal applique alors ce que l'on nomme la personnalité active.

Par respect du parallélisme des formes, l'article 113-7 du code prévoit que « la loi pénale française est applicable à tout crime, ainsi qu'à tout délit puni d'emprisonnement, commis par un Français ou par un étranger hors du territoire de la République lorsque la victime est de nationalité française au moment de l'infraction ». Ajoutons à cela que par application de l'article 113-10, la loi trouve également à s'appliquer lorsqu'il s'agit de crimes et délits qualifiés d'atteintes aux intérêts fondamentaux de la nation ou encore de crime ou délit contre les agents ou les locaux diplomatiques ou consulaires français, commis hors du territoire de la République, protégeant ainsi les intérêts supérieurs de la nation et ceux qui la représentent officiellement hors de France.

Revenons au cas particulier des victimes françaises d'infraction commise hors du territoire. Dans ce cas, l'article 113-7 du code pénal énonce que la loi française est applicable à tout crime, ainsi qu'à tout délit puni d'emprisonnement commis à l'étranger lorsque la victime est de nationalité française au moment des faits. Il est important de relever que le droit vient préciser sa pensée en expliquant que l'application de la loi française pourra être écartée dans le cas où l'auteur des faits a été jugé définitivement pour les mêmes faits à l'étranger, nul ne pouvant être jugé deux fois pour des mêmes faits (application de l'adage latin *ne bis in idem*).

Lorsque la victime est de nationalité française au moment des faits, la possibilité pour les tribunaux français d'agir en dehors des frontières physiques de la République s'explique par l'application du principe de la compétence passive des juridictions nationales aux termes duquel l'État continue à protéger ses ressortissants quel que soit l'endroit du Monde où ils se situent, la protection s'attachant alors à la personne de la victime. Cette règle de compétence extraterritoriale de la loi pénale française permet alors aux victimes directes, de nationalité française, d'obtenir en France la poursuite des auteurs d'une infraction commise à l'étranger.

2. On nous explique dans le récit que la justice allemande avait innocenté le mis en cause et toutefois la justice française a décidé pour les mêmes faits de le condamner. Comment cela est possible ?

Le droit est fondé sur un grand nombre de principes processuels, au premier titre desquels celui de la compétence souveraine des tribunaux, laquelle s'accompagne de l'autorité relative des décisions qui y sont prises.

Ainsi, dans ce cadre légal toute décision prise par un tribunal n'a autorité et ne s'applique qu'aux personnes qui sont concernées par l'affaire et qui sont jugées par le tribunal qui rend la décision (auteur, complice, victime). Lorsqu'un tribunal rend une décision, il le fait en fonction des faits qui lui sont présentés et selon une analyse qui est propre à cette affaire. Puisque pour chaque affaire siègent des hommes et des femmes, le facteur humain doit alors être pris en considération et tout juge prononcera la condamnation ou l'acquittement de la personne poursuivie en faisant application de son intime conviction. L'ensemble de ces facteurs explique alors que d'un tribunal à l'autre la solution d'un procès peut différer.

Notons, par ailleurs, que la France n'applique pas le système du précédent (tel qu'il est appliqué aux États-Unis par exemple). Ainsi, le tribunal ne pourra fonder sa décision que sur un texte de loi et non sur le fait qu'un tribunal a décidé de condamner quelqu'un dans une affaire où les faits ressemblent à celle qu'il doit juger. Ici, même si les faits sont les mêmes, le tribunal français et le tribunal allemand restent indépendants et les décisions prises ne peuvent servir de fondement pour juger le mis en cause.

Ajoutons pour conclure ces propos que, même si une personne est condamnée en première instance, le Cour d 'appel qui serait saisie par la personne condamnée pourra aboutir à une solution différente de celle rendue par la première juridiction, ceci s'expliquant par le fait que les juges d'appel sont totalement libres et non tenus par la première décision. Ils procèdent alors à une analyse complètement libre et aboutissent à une solution qui ne doit tenir qu'à une analyse s'attachant aux faits et aux déclarations faites lors de ce second procès.

Dans le cas présenté par Maître Moser il s'agit de deux tribunaux de nationalités différentes. En l'espèce, la plainte formulée contre l'auteur présumé des faits avait été classée sans suite. Il s'agit ici d'une décision relevant de l'appréciation souveraine du procureur au vu des faits dont il dispose dans le dossier de la procédure. En revanche, en France, le mis en cause avait été présenté à un tribunal, il faisait donc face à des juges du fond qui rendent des arrêts, décision de nature fondamentalement différente d'une décision de classement sans suite prononcée par un procureur. Les deux décisions étant de nature différente, elles ne peuvent donc avoir d'impact l'une sur l'autre.

3. Concernant le médecin allemand, Thierry Moser nous explique qu'il a fini par bénéficier d'une remise en liberté pour des motifs médicaux alors qu'il n'avait pas fini de purger sa peine. N'est-ce pas choquant au plan moral ? Quelles sont les règles juridiques en la matière ?

En droit[67], la remise en liberté des personnes détenues pour raison médicale est subordonnée au respect d'une procédure stricte et appliquée de manière très exceptionnelle.

Ainsi, l'obtention d'une telle mesure dérogatoire est subordonnée à l'absence de « risque grave de renouvellement de l'infraction », prévention inscrite aux articles 147-1 et 720-1-1 du code de procédure pénale.

Par ailleurs, comme cette mesure est fondée sur des considérations purement humanitaires, le maintien en détention étant considéré comme totalement incompatible avec l'état de santé de la personne concernée, il faut que l'individu apporte la preuve qu'il souffre effectivement

67. Loi n° 2014-896 du 15 août 2014 relative à l'individualisation des peines et renforçant l'efficacité des sanctions pénales, Titre III : DEMANDE DE MISE EN LIBERTÉ POUR MOTIF MÉDICAL (Articles 50 à 51), JORF n°0189 du 17 août 2014. Article 147-1, code de procédure pénale : « En toute matière et à tous les stades de la procédure, sauf s'il existe un risque grave de renouvellement de l'infraction, la mise en liberté d'une personne placée en détention provisoire peut être ordonnée, d'office ou à la demande de l'intéressé, lorsqu'une expertise médicale établit que cette personne est atteinte d'une pathologie engageant le pronostic vital ou que son état de santé physique ou mentale est incompatible avec le maintien en détention. La mise en liberté des personnes détenues admises en soins psychiatriques sans leur consentement ne peut être ordonnée en application du présent article.

de graves problèmes de santé, que son état soit alors incompatible avec un maintien en détention ou qu'il mette en jeu son pronostic vital (article 720-1-1 du code de procédure pénale). La demande de libération anticipée ou d'aménagement des conditions de détention devra alors être accompagnée d'un certificat médical indiquant que le pronostic vital est engagé ou que l'état de santé est incompatible avec un maintien en détention.

La Cour de cassation, par plusieurs arrêts, a pu préciser les conditions d'octroi d'une telle dérogation en venant préciser que les juges doivent apprécier la compatibilité de l'état de santé au regard des « conditions effectives de détention »[68]. Il faut donc que les juges prennent en compte la situation concrète de la personne détenue, en analysant des éléments comme l'état de sa cellule, son adaptation au handicap ou la perte d'autonomie, le bénéfice d'aide pour les actes essentiels (toilette, habillage, etc.) ou les activités quotidiennes (entretien de la cellule, circulation dans l'établissement, etc.), l'accès à l'unité sanitaire, aux parloirs, *etc*[69].

Enfin, notons que la remise en liberté pour des raisons médicales n'est pas de droit et les magistrats peuvent décider de refuser l'octroi d'une telle dérogation. Dans ce

---

« En cas d'urgence, la mise en liberté peut être ordonnée au vu d'un certificat médical établi par le médecin responsable de la structure sanitaire dans laquelle cette personne est prise en charge ou par le remplaçant de ce médecin.
« La décision de mise en liberté peut être assortie d'un placement sous contrôle judiciaire ou d'une assignation à résidence avec surveillance électronique.
« L'évolution de l'état de santé de la personne peut constituer un élément nouveau permettant qu'elle fasse l'objet d'une nouvelle décision de placement en détention provisoire, selon les modalités prévues au présent code, dès lors que les conditions de cette mesure prévues à l'article 144 sont réunies ».

68. Cass.crim., 25 novembre 2009, n° 09-82.971 : dans cette affaire les juges ont refusé à Serge X., très lourdement handicapé, d'octroyer une mesure d'aménagement de la peine d'un an d'emprisonnement ferme prononcée à son encontre, mesure qui devait prendre la forme d'un placement sous surveillance électronique.
69. https://oip.org/fiche-droits/dispositifs-de-mise-en-liberte-pour-raisons-medicales/.

cas, et suivant les principes de droit (principes processuels), la personne qui se voit opposer un refus de libération anticipée pour raisons médicales pourra, en appliquant le principe des droits de la défense et du droit au double degré de juridictions, interjeter d'appel dans les dix jours suivant la notification. L'appel sera être formé auprès du greffe de la juridiction qui a rendu la décision, ou fait par déclaration auprès du directeur de la prison[70].

70. https://www.lesvisiteurs.org/articles/actualites/mise-en-liberte-pour-raisons-medicales-468157.

CHAPITRE 11 :

CELLES ET CEUX QUI FUIENT LEUR PAYS

LE PRÉTENDU HAUT FONCTIONNAIRE AU BRAS LONG

POLITIQUE ET APPLICATION DU DROIT

UN TRANSPORT DÉSINTÉRESSÉ ?

LE PRÉTENDU HAUT FONCTIONNAIRE AU BRAS LONG

« Ravie de vous connaitre, c'est toujours intéressant d'avoir en face de soi des personnes qui ont un dossier pareil ».

La Présidente du Tribunal Correctionnel de Mulhouse qui juge cette affaire en 1989 a de l'humour.

Face à elle, Georges V., déjà condamné à de multiples reprises pour des escroqueries n'en mène pas large.

Cet homme aux cheveux blancs qui fait apparemment une excellente impression se présentait auprès des immigrés comme le directeur du service des étrangers au Ministère de l'Intérieur.

Il leur disait avoir la possibilité de régler tous leurs problèmes avec l'administration : carte de travail, permis de séjour... etc.

Bien entendu, il se faisait grassement rétribuer en échange des promesses fallacieuses qui ne recevaient évidemment aucune concrétisation.

Il allait jusqu'à promettre à ses victimes la réintégration après un licenciement ou le blanchiment d'un casier judiciaire, ce qui fait dire à la Présidente : **« Si c'est en votre pouvoir, vous feriez bien de vous occuper de votre propre casier qui en a bien besoin ».**

Le Ministère Public réclame à tout le moins quatre ans d'emprisonnement ferme en faisant valoir notamment la particulière vulnérabilité des victimes de l'escroc.

J'ai la responsabilité de le défendre, ce qui ne semble pas très facile, mais j'obtiens néanmoins une sensible réduction de la sanction puisque Georges V. est condamné à trente mois de prison ferme.

Un dossier quelque peu désolant...

POLITIQUE ET APPLICATION DU DROIT

En 1991, le Tribunal Correctionnel de Colmar examine un dossier intéressant au plan juridique.

Face au Tribunal, dix-neuf personnes impliquées dans des affaires de mariages blancs, défendues par trois confrères et moi-même.

Pour tenter d'obtenir la relaxe, nous allons plaider le vide législatif en la matière.

Je m'explique :

La police de Strasbourg détecte un mariage blanc entre une Alsacienne et un ressortissant turc, suite à quoi une enquête approfondie est diligentée et permet de mettre en relief neuf mariages blancs, dont dix ont été contractés en Turquie, deux en France et un en Suisse.

Suite à cela, quatre demandes de titres de résidence en France sont formulées.

L'enquête aboutit à l'interpellation de dix hommes et neuf femmes, principalement de nationalité turque ou d'origine alsacienne.

Le scénario est pratiquement à chaque fois le même : un mariage apparemment régulier suivi très rapidement d'un divorce.

Bien entendu, la fraude se faisait contre rétribution.

Le Tribunal évoque des sommes allant jusqu'à vingt-mille francs en échange de la bague au doigt.

À l'époque, la loi n'a rien prévu pour sanctionner de tels mariages, alors même que la fraude initiale ne se peut sérieusement contester.

Toutefois, le Ministère Public réclame une lourde sanction et fait valoir ceci : **« Le but exclusif de ces mariages était l'obtention d'un titre de séjour. Il y a donc eu simulacre de mariage et les titres de séjour ont été obtenus frauduleusement ».**

Je fais valoir un texte de loi de 1989 qui traite des conditions d'obtention d'un titre de résidence suite à un mariage en indiquant que ce texte supprime l'exigence d'une certaine durée de mariage et d'une communauté de vie.

Mes confrères et moi sommes entendus par le Tribunal qui relaxe purement et simplement les prévenus, mais comme prévu, le Procureur de la République fait appel et le dossier revient en avril 1992 devant la Cour d'Appel de Colmar présidée par Monsieur SAMSON.

L'avocat général BERTRAND réclame l'infirmation de la relaxe et la condamnation des prévenus en indiquant que la fraude du départ, à savoir le mariage, doit entacher la validité des démarches qui suivent, à savoir l'obtention des titres de séjour.

Le Magistrat n'est pas suivi et la relaxe obtenue en première instance est confirmée par la Cour d'Appel.

Je crois savoir que le Ministère Public a régularisé un pourvoi en Cassation contre l'arrêt confirmatif de relaxe.

Sauf erreur de ma part, le pourvoi en Cassation a été rejeté et la relaxe est devenue définitive.

Le bilan de cette procédure : il faut certainement sanctionner l'immigration irrégulière. Encore faut-il pouvoir s'appuyer sur des textes de loi clairs, nets et précis.

C'est du moins mon opinion.

UN TRANSPORT DÉSINTÉRESSÉ ?

Titre de journal *L'Alsace* du 28 septembre 1995 : **« Pour rendre service. Deux Belges acceptent de conduire six clandestins yougoslaves d'Italie en France. Le Tribunal les relaxe ».**

Je résume brièvement les faits.

La police interpelle sur une aire d'autoroute des occupants de deux voitures immatriculées en Belgique, une Mercedes et une Ford Mondeo.

Dans chaque véhicule, le conducteur et trois ressortissants d'ex-Yougoslavie qui sont en situation irrégulière.

Les deux Belges comparaissent devant le Tribunal Correctionnel de Mulhouse pour avoir aidé des clandestins à pénétrer en France, mais ils font valoir leur bonne foi et disent avoir voulu simplement rendre service.

L'explication est évidemment contestable, mais les éléments précis et objectifs d'implication pénale font défaut dans le dossier, ce que François SCHNEIDER, Procureur de la République, admet avec une totale bonne foi : **« Ils ont été imprudents, mais il est possible qu'ils soient de bonne foi ».**

En tant qu'avocat des deux Belges, je n'ai aucun mérite à obtenir la relaxe au bénéfice du doute de mes mandants.

LES EXPLICATIONS DE L'UNIVERSITAIRE : CHAPITRE 11

1. Je crois savoir que le droit des étrangers a subi beaucoup de modifications et je voudrais connaitre les dispositions essentielles à l'heure actuelle ?

La dénomination « droit des étrangers » renvoie à plusieurs éléments. Tout d'abord, le terme fait référence à l'ensemble des textes de droit français (lois, règlements, instructions et circulaires), européens (traités, règlements ou directives) et internationaux (accords bilatéraux ou conventions internationales), relatifs à l'entrée, au séjour, aux demandes de protection internationale et à l'éloignement des étrangers, citoyens de l'Union ou ressortissants de pays tiers, en France. Ensuite, il s'agit d'inclure dans ces considérations, l'ensemble des questions ayant trait à l'accès à la nationalité française, au statut personnel ou à l'état civil des étrangers. Enfin, elle regroupe l'ensemble des décisions juridictionnelles qu'elles émanent de tribunaux nationaux (administratifs ou judiciaires) ou européens.

La majorité des dispositions relatives à cette matière sont regroupées dans le code de l'entrée et du séjour des étrangers et du droit d'asile (Ceseda)[71], corpus divisé en plusieurs rubriques, à savoir : l'entrée des étrangers en France ; le séjour des étrangers en France ; le regroupement

71. D'autres dispositions sont insérées dans d'autres codes comme le code civil, le code pénal, le code de justice administrative ou encore le code du travail.

familial ; l'éloignement des étrangers du territoire ; le contrôle et les sanctions ; le droit d'asile.

En 2018, la loi dite « pour une immigration maîtrisée, un droit d'asile effectif et une intégration réussie »[72] est venue réformer en profondeur la matière, particulièrement en matière de procédures de demandes d'asile et d'éloignement. La réforme présentée par le Gouvernement s'articule autour de trois axes principaux :

1. la réduction des délais d'instruction de la demande d'asile ;
2. le renforcement de la lutte contre l'immigration irrégulière ;
3. l'amélioration de l'accueil des étrangers admis au séjour pour leurs compétences et leurs talents.

Le nouveau dispositif applicable à la matière est constitué de la loi adoptée le 10 septembre 2018 et de plusieurs décrets et arrêtés[73].

La loi de septembre 2018 se divise alors en différents titres :

---

72. Loi n° 2018-778 du 10 septembre 2018 pour une immigration maîtrisée, un droit d'asile effectif et une intégration réussie, JORF n°0260 du 10 novembre 2018.
73. Décret 2 décembre 2018 portant modification du code de justice administrative pour l'application des titres Ier et III de la loi n° 2018-778 du 10 septembre 2018 pour une immigration maîtrisée, un droit d'asile effectif et une intégration réussie, publié au journal officiel le 14 décembre de la même année ; Décret n° 2018-1159 du 14 décembre 2018 pris pour l'application de la loi n° 2018-778 du 10 septembre 2018 pour une immigration maîtrisée, un droit d'asile effectif et une intégration réussie et portant diverses dispositions relatives à la lutte contre l'immigration irrégulière et au traitement de la demande d'asile publié au Journal officiel le 16 décembre 2018 ; Décret n° 2018-1359 du 28 décembre 2018 relatif aux conditions matérielles d'accueil, publié au Journal officiel du 30 décembre 2018 ; décret n° 2019-141 du 27 février 2019 pris pour l'application de la loi n° 2018-778 du 10 septembre 2018 pour une immigration maîtrisée, un droit d'asile effectif et une intégration réussie et portant diverses dispositions relatives au séjour et à l'intégration des étrangers, publié au Journal officiel du 28 février 2019 ; Décret n° 2019-151 du 28 février 2019 pris pour l'application de la loi n° 2018-778 du 10 septembre 2018 pour une immigration maîtrisée, un droit d'asile effectif et une intégration réussie et portant diverses dispositions

- Le titre Ier de la loi du 10 septembre 2018 est relatif à l'accélération du traitement des demandes d'asile et à l'amélioration des conditions d'accueil. Il comprend des dispositions relatives à [74]:
  - la réduction des délais d'instruction des demandes d'asile par l'Office français de protection des réfugiés et apatrides (OFPRA) et la Cour nationale du droit d'asile (CNDA) ;
  - la sécurisation du droit au séjour des bénéficiaires de la protection internationale et des membres de leurs familles ;
  - la répartition plus équilibrée des demandeurs d'asile sur le territoire et la rationalisation du dispositif national d'accueil.

L'étranger ne dispose plus que de 90 jours (60 jours en Guyane), au lieu des 120 jours fixés par la loi du 29 juillet 2015 relative à la réforme du droit d'asile, pour déposer sa demande d'asile une fois arrivé en France. Passé ce délai, la situation du demandeur est examinée en procédure accélérée, une procédure dérogatoire dont les délais sont plus serrés. Elle se

---

relatives au séjour, publié au Journal officiel du 1er mars 2019 ; Décret n° 2019 152 du 28 février 2019 fixant les critères permettant de qualifier une entreprise innovante, prévus au 1° de l'article L. 313-20 du code de l'entrée et du séjour des étrangers et du droit d'asile, publié au Journal officiel du 1er mars 2019 ; Décret n° 2019-57 du 30 janvier 2019 relatif aux modalités d'évaluation des personnes se déclarant mineures et privées temporairement ou définitivement de la protection de leur famille et autorisant la création d'un traitement de données à caractère personnel relatif à ces personnes, publié au Journal officiel du 31 janvier 2019 ; Décret n° 2019-136 du 27 février 2019 relatif aux conditions d'acquisition de la nationalité française à raison de la naissance et de la résidence en France des enfants nés à Mayotte de parents étrangers publié au Journal officiel du 28 février 2019 ; Décret n° 2018-1096 du 6 décembre 2018 relatif au certificat de bonne conduite délivré aux militaires servant à l'étranger (ce décret, publié au Journal officiel du 8 décembre 2018, modifie le décret n° 2008-956 du 12 septembre 2008 relatif aux militaires servant à titre étranger en prévoyant la possibilité de délivrer le certificat de bonne conduite aux légionnaires en activité justifiant de l'ancienneté requise pour demander une carte de résident sur le fondement de l'article L. 314-11 du code de l'entrée et du séjour des étrangers et du droit d'asile, et non plus seulement à l'occasion du retour à la vie civile) ; Décret n° 2018-1280 du 27 décembre 2018 portant diverses dispositions relatives à l'aide juridique, publié au Journal officiel du 29 décembre, modifie le décret n° 91-1266 du 19 décembre 1991 portant application de la loi n° 91-647 du 10 juillet

déroule avec un juge unique et n'ouvre pas un droit automatique à l'hébergement et à une allocation. Le Conseil constitutionnel a validé ces dispositions, considérant que la procédure accélérée «ne dispense pas l'Office français de protection des réfugiés et apatrides (Ofpra) de procéder à un examen individuel de chaque demande dans le respect des garanties procédurales prévues par le législateur, le demandeur ayant le droit de se maintenir en France pendant l'examen de sa demande»[75].

- Le titre II est relatif aux modalités d'acquisition de la nationalité française par naissance et résidence en France à Mayotte.

- Le titre III rassemble les dispositions visant à renforcer l'efficacité de la lutte contre l'immigration irrégulière en sécurisant le prononcé des décisions d'éloignement, en renforçant l'efficacité de leur mise en œuvre et en aménageant les modalités de leur contrôle contentieux.

1991 relative à l'aide juridique pour modifier le barème figurant à l'article 90 du décret du 19 décembre 1991 en matière de contentieux des étrangers ; Arrêtés du 15 février 2019 relatifs aux cahiers des charges des lieux d'hébergement d'urgence des demandeurs d'asile et des centres d'accueil pour demandeurs d'asile (CADA), publiés le 20 février 2019 ; Arrêté du 27 février 2019 modifiant l'arrêté du 1er juillet 2016 relatif aux formations civique et linguistique prescrites aux étrangers signataires du contrat d'intégration républicaine créé par la loi n° 2016-274 du 7 mars 2016 relative au droit des étrangers en France ; Arrêtés du 28 février 2019 fixant la liste des personnes morales et des fonds d'investissement ainsi que la liste des soutiens publics à l'innovation permettant de caractériser une « jeune entreprise innovante » ; Arrêtés du 1er mars 2019 relatifs aux procédures de notification des projets de mobilité des étudiants et chercheurs, publiés le 3 mars 2019 ; Arrêté du 1er mars 2019 relatif à la justification de la régularité du séjour d'un parent de nationalité étrangère d'un enfant né à Mayotte, publié au Journal officiel du 2 mars 2019 ; Arrêté du 4 mars 2019 relatif aux modalités de séjour des jeunes au pair, publié le 5 mars 2019.

74. https://www.legifrance.gouv.fr/contenu/Media/Files/autour-de-la-loi/legislatif-et-reglementaire/application-des-lois/rapports-art-67/2018/rapport_art67_loi_2018_778.pdf.

75. https://www.vie-publique.fr/eclairage/19455-asile-et-immigration-la-loi-du-10-septembre-2018.

Le nouveau dispositif vise à sécuriser les obligations de quitter le territoire français (OQTF) après le rejet d'une demande d'asile et accentue le contrôle sur les personnes visées par une OQTF. Dans cette nouvelle configuration, la durée de la rétention est doublée et passe de 45 jours maximum à 90 jours, ce qui permet à l'administration d'organiser l'éloignement de l'intéressé.

- Le titre IV rassemble les dispositions visant à améliorer les conditions d'accueil des étrangers en situation régulière et à améliorer l'attractivité de la France pour les talents étrangers, en modifiant notamment le régime du « passeport talent » issue de la loi n° 2016-274 du 7 mars 2016[76] relative au droit des étrangers et en assurant la transposition de la directive 2016/801 du Parlement et du Conseil du 11 mai 2016 relative aux conditions d'entrée et de séjour des ressortissants de pays tiers à des fins de recherche, d'études, de formation, de volontariat et de programmes d'échange d'élèves ou de projets éducatifs et de travail au pair.

Ce dispositif s'inscrit dans le cadre des politiques européennes[77] et a pour ambition de se conformer aux engagements pris lors du Conseil stratégique de l'attractivité. Pour renforcer la position de la France dans l'accueil des mobilités internationales de l'excellence, de la création et de la connaissance, la loi de 2018 étend la carte de séjour pluriannuelle (4 ans) « passeport talent »

76. Loi n° 2016-274 du 7 mars 2016 relative au droit des étrangers en France, JORF n° 0057 du 8 mars 2016.

77. Directive 2008/115/CE du Parlement européen et du Conseil du 16 décembre 2008 relative aux normes et procédures communes applicables dans les États membres au retour des ressortissants de pays tiers en séjour irrégulier ; Directive 2004/38/CE du Parlement européen et du Conseil du 29 avril 2004 relative au droit des citoyens de l'Union et des membres de leurs familles de circuler et de séjourner librement sur le territoire des États membres, modifiant le règlement (CEE) n° 1612/68 et abrogeant les directives 64/221/CEE, 68/360/CEE, 72/194/CEE, 73/148/CEE, 75/34/CEE, 75/35/CEE, 90/364/CEE, 90/365/CEE et 93/96/CEE.

mise en place par la loi du 7 mars 2016. Elle est désormais délivrée notamment aux membres de la famille (conjoint et enfants) du titulaire de la carte qui n'ont plus à passer par la procédure du regroupement familial. Le visa de long séjour est toutefois exigé pour la première délivrance de ces cartes[78].

- Le titre V contient quant à lui des dispositions diverses (mesures de coordinations et dispositions relatives à l'outre-mer) et finales.

Concluons enfin en précisant que le texte est également l'occasion pour la France de réaffirmer son attachement à la protection des personnes vulnérables en intégrant des dispositions visant à améliorer la situation des victimes de violences conjugales ou familiales. En cas de condamnation définitive du conjoint, concubin ou pacsé pour violences, l'étranger titulaire « d'une carte de séjour temporaire vie privée et familiale » se voit délivrer de plein droit une carte de résident. De même, les personnes victimes de la traite ayant déposé plainte ou témoigné contre les auteurs d'infractions de proxénétisme ou de traite d'êtres humains pourront bénéficier d'une carte de résident après cinq années de présence en France sous couvert d'une carte de séjour temporaire « vie privée et familiale »[79].

78. Communiqué de presse du Conseil des ministres, 23 juillet 2014, https://www.legifrance.gouv.fr/dossierlegislatif/JORFDOLE000029287359/.
79. https://www.vie-publique.fr/eclairage/19455-asile-et-immigration-la-loi-du-10-septembre-2018.

CHAPITRE 12 :

INQUIÉTANTES SECTES

UN PRÊTRE DE LA MEUSE INCULPÉ
DE SÉQUESTRATION

CINQ ANS DE PRISON REQUIS CONTRE DIEU

DES CHEVALIERS SANS PEUR
ET SANS REPROCHES ?

LES OREILLERS DE FALLON

UNE PEINE DE PRISON NON PRÉVUE
PAR LA VOYANTE

La loi dite About-Picard du 12 juin 2001 crée dans le Code Pénal le délit d'abus frauduleux de l'état d'ignorance ou de faiblesse et consacre la notion de sujétion mentale.

La sujétion psychologique n'est pas une notion aisée à caractériser, alors surtout que notre organisation sociale est régie par le principe de laïcité et le respect de la liberté de conscience.

Il faut éviter de stigmatiser l'appartenance d'un individu à une communauté religieuse ou autre.

La tâche est malaisée d'autant plus que nous assistons actuellement à un renouveau des phénomènes sectaires en raison notamment des réseaux sociaux et de la crise sanitaire.

UN PRÊTRE DE LA MEUSE INCULPÉ DE SÉQUESTRATION

Je relis l'article clair et objectif du journal *La Croix* du 11 avril 1992 dont le titre est le suivant : « **Une famille de Verdun, aidée par un prêtre, a séquestré une jeune femme pour la soustraire à l'influence d'une secte. La justice les a inculpés** ».

Les faits :

Le vicaire général de l'évêché de Verdun, le père Yves G., et deux dames de Verdun, Michèle et Lucienne B., sont inculpés pour séquestration.

La justice leur reproche d'avoir enlevé et séquestré pendant plusieurs jours une jeune femme de 24 ans, Anne-Catherine B., fille de Michèle et nièce de Lucienne.

La jeune femme, étudiante brillante, élève-professeur, mariée à un agrégé de philosophie, est considérée par les auteurs de l'infraction comme étant sous l'emprise d'une secte.

« Nous avons voulu la soustraire à des hommes qui avaient fait d'elle un robot. Elle avait entièrement changé de personnalité ».

La jeune femme, victime de la séquestration, déclare que les accusations de sa famille sont contraires à la vérité et la justice doit donc poursuivre l'enquête de façon approfondie pour démêler le vrai du faux.

Anne-Catherine B. indique notamment n'avoir jamais versé d'argent à une secte.

Concernant le déroulement des faits d'enlèvement début août 1991, Anne-Catherine les relate en résumé comme suit.

« Il y avait au domicile de ma grand-mère malade à Verdun plusieurs personnes et notamment l'abbé Yves G. Ma mère, infirmière, m'a fait absorber un cachet puis elle m'a fait une injection. Mon mari a été coincé dans la cuisine par deux hommes. J'ai été retenue contre mon gré avant d'être transférée dans un hôpital psychiatrique

à Metz. J'ai passé deux jours dans cet établissement contre mon gré avant de sortir suite à l'intervention de mes amis ».

Le vicaire général de l'évêché que je défends ne conteste pas la matérialité de la séquestration mais il déclare en substance qu'il devait agir de la sorte pour protéger Anne-Catherine B. contre l'emprise de la secte.

Le prêtre dit avoir été angoissé par la détresse de Michèle et Lucienne B.

Il insiste sur le fait que la dépersonnalisation de la jeune femme était spectaculaire.

L'entourage de la jeune femme estimait qu'elle se trouvait en danger physique et moral et qu'il fallait absolument agir.

Anne-Catherine B. nie avec force appartenir à une secte, plus exactement à l'Église de scientologie.

Je précise que les livres du leader de cette secte, Ron Hubbard, ont été trouvés dans les affaires personnelles de la jeune femme victime.

Le dossier sort visiblement de l'ordinaire et il est très intéressant car il pose un débat fondamental sur la liberté de conscience des individus.

L'entourage de la jeune femme avait-il le droit d'intervenir ?

Notre législation protège les individus contre les atteintes à leur liberté à partir du moment où ils sont majeurs.

L'enlèvement est un délit de même que la séquestration.

Mon mandant dit encore ceci : « **Quand on estime un individu en danger physique et moral, a-t-on le droit de l'abandonner ?** ».

Le comité français de scientologie contre la discrimination annonce officiellement sa constitution de partie civile dans l'affaire de Verdun.

Le comité se dit la victime d'une discrimination religieuse totalement injustifiée.

Le comité met en cause l'ADFI, l'association de défense de la famille et de l'individu, structure pour laquelle j'interviens également.

J'ajoute que les adeptes de l'Église de scientologie promettent « **un monde sans crime, sans drogue et sans guerre** » !

La constitution de partie civile du comité français de scientologie est rejetée par l'autorité judiciaire, ce qui me donne évidemment toute satisfaction.

Mon confrère et ami, Alain BEHR de Nancy, défend les intérêts de Michèle et Lucienne B. et nous engageons une bataille de procédure car nous estimons que les règles procédurales afférentes à la conduite de l'instruction préparatoire n'ont pas été respectées par le Magistrat chargé du dossier.

C'est ainsi que, au mois d'avril 1995, la Chambre d'Accusation de la Cour d'Appel de Nancy rend un arrêt très satisfaisant.

La Cour de Nancy ordonne des annulations de grande ampleur, ce qui réduit à néant la possibilité pour l'autorité judiciaire de continuer les poursuites dirigées contre les inculpés qui sont au nombre de dix.

Parmi les inculpés, nous avons notamment une infirmière spécialisée, un professeur de judo, un professeur de sciences, un homme d'Église comme je l'ai dit, deux médecins, bref des personnes honorables que l'on n'a pas l'habitude de voir devant une juridiction pénale.

Le dossier va donc s'arrêter à la suite de l'arrêt de Nancy du mois d'avril 1995.

Par souci d'objectivité, je relève que page 8, la décision de Nancy indique ceci : **« L'enquête diligentée n'a pas permis de vérifier que Carlos L., le mari d'Anne-Catherine B., agrégé de philosophie, soit adepte de la secte de scientologie ».**

CINQ ANS DE PRISON REQUIS CONTRE DIEU

Une prodigieuse affaire d'escroquerie qui se déroule en 1993 devant le Tribunal de Bergerac.

Sous mes yeux, le jugement du Tribunal de Bergerac du 6 juillet 1993 rendu sous la présidence de Monsieur REGALDO SAINT BLANCARD, indique en résumé ceci :

André B., l'homme poursuivi pour escroqueries (rien à voir évidemment avec André B. dont j'ai parlé dans un récit précédent et que j'ai décrit comme un père héroïque), a suivi une formation secondaire sans éclat particulier.

Toutefois, il croit pouvoir ouvrir à l'âge de 19 ans un cabinet « de psychanalyse-hypnothérapique », alors qu'il n'a aucune formation sérieuse.

André B. prétend posséder un don exceptionnel et avoir fait une découverte fondamentale, à savoir « l'analyse moléculaire ».

Il recrute des « patients » à la suite de réunions, et il s'imagine pouvoir réaliser une thérapie à vocation universelle.

André B. prétend pouvoir soigner toutes les maladies sans aucune distinction et avec succès.

Il est évidemment incapable de fournir une explication sensée sur « l'analyse moléculaire ».

Il publie un livre « La psychanalyse objectialiste ou La vie de Dieu ».

Vous avez compris qu'il s'agit d'une vaste entreprise de charlatanisme.

Bien que régulièrement convoqué par le Tribunal de Bergerac pour être jugé, André B. ne daigne pas se présenter, ce qui traduit bien sa couardise.

Je note cependant la présence dans la salle d'audience de différents adeptes de ce gourou, des adeptes qui sont convaincus que le grand homme est injustement persécuté par la justice.

Je résume en disant que André B. a su se présenter aux yeux de certains comme un homme possédant des compétences exceptionnelles et des dons quasi miraculeux.

Mieux encore, André B. cultive l'ambiguïté quant à son éventuelle nature divine.

Il fait miroiter à ses adeptes une guérison ou un mieux-être face aux problèmes de l'existence et bien entendu il réclame des sommes très importantes en rétribution de sa bénéfique activité.

Il procède ainsi, grâce à un charabia fumeux, à de véritables spoliations.

Il s'attaque naturellement à des victimes fragiles et vulnérables et il obtient ainsi, grâce à son activité coupable, des montants supérieurs à quatre millions de francs de l'époque... !

Le Tribunal estime à bon droit que les faits sont très graves et qu'ils ont eu des répercussions dramatiques au niveau financier mais aussi au niveau de la déstructuration sociale des victimes.

Considérant que André B. est un personnage dangereux, le Tribunal prononce une sanction sévère, à savoir le maximum de la peine soit cinq ans d'emprisonnement ainsi qu'une amende de 500 000 francs.

Du fait que André B. ne s'est pas présenté devant le Tribunal, ce qui a évidemment placé son avocat, Paul MENG, dans l'embarras, le Tribunal décerne un mandat d'arrêt.

Pour appuyer l'argumentation du Procureur de la République, intervention de plusieurs parties civiles représentées par mes confrères MENDI, BRUNNER et moi-même.

En ce qui me concerne, j'intervenais pour l'Union Nationale des Associations pour la Défense des Familles et de l'Individu.

Je déclare notamment ceci : « **Ce procès, c'est celui de l'imposteur démasqué. Il a fait de ses adeptes des marionnettes et leur a pris leur âme et leur argent** ».

Mohamed MENDI, de son côté, indique : « **André B. a procédé exactement comme les autres sectes. Il est entré dans l'inconscient des gens. C'est un tortionnaire moral** ».

Gérard ALDIGE, Procureur de la République, fait valoir qu'André B. a vendu du bonheur avec des techniques du vingtième siècle à des gens psychologiquement fragiles.

Le Magistrat rappelle qu'André B. allait jusqu'à se prendre pour Dieu, n'hésitant pas à l'écrire.

Bien entendu, André B., absent à Bergerac, cherche à se soustraire à l'action de la justice et je crois savoir qu'il avait trouvé refuge pendant un certain temps aux États-Unis avant d'être finalement appréhendé et placé sous écrou.

Une dernière précision : L'affaire avait débuté dans la région mulhousienne, ce pourquoi l'excellent journaliste Jean-Marie STOERKEL était présent à Bergerac pour suivre le procès et en donner une relation claire et objective.

DES CHEVALIERS SANS PEUR ET SANS REPROCHES ?

Annick WOEHL résume ce surprenant dossier dans *L'Alsace* du mois de février 1998.

Il s'agit du procès concernant le vol du gisant de Sélestat le 12 novembre 1992 par un groupe de jeunes gens exaltés.

La question se pose de savoir si les exécutants ont agi de leur propre initiative ou suite aux instructions des dirigeants de l'antenne strasbourgeoise de la Nouvelle Acropole, une structure sectaire.

Les voleurs ont réussi à s'introduire dans le hall de la Bibliothèque humaniste de Sélestat et à dérober le gisant d'un chevalier, gisant datant de 1522 et pesant environ 250 kilos.

L'enquête piétine jusqu'au mois de juillet 1993.

L'office de lutte contre le trafic des œuvres d'art reçoit une lettre anonyme de dénonciation, ce qui relance les investigations et finalement ce sont huit personnes qui ont à comparaitre par-devant le Tribunal Correctionnel de Colmar.

Les prévenus sont défendus principalement par Marc BRESCH de Colmar et Francis METZGER de Strasbourg.

Face à eux, deux parties civiles, d'une part la Ville de Sélestat assistée par Alain MARX et d'autre part l'Union Nationale des Associations pour la Défense des Familles et de l'Individu.

Un procès fort intéressant.

Thèse de l'un des voleurs du gisant : « **Ce 12 novembre, je devais être intronisé chevalier lors d'une cérémonie officielle présidée par le chef des chevaliers venu spécialement de Paris. C'était un évènement très important. La directrice du centre de Strasbourg m'a dit qu'il fallait que nous**

commettions un acte héroïque pour cette occasion. Elle a dit penser au vol du gisant de Rathsamhausen ».

Un comparse du voleur précise : « **Quand cela s'est passé, j'étais euphorique. Je me disais que le gisant allait reprendre son sens dans notre chapelle** ».

Un autre exalté indique que de son côté il avait proposé d'aller décrocher la pointe de la cathédrale de Strasbourg.

Le gisant est resté dans la chapelle de la secte jusqu'au mois de mars 1993.

Malheureusement, l'ami de la directrice a décidé, pour se prémunir contre les poursuites, de le détruire.

L'homme brise le gisant avec un burin et il va disperser les morceaux dans des lacs situés en Lorraine.

Lors du procès, chacun des prévenus tente de se tirer d'affaire en prenant bien entendu des libertés avec la vérité.

Régis SEILLE, Procureur, réclame des peines de prison avec sursis et le jugement intervient fin mars 1998.

Deux prévenus sur les huit font l'objet d'une relaxe au bénéfice du doute, et six condamnations sont prononcées à des peines de prison avec sursis.

L'affaire revient au mois d'octobre 1998 devant la Chambre Correctionnelle de la Cour d'Appel de Colmar devant laquelle je fais valoir notamment que je conteste la relaxe des deux prévenus qui sont d'ailleurs les mieux placés dans la hiérarchie de la secte.

« Il serait navrant que ce soient les lampistes, les quatre porteurs du gisant, des pauvres diables, qui

soient condamnés, alors que les tireurs de ficelles échapperaient à la loi ».

Je ne suis malheureusement pas suivi dans la mesure où la Cour d'Appel confirme le jugement prononcé précédemment par le Tribunal Correctionnel de Colmar.

LES OREILLERS DE FALLON

Au mois de juin 2001, le journal local, *Le Pays*, annonce ceci : **« Aujourd'hui sera jugée l'affaire dite du château de Fallon. Quatre prévenus sont attendus à la barre du Tribunal correctionnel de Lure. Tous appartenaient à la communauté proche du mouvement sectaire de méditation transcendantale. L'édifice historique avait servi de site de production d'oreillers bio et nombre de ses richesses historiques avaient été pillées par les nouveaux propriétaires ».**

Les faits :

Au milieu des années 1990, un groupe qui se dit dissident d'une secte de méditation transcendantale, achète le château de Fallon ayant appartenu à la famille de Raincourt pour plus de deux millions de francs.

Tous viennent d'Allemagne et ont à leur tête un quinquagénaire emblématique d'origine serbe, Dusan D., gourou de la communauté.

Autre personnage important de ce groupe : Thomas H. un ancien professeur de physique qui a enseigné en Allemagne et aux États-Unis.

Dès le printemps 1996, une enquête est menée sur les activités du groupe qui installe dans le château son unité de production d'oreillers écologiques.

L'autorité publique réalise que le château de Fallon est purement et simplement défiguré, notamment par un hangar en tôle ondulée de plusieurs dizaines de mètres de long qui repose sur une terrasse de l'édifice datant du 18ème siècle.

On constate également de multiples dégradations à l'intérieur du château.

En janvier 1998, quatre mises en examen sont prononcées et immédiatement après, la communauté prend le large et déménage avec précipitation pendant la nuit.

En février 1998, un mandat d'arrêt international est lancé et le procès se déroule en juin 2001.

Gusan D., le chef de la communauté prend contact avec moi et me demande de défendre ses intérêts, mais je décline la proposition.

Je ne peux pas et je ne veux pas plaider pour lui alors que précédemment, je suis intervenu à plusieurs reprises pour le compte de l'Union Nationale des Associations pour la Défense des Familles et de l'Individu.

Le Tribunal Correctionnel de Lure condamne avec vigueur les prévenus et c'est ainsi que se termine ce bien curieux dossier.

UNE PEINE DE PRISON NON PRÉVUE PAR LA VOYANTE

Elle a beaucoup d'aplomb, la voyante contre laquelle je suis partie civile.

Une affection inconsidérée pour sa personne l'anime à l'évidence et elle se présente comme un gourou, ce que relève d'ailleurs le Procureur de la République en la personne de Sonia LOOS.

Que reproche-t-on à Martine A. dite Madame de Saint-Pierre ?

Elle se prétend voyante internationale, professeur de parapsychologie et elle donne des consultations dans de luxueux hôtels, ceci pour impressionner les malheureux qui croient trouver aide et réconfort auprès d'elle.

Le Président du Tribunal, François GIORDANI, insiste sur le préjudice très conséquent résultant des escroqueries réalisées par Martine A.

Certains clients de celle-ci ont déboursé en pure perte des sommes énormes.

Ainsi, un couple du Sundgau, région proche de Mulhouse, a déboursé 115 000 euros.

« On voulait voir l'avenir suite à des problèmes. Elle nous a prédit des choses abominables. Elle proposait contre rétribution des petits sachets de papier parfumé à brûler pour désenvoûter. Elle nous appelait même la nuit. On a dû s'endetter jusqu'au cou. On a même eu droit à une séance d'exorcisme à la maison avec incantations devant le feu. »

Une autre victime a fait appel à la voyante car son fils de cinq ans présentait, semble-t-il, des troubles du comportement et la délinquante lui a extorqué 160 000 francs.

Le bilan des activités délictuelles est consternant, mais Madame de Saint-Pierre ne se laisse pas troubler pour autant et son avocat, Alexandra KENNEL, fait de son mieux pour tenter d'obtenir un résultat satisfaisant.

En vain, puisque le Tribunal condamne Martine A. à trois ans de prison ferme, soit une peine un peu supérieure à celle requise par le Ministère Public.

De mon côté, j'interviens pour obtenir l'indemnisation du préjudice des parties civiles.

LES EXPLICATIONS DE L'UNIVERSITAIRE : CHAPITRE 12

1. Quel est l'apport de la loi About-Picard du 12 juin 2001 ? En quoi la sujétion psychologique est-elle une notion difficile à caractériser au plan juridique ?

La loi n° 2001-504 du 12 juin 2001 (dite loi About-Picard) vise à « renforcer la prévention et la répression des mouvements sectaires portant atteinte aux droits de l'homme et aux libertés fondamentales ». En venant créer un nouveau délit d'abus de faiblesse, le Gouvernement ambitionne de lutter contre les mouvements sectaires. Codifiée aux articles 223-15-2 à 223-15-4 du code pénal, la nouvelle législation détermine les conditions dans lesquelles l'abus frauduleux de l'état de faiblesse d'une personne en situation de sujétion psychologique est caractérisé et réprimé.

La loi définit la sujétion psychologique comme l'état d'une personne qui est « victime de manipulations mentales » et qui se voit dépossédée de son libre arbitre, condition sine qua non pour qu'un individu soit reconnu responsable de ses actes ; sans libre arbitre, il n'y a pas de liberté, pas de possibilité d'effectuer un choix éclairé.

Dès les années 70, les acteurs de la lutte contre les sectes ont tenté de définir les actes de manipulations. Dans les années 2000, le Parlement crée le délit de manipulation mais en laissant à la qualification un caractère juridique incertain qui fait peser une insécurité juridique pour les citoyens. On lui préfère alors le terme de « sujétion mentale », terme qui présente pourtant le même souci quant à sa portée trop générale et sa définition peu établie. Sous cette dénomination, le Parlement ambitionne de saisir l'ensemble des actes de manipulations qu'ils soient le fait de sectes, de groupements de psychanalystes ou encore de partis politiques. Pour ce faire, le législateur fixe des peines d'amendes importantes et prévoit des peines d'emprisonnement conséquentes. Pour pouvoir poursuivre et sanctionner les auteurs présumés de tels agissements, il faut que la victime ait subi un « grave préjudice », terme flou qui laisse aux tribunaux une marge d'appréciation dans l'analyse des faits et la vérification de la matérialité de l'infraction. Dans cette construction, la Cour de cassation, plus haut degré juridictionnel français, invite les tribunaux à exercer une appréciation *in concreto* des pressions graves ou des pressions réitérées plaçant la victime présumée dans un état de sujétion psychologique qui leur seraient présentées (cass.crim. 27 octobre 20215, n° 14.82.032, commenté notamment par Yves Mayaud, RSC 2015 p.847). Dans les faits, un prêtre est accusé d'abus de faiblesse, incriminé à l'article 223-15-2 du code pénal, et d'abus de confiance au sens de l'article 314-1 du même code. Le prévenu avait encaissé sur son compte personnel des sommes émises par les paroissiens lors de cérémonies ou d'évènements religieux (baptême, mariage, communion, ...). Il avait, par ailleurs, abusé de la faiblesse d'une personne âgée, laquelle psychologiquement fragilisée et hospitalisée en psychiatrie (à la demande du prévenu) avait exécuté des versements d'une somme d'argent. En l'espèce, les juges du fond ont retenu « une situation de faiblesse par sujétion psychologique avec un versement d'une somme d'argent préjudiciable au plaignant dans la mesure où il s'agissait de l'ensemble de ses économies ».

La loi de 2001 ajoute alors une incrimination qui permet aux tribunaux de s'intéresser aux atteintes aux biens et de hiérarchiser les faits potentiellement constitutifs d'une infraction. Elle vient préciser qu'il faut user de pressions ou de techniques visant à placer en état de sujétion psychologique ou physique une personne pour que cette dernière s'abstienne ou exécute des actes qui lui sont préjudiciables. Le dispositif vise donc à sanctionner des pratiques ayant pour unique but de mettre en état de dépendance un individu et de le contraindre à des engagements qui viennent léser ses intérêts[80].

Sur les faits de pressions, la Jurisprudence est venue préciser le texte de loi. Par exemple, après l'explosion de l'usine AZF, il était reproché aux prévenus d'avoir frauduleusement abusé de l'ignorance ou de la situation de faiblesse des victimes. Le Parquet poursuivait alors ces derniers pour avoir lésé des « personnes majeures en état de sujétion psychologique ou physique résultant de pressions graves ou de circonstances ayant altéré leur jugement » ; ajoutant à l'appui de son argument que l'explosion avait « détruit ou dégradé leur habitation ». La Cour d'Appel de Toulouse rejette les arguments du ministère public en expliquant que la sujétion psychologique ne peut que résulter de pressions exercées par l'auteur des faits qui doit user de manœuvres et de techniques pour soumettre sa victime à son emprise, faisant une application stricte de l'article 223-15-2 du code pénal. Le raisonnement tenu par la Cour d'Appel de Toulouse se justifie en ce qu'il faut que des pressions réelles soient exercées par l'auteur présumé des faits, les agissements constituant la source de la faiblesse de la victime. Dans l'affaire AZF, aucune preuve de sujétion psychologique ou physique n'a pu être apportée.

80. Sur ce point, lire par exemple : Yves Mayaud, « L'abus de faiblesse par sujétion psychologique, ou les leçons de la catastrophe d'AZF », CA Toulouse, 4 janvier 2005, n° 04/00185, RSC 2005, p.306.

Dans un arrêt inédit rendu par la Cour de cassation le 29 avril 2014 (n° 12.87-650), les magistrats insistent sur le fait que la fragilité de la personne doit être volontairement exploitée par l'auteur présumé des faits. En l'espèce, une jeune femme entretenait une relation avec un monsieur de 88 ans au moment des faits. Le vieil homme s'estimait victime d'abus de faiblesse. Le tribunal avait alors rejeté l'argument du demandeur en expliquant que l'état de sujétion doit résulter d'une activité concrète de la part de l'auteur des faits. Il faut donc apporter la preuve de manœuvres ou de techniques en indiquant la nature des actes constitutifs de l'infraction. Il faut qu'ils aient altéré le discernement de la victime présumée pour pouvoir répondre aux exigences légales. En l'espèce, la cour ne conclut pas à l'abus de faiblesse, le simple fait que la personne soit âgée et veuve ne constitue pas un fait de nature à matérialiser un état de faiblesse ou de déficience psychologique.

Concluons ces développements en précisant que la loi autorise les associations reconnues d'utilité publique à exercer les droits reconnus à la partie civile « à l'occasion d'actes commis par toute personne physique ou morale dans le cadre d'un mouvement ou organisation ayant pour but ou pour effet de créer, de maintenir ou d'exploiter une sujétion psychologique ou physique » (article 22 de la loi modifiant l'article 2-17 du code de procédure pénale).

2. Dans l'affaire relative au vol du gisant, vous parlez de l'office de lutte contre le trafic d'œuvres d'art, pouvez-vous nous en dire plus ?

L'office central de lutte contre le trafic des biens culturels, OCBD, a été créé en 1975[81]. Service d'enquête spécialisé,

81. Décret n°75-432 du 2 juin 1975 instituant au ministère de l'intérieur un Office central de lutte contre le trafic des biens culturels, JORF du 4 juin 1975.

il est doté d'une compétence nationale et est composé de policiers et de gendarmes pouvant agir, sous la direction d'un magistrat, sur l'ensemble du territoire français.

L'OCBD traite des enquêtes complexes en matière de vol et de recel des biens culturels, d'affaires de faux, d'escroquerie en bande organisée et de blanchiment d'argent sale de dimension nationale et internationale. Le service a alors pour mission de lutter contre le pillage et le trafic des biens archéologiques, notamment lorsque les biens proviennent de zones de conflits armés. On parle alors d' « antiquités de sang ». Les membres des forces de l'ordre qui y travaillent ont également un rôle important dans l'échange et la diffusion d'informations et de renseignements permettant la lutte contre ce trafic et, pour ce faire, ont des contacts réguliers avec des instances européennes et internationales comme EUROPOL ou INTERPOL.

Au niveau national, la France a fait de la lutte contre ce type de trafic une priorité après avoir constaté que ces délits avaient pour conséquence un appauvrissement des pays d'origine des œuvres et des biens en les privant de leurs trésors nationaux tout en participant à l'enrichissement des groupes criminels internationaux via le financement d'actions terroristes, de crimes commis en bandes organisées ou encore en permettant le blanchiment d'argent issu du crime international. Le pays s'inscrit ainsi dans une philosophie globalisée et adopte une politique pénale spécifique en faisant du vol et du recel d'œuvres d'art une circonstance aggravante qui a pour conséquence d'alourdir les peines encourues. Par exemple, en 2017, le Conseil de sécurité des Nations unies a officiellement reconnu que ce type de menaces pèse sur le patrimoine culturel mondial, menace à laquelle la communauté internationale se doit de répondre activement (Résolution des Nations unies n°2347). Dans un rapport d'enquête publié en 2020, INTERPOL s'appuie sur les déclarations de 72 pays membres et révèle que la pandémie, loin de freiner l'action des criminels, a été le terreau propice à l'augmentation d'une telle forme de criminalité. INTERPOL fait ainsi état, au niveau mondial, de la saisie de plus de 85 400 objets culturels allant des pièces de collectionCitons, par exemple, que malgré la fermeture du musée Singer Laren près d'Amsterdam pour cause de pandémie le 14 mars 2020, un Van Gogh estimé entre 1 et 6 millions d'euros et intitulé « Le jardin du presbytère de Nuenen au printemps », œuvre peinte en 1884, a été volé fin mars dans la nuit de dimanche à lundi[82].

Rappelons, pour conclure ces propos, que l'office est l'objet depuis 2017 d'une série policière à succès diffusée sur France 2. Dans cette œuvre de fiction, créée par Angèle Herry-Leclerc et Pierre-Yves Mora, l'enquêteur est associé à une experte du Louvre pour résoudre des mystères où la solution réside dans une œuvre d'art[83].

---

82. https://www.barnebys.fr/blog/un-van-gogh-est-vole-au-musee-de-laren.
83. https://www.france.tv/france-2/l-art-du-crime/.

CHAPITRE 13 :

DES CATASTROPHES INDUSTRIELLES

RUPTURE DU PLANCHER PROVISOIRE
AUX MINES DE POTASSE D'ALSACE

EFFONDREMENT DE LA CHARPENTE MÉTALLIQUE
À L'AÉROPORT DE BÂLE-MULHOUSE

STOCAMINE : UN INCENDIE DRAMATIQUE
ET UN JUGEMENT DE SALOMON

EXPLOSION DE L'ÉCOLE DE CHIMIE DE MULHOUSE :
ON A FRÔLÉ LE PIRE

RUPTURE DU PLANCHER PROVISOIRE AUX MINES DE POTASSE D'ALSACE

18 juin 1976 : cinq mineurs des MDPA font une chute mortelle dans un puisard du puits Marie-Louise à Berrwiller.

La plateforme sur laquelle se trouvaient les mineurs – un « plancher » provisoire mis en place plus de dix ans auparavant – a cédé sous leur poids.

Les malheureux sont précipités dans le vide, quarante-six mètres plus bas.

On retire les cadavres des cinq hommes au fond du puisard dans une masse d'eau et d'huile parmi les éléments du plancher défaillant.

Ce dossier dramatique vient cinq ans plus tard devant le Tribunal Correctionnel de Colmar chargé d'établir les responsabilités.

Paul P., chef de l'établissement au moment des faits et détenant ainsi des pouvoirs de direction au sein de la mine Marie-Louise, dont dépend le puits de Berrwiller, comparait sous l'inculpation d'homicide involontaire par imprudence.

Jean-Jacques HALBWACHS, Bernard WEMAERE et moi-même intervenons pour les organisations syndicales qui ont la qualité de partie civile et nous déplorons naturellement la lenteur de la procédure qui a généré un sentiment d'injustice et d'incompréhension dans les familles des victimes.

Le Tribunal, pour bien cerner le problème, reconstitue l'historique du puits de Berrwiller.

Il en résulte qu'un plancher dit provisoire a été installé en 1967, près de dix ans avant l'accident tragique et il est resté en place, alors que l'installation devait avoir un caractère temporaire.

Le mauvais état du plancher provisoire a été constaté avant l'accident à plusieurs reprises mais on s'est contenté d'interdire l'accès de la zone dudit plancher, mesure qui va s'avérer tout à fait insuffisante.

Les organisations syndicales mettent en relief l'impéritie de la direction et réclament une déclaration de culpabilité.

Roland SCHWOB, brillant avocat de la défense, a un rôle bien difficile et il tente d'obtenir un jugement de relaxe en développant des arguments de fait et de droit, mais en vain.

Au mois de mai 1981, le directeur du puits de Berrwiller est condamné à une peine de prison avec sursis ainsi qu'à une amende et les parties civiles obtiennent le franc symbolique qui était revendiqué.

Les avocats de la partie civile ont notamment dit que la catastrophe est due à l'application stricte par le prévenu d'une consigne du directoire, à savoir produire le maximum au moindre coût même si cela se fait au détriment de la sécurité.

Pascal SCHULTZ, Procureur de la République, relève de son côté différents manquements aux règles de sécurité et il est suivi dans la mesure où le Tribunal entre en voie de condamnation.

Un mot encore sur Roland SCHWOB, un avocat que j'ai respecté et admiré pendant mes années d'exercice professionnel.

Il était un humaniste, un homme juste et intègre ainsi que cela a été dit à l'occasion de ses funérailles en 2008.

Il était un juriste brillant, un avocat bien connu dans la région.

Il a beaucoup œuvré dans l'intérêt de ses confrères et également dans le cadre de différentes associations caritatives.

EFFONDREMENT DE LA CHARPENTE MÉTALLIQUE À L'AÉROPORT DE BÂLE-MULHOUSE

Nous sommes au mois d'août 1983 à l'aéroport de Bâle-Mulhouse.

Une charpente métallique pesant trois-cent-quarante tonnes s'écrase au cours d'une opération de levage qui est réalisée pour le compte d'une compagnie aérienne stationnée à l'aéroport, la compagnie CROSSAIR.

Deux personnes sont tuées et deux autres sont très sérieusement blessées.

Trois personnes vont comparaitre devant le Tribunal Correctionnel de Mulhouse en 1992 pour homicide involontaire.

Ernest B. est ingénieur en construction et il est défendu par Jean-Claude TSCHIRHART.

Ferdinand T. est ingénieur en génie civil et a pour avocat Roger MEYER.

Werner A., directeur de l'entreprise responsable des travaux, est assisté par moi-même.

S'agissant du fond, la situation des prévenus est particulièrement problématique dans la mesure où des fautes de négligence dans la réalisation des opérations d'élévation de la charpente semblent bien avoir été commises.

J'étudie très attentivement le dossier judiciaire et technique et je relève différentes irrégularités de procédure, notamment dans la réalisation des expertises techniques réalisées à la demande des deux Juges d'Instruction.

Je n'entre pas dans les détails de procédure, ce qui serait fastidieux pour le lecteur.

L'essentiel consiste à dire que, à mes yeux, les irrégularités procédurales doivent entrainer la nullité de la procédure suivie en son intégralité.

C'est exactement ce que je plaide devant le Tribunal Correctionnel qui adopte totalement mon point de vue par jugement du 3 décembre 1992.

Les poursuites pénales contre les trois prévenus sont réduites à néant mais je précise immédiatement que, s'agissant des intérêts civils, les victimes et leur famille obtiennent naturellement réparation, ce qui est indispensable au plan moral.

En résumé, un résultat très satisfaisant au plan strictement pénal mais, au plan civil, les règles d'équité sont satisfaites.

J'ai œuvré dans ce dossier en collaboration avec Marius HOFFMANN, un avocat bâlois particulièrement sympathique.

STOCAMINE : UN INCENDIE DRAMATIQUE ET UN JUGEMENT DE SALOMON

Pour relater ce dossier, je me base sur mes archives et mes souvenirs mais également sur les excellents articles de Laurent BODIN, un journaliste de *L'Alsace*.

La société STOCAMINE en tant que personne morale, et son ancien directeur Patrice D., doivent comparaitre au mois de novembre 2007 devant le Tribunal Correctionnel de Mulhouse.

Pierre SCHULTZ, mon associé et moi-même intervenons pour la personne physique, Patrice D. à qui sont adressés différents griefs.

Georges WETTERER est l'avocat de STOCAMINE, la personne morale, mais nous avons évidemment des intérêts liés.

Face à nous, les parties civiles, à savoir 70 mineurs pour lesquels plaide Jean-Louis COLOMB.

Le grief essentiel adressé aux prévenus est la mise en danger d'autrui suite à la violation de différentes règles afférentes à la sécurité du travail.

Vous vous souvenez sans doute du grave incendie survenu en septembre 2002 dans l'entreprise STOCAMINE à Wittelsheim.

L'incendie a généré des fumées toxiques et peut-être mortelles, ce qui amène les victimes, et notamment le délégué mineur Jean-Claude LOSTUZZO, à penser que les prévenus ont joué avec la vie des salariés.

Dans son article du 18 novembre 2007, le journaliste pose avec clairvoyance une question toujours d'actualité au moment où j'écris : **« À plus long terme, la seule question d'avenir, outre l'évolution de l'état de santé des mineurs, qui ont inhalé les fumées toxiques, est bien de savoir ce que devient le site : doit-il être maintenu sous surveillance permanente, les déchets enfouis définitivement ou remontés à la surface pour être traités dans des installations adaptées ? »**

Dès le début du procès, il est rappelé que l'incendie de STOCAMINE est l'une des plus graves catastrophes de l'histoire minière alsacienne.

Il est établi que des produits toxiques provenant de l'usine SOLUPACK en Indre-et-Loire ont brûlé dans le bloc 15 de la Mine Amélie à partir du 10 septembre 2002 et pendant plusieurs semaines.

Les mineurs ont respiré les fumées et nul ne sait quelles ont été réellement les conséquences de cette situation.

Le Tribunal se pose la question de savoir comment et pourquoi des produits souillés ont pu descendre au fond de la mine.

Pourquoi l'absence de mesures de protection ?

Pourquoi l'hypothèse même de l'incendie n'a-t-elle pas été étudiée sérieusement avant la catastrophe ?

Dès le départ du dossier, il se pose la question de l'éventuelle responsabilité des MDPA, étant précisé que cette entreprise, distincte juridiquement de STOCAMINE, n'est pas poursuivie.

Christine SCHLUMBERGER qui préside l'audience correctionnelle souligne la complexité des liens entre STOCAMINE et les MDPA.

Le Tribunal procède à l'audition des Experts qui ne partagent pas les mêmes conceptions sur la localisation et l'origine de l'incendie de STOCAMINE, mais pour la majorité d'entre eux, le sinistre est dû à l'auto-inflammation des produits SOLUPACK.

Il semble bien que ce soit une accumulation de fautes et d'erreurs plus ou moins graves qui a abouti à la catastrophe de l'incendie.

Il est question du rôle de la société SÉCHÉ ENVIRONNEMENT, une société totalement distincte de STOCAMINE.

Elle aurait, disent certains, considéré STOCAMINE comme sa poubelle.

Le procès correctionnel présente une complexité certaine au plan juridique et technique.

Le Tribunal cherche à faire la part des choses.

La presse de la fin janvier 2008 indique ceci : « **Le centre de stockage de déchets ultimes de Wittelsheim et son ex-directeur, Patrice D. reconnus coupables d'avoir violé l'arrêté préfectoral régissant la réception des déchets, ont été respectivement condamnés à 50 000 euros d'amende et quatre mois de prison avec sursis. Leur responsabilité dans la gestion de l'extinction de l'incendie est en revanche écartée** ».

Le Tribunal a considéré que la cause de l'incendie était l'autocombustion des produits de l'entreprise SOLUPACK.

Pour les Juges, les règles de sécurité n'ont pas été respectées en ce sens que des déchets ont été descendus dans le bloc 15 de la mine Amélie en violation des dispositions de l'arrêté préfectoral.

Le jugement de Mulhouse est commenté par Pierre SCHULTZ et moi-même. Nous éprouvons tout à la fois satisfaction et déception.

Satisfaction dans la mesure où Patrice D. bénéficie d'une relaxe pour trois des quatre infractions qui lui étaient imputées.

Déception dans la mesure où le Tribunal estime Patrice D. coupable de mise en danger au stade de la réception et de la gestion des déchets.

Georges WETTERER, avocat de STOCAMINE, donne également son point de vue et n'exclut pas un éventuel appel.

Jean-Louis COLOMB, partie civile, pense que le jugement est plutôt satisfaisant.

Il y a effectivement appel et le dossier revient devant la Cour d'Appel de Colmar en janvier 2009.

Un journaliste, Jean-François OTT, indique ceci : **« Un an après le verdict rendu par le Tribunal de Mulhouse, les responsabilités et les circonstances précises de l'incendie restent toujours aussi floues ».**

Pierre SCHULTZ et moi-même intervenons à Colmar à la fois pour Patrice D., personne physique, et pour la SA STOCAMINE, personne morale.

Claude LAFONT, avocat général, requiert la condamnation contre les deux prévenus alors que nous faisons valoir des arguments visant à la relaxe.

En date du 15 avril 2009, la Cour d'Appel de Colmar rend sa décision qui globalement me parait très satisfaisante.

Patrice D. obtient une atténuation de la sanction très sensible.

Il n'est plus question d'une peine de prison avec sursis, mais simplement d'une peine d'amende, soit 5 000 euros, ce qui est bien différent.

S'agissant de la personne morale STOCAMINE, la Cour de Colmar confirme le jugement de Mulhouse.

Laurent BODIN fait valoir dans l'édition du 16 avril 2009 que la Cour d'Appel de Colmar rend un jugement de Salomon.

Le journaliste note avec objectivité que la sanction pénale a été réduite.

Pour différents motifs, l'arrêt de Colmar fait l'objet d'un pourvoi en Cassation.

La Cour de Cassation rend en avril 2011 une décision favorable.

Il en résulte que la Commune de Wittelsheim n'était pas fondée à se constituer partie civile contre les deux prévenus.

L'arrêt de Colmar est donc partiellement cassé.

Il est précisé que la Commune de Wittelsheim invoquait un « préjudice d'image », mais cette prétention a été jugée infondée par la Cour de Cassation.

Le journaliste qui rend compte au mois d'avril 2011, il y a plus de dix ans, termine en écrivant ceci : **« Reste maintenant à décider de l'avenir du site et des 44 000 tonnes de déchets qui y ont été enfouis ».**

Ce problème est toujours d'actualité.

Dans la presse régionale du 27 août 2021, je lis ceci : **« À STOCAMINE, début imminent des opérations de confinement ».**

Vous savez que différentes associations ont régularisé un recours contre l'arrêté préfectoral autorisant le confinement définitif des déchets, ce qui a généré une audience par-devant la Cour Administrative d'Appel de Nancy au mois d'octobre 2021.

Vous savez que cette juridiction a annulé l'arrêté préfectoral pour différents motifs.

À l'heure actuelle, le confinement est suspendu et nul ne peut préjuger de la suite.

Fin provisoire d'un dossier qui, à mon sens, sort vraiment de l'ordinaire.

EXPLOSION DE L'ÉCOLE DE CHIMIE DE MULHOUSE : ON A FRÔLÉ LE PIRE

Il est impossible de ne pas voir le titre et la grande photographie qui figurent à la page n°1 du journal *L'Alsace* du samedi 25 mars 2006.

La presse régionale indique ceci : « **Une terrible déflagration d'origine inconnue a soufflé les locaux de l'École nationale supérieure de chimie de Mulhouse hier à 12h24, tuant un professeur et faisant une blessée grave** ».

Les faits en résumé.

L'explosion se produit le 24 mars 2006 peu avant 12h30, une explosion très violente, au niveau du bâtiment n°5 de l'École nationale supérieure de chimie qui est implantée sur le campus universitaire de la Ville.

Après la déflagration, un incendie se propage à l'intérieur du bâtiment et le plan rouge est aussitôt décrété avec d'importants moyens.

Le corps sans vie d'un homme est découvert au niveau du rez-de-chaussée sous les gravats. Il s'agit d'un enseignant de 41 ans au sein de l'école de chimie.

Une jeune fille, Saloua B., lycéenne en stage à l'école de chimie, est extraite des décombres dans un état très critique.

De nombreuses autres personnes reçoivent des soins suite à des blessures légères ou à un état de choc.

Les dégâts matériels sont considérables.

Les premières constatations permettent de situer l'explosion au niveau 1 (soit au rez-de-chaussée), très exactement à l'intérieur du laboratoire occupé par un chercheur qui s'appelle Alain L.

Il est découvert à cet endroit une bouteille de gaz intacte pourvue d'un manomètre-détendeur et portant des traces d'incendie dans sa partie supérieure.

La bouteille est vide et le robinet est ouvert presque complètement.

La bouteille en question contenait de l'éthylène et se trouvait dans le laboratoire de l'enseignant Alain L. pour les besoins de ses expériences.

L'explosion s'est produite à l'heure du déjeuner d'où l'absence dans le bâtiment de soixante-dix personnes au total, sans quoi le bilan humain de la catastrophe aurait sans doute été beaucoup plus lourd.

Toutefois, certaines personnes sont blessées légèrement ou se trouvent en état de choc.

À ce stade, il appartient à la justice de déterminer les causes possibles du sinistre.

Alain L., professeur de chimie au sein de l'établissement, admet que l'explosion s'est produite à l'intérieur de son laboratoire.

Il affirme n'avoir effectué aucune expérience au cours de la matinée et il dit avoir verrouillé la porte avant de s'absenter pour la pause de midi.

Il dit avoir respecté de façon scrupuleuse les consignes de sécurité à l'occasion de ses manipulations.

Le Juge d'Instruction, Sandrine BATALLA, ordonne une expertise visant à déterminer les causes de l'explosion, expertise confiée à trois spécialistes qui déposent un rapport le 30 décembre 2006.

Les experts concluent avec certitude à une explosion en phase gazeuse survenue dans le laboratoire du Professeur L.

Les experts retiennent l'hypothèse d'une accumulation d'une importante quantité d'éthylène provenant de la bouteille utilisée par Alain L. et découverte vide dans les gravats.

Les experts demandent à Alain L. de reconstituer son montage original dans un laboratoire de l'école de chimie, cette opération permettant aux hommes de l'art de conforter leur point de vue.

Ils disent en conclusion des rapports que l'explosion a été permise par différentes imprudences et manquements aux normes et bonnes pratiques de laboratoire.

Suite à ce rapport, Alain L. est placé sous le régime de la garde à vue puis, en novembre 2007, placé sous le statut de témoin assisté.

Il dit notamment ceci : « **Je sais que des normes existent en la matière, cependant je ne pourrais pas vous dire si celles-ci avaient été respectées lors de ce montage** ».

De manière générale, ainsi que précisé dans le réquisitoire définitif du Procureur de la République auquel je me réfère, Alain L. ne s'estimait soumis à aucune contrainte, ni norme particulière quant au choix du matériel nécessaire à ses expérimentations.

Alain L. ajoutait que ses expériences ne faisaient l'objet d'aucun contrôle des normes de sécurité, lui seul veillant à la conformité de ses montages.

En bref, Alain L. ne se reconnaissait aucune responsabilité dans la survenue du sinistre, tout en étant dans l'incapacité d'expliquer certains éléments comme l'ouverture de la bouteille de gaz et du manodétendeur.

Compte tenu des explications étonnantes du Professeur mis en cause, le Juge d'Instruction ordonne une expertise complémentaire afin de préciser différents points.

Le rapport complémentaire du 20 juin 2008 confirme, selon les experts, que l'explosion est consécutive à une fuite d'éthylène s'expliquant par la désolidarisation du flexible reliant les deux détendeurs du fait de sa mauvaise fixation.

Dès lors, en décembre 2008, Alain L. est mis en examen du chef d'homicide et de blessures involontaires mais il maintient ses explications et persiste à nier toute responsabilité dans la survenue de la catastrophe.

Il dit avoir fait preuve de prudence dans la réalisation de son montage et avoir respecté les règles élémentaires de sécurité.

Je passe, pour ne pas lasser le lecteur, sur les péripéties qui suivent.

Il suffit de dire que deux thèses vont s'affronter, à savoir la thèse de l'accusation qui se base non pas exclusivement mais principalement sur les constatations des experts précédemment relatées et d'autre part la thèse de la défense représentée par Gérard ALEXANDRE, un avocat réputé de Strasbourg, selon laquelle l'explosion est très certainement due à un acte de malveillance commis par une tierce personne non identifiée qui voulait nuire au Professeur L.

À la page n°20 du réquisitoire définitif précité, Alexandre CHEVRIER, Procureur de la République, précise ceci :

« Force est de constater que l'information judiciaire n'a pas permis d'expliquer pourquoi la porte du laboratoire d'Alain L. était restée ouverte au moment de l'explosion. Si cet élément est susceptible d'alimenter toutes les supputations possibles, il apparait toutefois très insuffisant pour conclure à un geste de nature criminelle, d'autant que les investigations menées dans cette direction sont demeurées totalement vaines... La thèse de l'attentat relève de la plus haute invraisemblance et ne peut être retenue au terme de l'information judiciaire. »

Le procès s'ouvre devant le Tribunal Correctionnel de Mulhouse, procès au cours duquel Alain L. maintient sa stratégie avec, il faut le dire, la sympathie de certains de ses collègues enseignants.

Alban PIERRE, avocat de l'une des victimes et partie civile, est légitimement agacé par cette étonnante situation.

Pierre PAWLAS et Thomas WETTERER interviennent pour d'autres parties civiles.

En ce qui me concerne, j'occupe pour l'Université de Haute-Alsace qui est également partie civile et je développe mon argumentation en conformité avec celle du Ministère Public.

Sous la présidence de Christine SCHLUMBERGER, le Tribunal de Mulhouse rend un jugement de condamnation le 25 novembre 2010.

Alain L. est déclaré coupable et condamné à 18 mois de prison avec sursis ainsi qu'à une amende de 8 000 euros.

Au plan civil, le Tribunal reçoit les constitutions, mais déclare à juste titre que les fautes commises par Alain L. n'étant pas détachables de ses fonctions, il convient pour les victimes de s'adresser au Tribunal Administratif pour obtenir la réparation effective du préjudice.

Contrarié par ce jugement qui désavoue totalement sa stratégie de défense, Alain L. fait appel et le dossier est donc soumis à la Cour d'Appel de Colmar qui, pour l'essentiel, confirme le jugement mulhousien.

Par la suite, la Cour de Cassation, en date du 11 septembre 2012, prononce une cassation partielle qui porte sur un point de détail concernant le montant des sanctions pécuniaires.

En revanche, les condamnations à une peine de 18 mois d'emprisonnement avec sursis et à 8 000 euros d'amende sont maintenues, ainsi que toutes les condamnations civiles.

Ainsi s'achève cette affaire dramatique dans laquelle on a frôlé le pire.

LES EXPLICATIONS DE L'UNIVERSITAIRE : CHAPITRE 13

1. Pouvez-vous m'expliquer les règles essentielles du Code du Travail visant à assurer la sécurité des salariés à l'occasion de leur activité professionnelle ? Que prévoit la loi ? Quelles sont les sanctions possibles ?

Problématique récurrente au sein des entreprises, la sécurité des salariés fait partie des obligations d'un employeur. Selon l'article L. 4121-1 du code du travail[84], l'employeur est tenu de prendre toutes les mesures nécessaires pour assurer la sécurité et protéger la santé physique et mentale de ses salariés. Il s'agit d'une obligation réelle à la charge de l'employeur qui ne doit pas seulement tout mettre en œuvre pour diminuer le risque mais tout faire pour l'empêcher. Il doit alors veiller à la sécurité de tous par la mise en place d'actions de prévention, d'information et de formation destinées à prévenir tout risque de survenance d'un quelconque dommage pour ses employés[85].

Une telle obligation de sécurité résulte du fait que la santé des salariés est un droit fondamental prévu par différentes normes internationales, et européennes telles que la Déclaration universelle des droits de l'homme ou la Charte

84. Textes applicables en la matière : Code du travail, art. L. 1311-2 ; L. 4122-1 et L. 4121-2 ; L. 4141-4 et L. 4143-1 ; R. 4141-1 à R. 4143-2 ; R. 4741-1 ; D. 4711-1.

85. Le Doyen Cornu définissait le risque comme l'incertitude d'un évènement dommageable, Cornu G. (2002), Vocabulaire juridique, PUF, 3e édition.

des droits fondamentaux de l'Union européenne. À ce titre, le texte énonce que « tout travailleur a droit à des conditions de travail qui respectent sa santé, sa sécurité et sa dignité » (article 31 ; Charte des droits fondamentaux)[86].

Au titre de cette obligation, l'employeur doit évaluer les risques professionnels sur chaque poste de travail, lesquels sont consignés dans un document que l'on appelle le « document unique d'évaluation des risques professionnels (DUERP) ». Dans les faits, le DUERP est un document écrit et/ou numérique dans lequel l'employeur va dresser l'inventaire des risques qui auront été identifiés et qui seront priorisés dans chaque service de la structure qu'il dirige[87]. Ce document doit être tenu à la disposition des salariés, du Comité social économique (CSE) et du médecin du travail.

Sur la base de ce document, il devra initier des actions de formation (en cas de nouvelles embauches, de changement de poste, de contrat de travail temporaire, ou encore sur demande du médecin du travail ou du salarié lorsque ce dernier reprend une activité après un arrêt de travail d'au moins 21 jours) en lien direct avec les risques suivants[88] :

- Risques de chutes de hauteur (par exemple, interdire l'utilisation d'une échelle comme poste de travail en hauteur et mettre en place une plateforme individuelle roulante légère) ;
- Risques d'entrée en contact avec un élément en fonctionnement sur une machine (par exemple, interdire l'utilisation d'une perceuse à colonne si le protecteur du mandrin est défectueux) ;
- Risques psychosociaux tels la surcharge de travail, agression et violence interne et/ou externe ;

---

86. Pereira, Brigitte. « Risques, sécurité des salariés et diligences de l'employeur. Les incidences managériales des décisions de justice », Revue française de gestion, vol. 297, no. 4, 2021, pp. 11-34.
87. Bourzat-Alaphilippe Nathalie, « O... COMME - Obligation de sécurité de l'employeur », Jurisport 2021, n°220, p.48.
88. https://www.service-public.fr/particuliers/vosdroits/F2210.

- Risques chimiques (par exemple, interdire l'utilisation de produits chimiques dangereux aux salariés qui n'ont pas été formés et informés sur la toxicité du produit) ;
- Dispositions relatives à l'exposition à certains facteurs de risques professionnels (pénibilité au travail) : par exemple, manutention manuelle de charges, vibrations mécaniques, bruit, certains rythmes de travail.

Cette obligation mise à la charge de l'employeur a pour conséquence qu'en cas de non-respect, sa responsabilité civile et/ou pénale peut être engagée. Mais encore faut-il que l'on sache ce qui se cache derrière la notion de risque contre lequel l'employeur doit prémunir ses salariés.

Le terme « risque » vient du latin médiéval « resicum ». Apparu au XIIe siècle dans les documents pisans et génois en matière maritime, le risque au sein des entreprises recouvre aujourd'hui des domaines tels que le risque nucléaire, environnemental ou pandémique. Il doit être appréhendé de manière globale et être le sujet de l'attention de tous les acteurs de l'entreprise, à savoir les entrepreneurs, les employeurs, les investisseurs, les salariés et plus globalement l'ensemble de la population.

Les tribunaux avaient une vision assez large de cette obligation tenant tant à la prévention des risques qu'à la réparation des dommages causés. Par exemple, dans un arrêt de la Cour de cassation rendu en février 2010, les hauts magistrats sont venus rappeler que l'obligation de sécurité, obligation de résultat en matière de protection de la santé et de la sécurité des travailleurs, induit qu'un employeur manque à cette obligation lorsqu'un de ses salariés est victime sur le lieu de travail de violences physiques ou morales, exercées par l'un ou l'autre de ses salariés, quand bien même il aurait pris des mesures en vue de faire cesser ces agissements (cassation pour violation des articles L. 1231-1, L. 1232-1 et L. 4121-1 du code du travail)[89]. Cette position protectrice de la Cour de cassation envers les salariés résulte largement des graves dommages qu'a causés l'amiante (arrêts des années 2000). Cette obligation tenant à assurer la sécurité des salariés est quasi absolue. Elle trouve sa limite dans ce que l'on nomme la force majeure qui est, par définition, imprévisible et irrésistible.

Donc, cette obligation jurisprudentielle de sécurité a très tôt été conçue comme une obligation de résultat limitant la seule exonération de la responsabilité de l'employeur aux cas de forces majeures, l'apport de la preuve de l'absence de faute de sa part ne permettant pas de le dédouaner.

Il faut toutefois observer un fléchissement récent dans la position de la chambre sociale. En effet, depuis 2015, la Cour assouplit sa position à l'égard de l'employeur et, par exemple, accueille l'argument d'un patron qui justifie avoir modifié son règlement intérieur pour y insérer une procédure d'alerte en matière de harcèlement moral. À l'appui de ses prétentions, l'employeur mis en cause dans cette affaire, avait apporté la preuve qu'il avait mis en œuvre, dès qu'il avait eu connaissance du conflit personnel du salarié avec son supérieur hiérarchique immédiat, une enquête interne sur la réalité des faits et qu'il avait organisé une réunion de médiation avec le médecin du travail, le directeur des ressources humaines et trois membres du comité d'hygiène et de sécurité. Il a pu démontrer qu'à l'issue de cette réunion, il a été décidé d'organiser une mission de médiation pendant trois mois entre les deux salariés en cause, confiée au directeur des ressources humaines. L'employeur avait donc bien tout mis en œuvre pour assurer la sécurité de son salarié. La Cour applique alors à la lettre le texte des articles L. 1152-1, L.

89. Arrêt rendu par Cour de cassation, chambre sociale 3 février 2010, n° 08-40.144 (n° 294 FP-P+B+R).

4121-1 et L. 4121-2 du code du travail et énonce que ne méconnaît pas l'obligation légale lui imposant de prendre les mesures nécessaires pour assurer la sécurité et protéger la santé physique et mentale des travailleurs, notamment en matière de harcèlement moral, l'employeur qui justifie avoir pris toutes les mesures de prévention prévues par les articles L. 4121-1 et L. 4121-2 du code du travail et qui, informé de l'existence de faits susceptibles de constituer un harcèlement moral, a pris les mesures immédiates propres à le faire cesser. Il faut donc conclure à un certain relâchement des obligations qui pèsent sur l'employeur, lequel doit tout mettre en œuvre pour assurer la sécurité de tous au sein de l'entreprise, sans quoi il pourrait voir sa responsabilité pénale et civile engagée.

2. Qu'en est-il alors des possibles mises en cause d'un employeur ?

La mise en cause d'un employeur peut passer par la mise en jeu de sa responsabilité personnelle, mais également par celle de la responsabilité de l'entreprise, personne morale.

En droit, il existe trois types de responsabilités : la responsabilité civile (en cas de dommage causé à autrui, qu'il y ait ou non commission d'une infraction pénale), la responsabilité pénale (qui pèse sur les personnes, physiques ou morales lorsqu'elles commettent une infraction) et la responsabilité administrative (en vertu de laquelle l'administration doit réparer les dommages qu'elle cause).

La faute pénale entraîne fréquemment un préjudice. Dans ce cas, la victime a alors deux possibilités. D'une part, elle agit devant les juridictions pénales en se portant partie civile en déclenchant « une action civile ». Par cette action, elle va demander des dommages - intérêts lors de l'action publique déclenchée par le Ministère public. Dans ce cas, la procédure est coûteuse pour la victime car les mesures d'instruction sont faites aux frais de la justice, l'action de la victime se greffe sur celle conduite par le Parquet. D'autre part, la victime agit devant les juridictions civiles, parallèlement à l'action intentée par le Ministère public. Dans ce cas, le juge civil devra attendre, pour rendre sa décision, que la juridiction pénale se soit prononcée[90].

Dans le cas des litiges opposant un salarié à son employeur, il existe une voie spécialisée, celle des tribunaux prud'hommaux. Ces tribunaux, que l'on appelle les Conseils des prud'hommes (juridiction du premier degré), sont compétents lorsque le litige porte sur un problème individuel régi par le code du travail (application d'une règlementation issue d'une convention collective, la contestation d'un licenciement, la rupture d'un contrat d'apprentissage, l'homologation d'une transaction, etc.), ou lorsque le litige oppose deux salariés. Apparu au XIe siècle, le mot prud'homme provient de preux homme ou prode homme, preux et prode provenant de la même racine latine prode, dérivée du verbe latin prodesse : « être utile ». Le terme prud'homme s'appliquait alors aux « défenseurs du métier » qui intervenaient si un conflit surgissait entre artisans, il était tranché par leurs pairs : les prud'hommes. Les juridictions ont été créées en 1806, sous Napoléon Ier. À cette époque les employeurs étaient alors majoritaires et le système paritaire a été instauré par décret en mai 1848.

Techniquement, le Conseil en cas de litige est celui dans le ressort duquel se trouve l'établissement où est effectué le travail. Si le travail est réalisé en dehors de tout établissement (VRP, travailleurs à domicile...), la demande est portée devant le Conseil de prud'hommes du domicile du salarié. Au niveau de la procédure, le Conseil est saisi par une demande formée par requête faite, remise ou

90. Application de l'adage « Le criminel tient le civil en l'état. »

adressée au greffe du conseil de prud'hommes (depuis le 1er janvier 2020, la saisine par la présentation volontaire des parties devant le Bureau de conciliation et d'orientation n'est plus admise). La saisine du conseil de prud'hommes, même incompétent, interrompt la prescription. Ensuite, la requête écrite est directement adressée à une juridiction pour faire valoir un droit et qui a pour effet de la saisir. Elle expose les prétentions dirigées contre l'adversaire (c'est à dire ce que demande la partie qui a introduit l'action), les points du litige, les arguments (moyens) et les pièces produites[91]. La requête contient un exposé sommaire des motifs de la demande. Elle est accompagnée des pièces que le demandeur souhaite invoquer à l'appui de ses prétentions. Ces pièces sont énumérées sur un bordereau qui lui est annexé[92]. Une procédure sera déclenchée, en passant par une étape devant le bureau de conciliation dont le rôle premier est de « concilier les parties ». Cette phase préalable, obligatoire et qui se déroule à huis clos ((article R1454-8 du code du travail), vise à tenter de trouver un accord entre les parties. C'est ce qu'on appelle l'audience de conciliation (article L1454-1 du code du travail). À la fin de cette phase, soit les parties trouvent à s'accorder et un procès-verbal mentionnant l'objet de l'accord est établi (article R1454-10 du code du travail). Si l'accord est total, la procédure devant le Conseil de Prud'hommes s'arrête. Soit, si les parties n'arrivent pas à trouver un accord, la procédure continue. Le bureau de conciliation peut ordonner des mesures provisoires en attendant que l'affaire passe devant les conseillers prud'hommaux. Il renvoie l'affaire en bureau de jugement en formation complète, restreinte ou en départage selon les cas (article L1454-1-1du code du travail). Les parties peuvent aussi demander le renvoi devant un autre BCO

91. Site du Ministère du Travail, https://travail-emploi.gouv.fr/droit-du-travail/le-reglement-des-conflits-individuels-et-collectifs/article/le-conseil-de-prud-hommes.
92. La requête doit être conforme aux prescriptions de l'article R. 1452-2 du code du travail et, à ce titre, doit comporter les mentions prescrites à peine de nullité à l'article 57 du code de procédure civile.

si elles estiment qu'une conciliation peut aboutir mais qu'elles ne sont pas encore prêtes[93].

Dans la phase suivante, les parties se présentent devant le Bureau de jugement qui est composé de deux conseillers prud'hommes employeurs et de deux conseillers prud'hommes salariés (article L1423-12 du code du travail). Un des conseillers assure la présidence de l'audience. Cette phase de la procédure est publique et les parties comparaissent en personne ou se font représenter. Une fois l'audience achevée, les conseillers prud'hommes délibèrent (article 447, code de procédure civile) et la décision est rendue à la majorité des voix (article 449). Les jugements rendus pas les Conseils peuvent être frappés d'appel, permettant aux parties de faire rejuger leur affaire. Enfin, conformément aux règles de procédure en France, il est également possible de former un pourvoi en cassation en fin de procédure.

3. Maître Moser a intitulé une de ses affaires « STOCAMINE : UN INCENDIE DRAMATIQUE ET UN JUGEMENT DE SALOMON ». Qu'est-ce qu'un jugement de Salomon ?

Un jugement de Salomon consiste en une décision proportionnée qui trouve sa source dans une histoire tirée de la Bible hébraïque. Dans ce récit, le Roi Salomon a dû statuer sur un litige entre deux femmes qui revendiquaient chacune la maternité d'un nouveau-né. Dans le 1er Livre des Rois (3, 16-28), le Roi d'Israël doit décider de qui est la mère de l'enfant. Pour régler ce litige, n'ayant pas la possibilité de recourir aux techniques modernes d'analyses génétiques, Salomon fait apporter une épée et ordonne de partager l'enfant entre les deux mères supposées. Chacune des mères aurait une moitié du nourrisson. Une

93. https://www.vie-publique.fr/eclairage/277447-le-conseil-de-prudhommes-une-juridiction-paritaire.

des femmes déclare alors préférer renoncer à l'enfant plutôt que de le voir mourir. Par ses mots, la femme a su emporter la décision du Roi Salomon qui la reconnaît comme la vraie mère et lui confie la garde du nouveau-né.

De nos jours, les règles tenant à la reconnaissance de maternité sont fixées par la loi. La reconnaissance de maternité, acte juridique, constitue l'un des modes d'établissement de la filiation maternelle. Conformément à l'article 316 du code civil, elle peut être effectuée avant ou après la naissance de l'enfant ainsi que concomitamment à la déclaration de naissance. Lorsqu'un enfant nait alors que les parents ne sont pas liés par le mariage, le nom de la mère figure sur l'acte de naissance et suffit à établir la filiation maternelle. En revanche, le père présumé devra obligatoirement reconnaître l'enfant.

Enfin, rappelons qu'il est possible d'établir judiciairement une filiation maternelle en usant de l'action en recherche de maternité inscrite à l'article 325 du code civil. Cette action, réservée à l'enfant, est destinée à permettre l'établissement de la filiation maternelle sur la seule preuve que l'enfant « est celui dont la mère prétendue a accouché ». Il devra alors prouver qu'il est bien celui dont la mère prétendue a accouché.

CHAPITRE 14 :

LE MONDE DE L'AVIATION

CRASH D'UN AIRBUS À HABSHEIM EN 1988

87 MORTS AU MONT-SAINTE-ODILE EN 1992

UN AVION SANITAIRE S'ÉCRASE
DANS LA RÉGION DE BESANÇON

LE DIAMANT ROSE

D'ÉTONNANTES PROCÉDURES
CIVILES EN MARGE DE L'AVIATION

Je relate trois catastrophes aériennes avant d'aborder, dans un second temps, d'autres dossiers beaucoup moins dramatiques, mais toujours dans le domaine de l'aviation.

CRASH D'UN AIRBUS À HABSHEIM EN 1988

Nous sommes à Habsheim, près de Mulhouse, le dimanche 26 juin 1988.

Le temps est magnifique pour ce jour de fête.

Il s'agit en effet du traditionnel meeting aérien organisé par l'aéro-club de Mulhouse.

Le moment essentiel de la fête doit être le passage à basse altitude du dernier-né de l'industrie aéronautique européenne, l'Airbus A320, piloté par Michel A. et Pierre M., des professionnels expérimentés.

En début d'après-midi, l'avion arrive à la hauteur de Habsheim et il amorce sa descente, mais le pilote remet les gaz beaucoup trop tard, et de ce fait, l'avion accroche la cime des arbres.

L'Airbus disparait dans la forêt et se pose, presque intact, si ce n'est qu'une aile a été arrachée.

Le carburant jaillit et un champignon de feu et de fumée s'élève, glaçant d'effroi les spectateurs.

Les passagers cherchent évidemment à quitter l'appareil avant sa destruction totale par les flammes.

À l'intérieur de l'appareil règne la panique.

Un jeune homme tétraplégique, passager dans l'avion, pleure car il ne peut pas se déplacer et se sauver.

Il en va de même pour une fillette.

Voyant cela, une dame héroïque, Françoise R., qui s'apprêtait à quitter l'avion, revient sur ses pas pour tenter d'apporter de l'aide aux malheureux.

Les trois personnes perdent la vie à l'intérieur de l'avion qui se calcine.

En plus des trois morts, la catastrophe fait une cinquantaine de blessés.

Le malheur a frappé ce jour-là à Habsheim.

L'enquête judiciaire débute et fera l'objet de multiples polémiques.

Ce dossier exceptionnel soulève un problème technique d'une immense complexité.

Pourquoi ?

Vous savez peut-être que l'Airbus A320 était le premier avion au monde à être intégralement géré par ordinateur, ce qui, à l'époque, constituait une extraordinaire innovation.

La question se pose rapidement de savoir si l'Airbus a été mis en service avant d'être tout à fait au point.

L'accident tragique survenu en Alsace constituait naturellement une catastrophe non seulement au plan humain, mais également au plan commercial.

Certains intervenants ont donc supposé que, pour des raisons commerciales, et de prestige national, l'avion a été abusivement blanchi alors qu'il présentait en réalité des vices de conception qui seraient à l'origine de la catastrophe.

D'autres intervenants ont relevé la défaillance humaine des pilotes, et le commandant de bord, Michel A., a été rapidement mis en cause.

On a dit, sur la base d'éléments relativement précis et documentés, que ce pilote, pour expérimenté qu'il fût, était animé le jour de l'exhibition de l'avion du désir forcené de se mettre en valeur, lui et l'appareil.

Il aurait ainsi pris des risques insensés « pour épater la galerie ».

Il aurait volé trop bas et à une vitesse insuffisante, ce qui a provoqué la chute de l'Airbus dans la forêt.

N'oublions pas qu'il s'agissait d'une fête aérienne organisée par l'aéro-club local.

Il y avait donc une ambiance de liesse et d'euphorie qui aurait pu contribuer à un net relâchement des règles de prudence les plus élémentaires.

Pour me résumer, je dirais que, dans ce dossier, nous avions d'un côté l'hypothèse de la défaillance technique (un avion non fiable mis en circulation beaucoup trop rapidement) et d'autre part celle de la défaillance humaine (le comportement inadapté du pilote).

Je rappelle que le vol inaugural de l'Airbus s'était déroulé fin mars 1988 en présence du premier Ministre Chirac, peu de temps avant la catastrophe du 26 juin 1988.

L'exhibition en Alsace était en quelque sorte la présentation de l'appareil nouveau au grand public.

Dans l'esprit du commandant de bord, il s'agissait, je le pense, d'impressionner favorablement la foule en démontrant les capacités techniques de l'avion dont je redis qu'il était le premier au monde à être entièrement informatisé.

Pour leur part, les partisans de la défaillance technique ont avancé différents arguments.

Ils ont dit notamment que l'altimètre aurait été défaillant, ce qui expliquerait l'accident.

Ils ont dit aussi que l'enquête judiciaire avait été menée dans des conditions très discutables et peu propices à l'éclosion de la vérité.

Ils ont mis en cause le comportement du fonctionnaire qui à l'époque était à la tête de la direction générale de l'aviation civile.

De son côté, le pilote poursuivi pour homicides involontaires avait su gagner la sympathie active d'un certain nombre de victimes.

Ces personnes estimaient que le pilote était un bouc émissaire très commode qui devait nécessairement être condamné de façon à blanchir l'appareil et à sauvegarder les intérêts d'un grand groupe industriel, à savoir Airbus.

Les partisans de la défaillance humaine avaient de leur côté de nombreux arguments, et notamment des rapports d'expertises judiciaires réalisés avec sérieux et compétence.

Finalement, le pilote a été déféré, ainsi que d'autres personnes, devant le Tribunal Correctionnel de Colmar pour être jugés pour homicides et blessures involontaires.

Le Tribunal a retenu la thèse de la défaillance humaine, thèse à laquelle j'adhérais pleinement, en ma qualité d'avocat partie civile pour le compte de l'association des victimes de la catastrophe.

Le commandant de bord avait un avocat parisien très pugnace, Jean-Michel AGRON, qui plaidait la relaxe en faisant valoir l'argumentation donnant à penser que l'accident résultait d'une défaillance technique de l'appareil, et non pas d'une défaillance humaine du pilote.

Roland RAPPAPORT, un autre confrère parisien fort sympathique plaidait pour le SNPL, le Syndicat National des Pilotes de Lignes.

René PECH, Procureur de Colmar, demandait au Tribunal de retenir la culpabilité des prévenus.

Finalement, au mois de mars 1997, neuf ans après l'accident, le Tribunal Correctionnel retient la culpabilité de Michel A. qui est condamné à dix-huit mois de prison, dont six mois d'emprisonnement ferme.

Henri P., directeur des opérations aériennes à Air-France, qui avait autorisé ce vol est condamné à dix-huit mois de prison avec sursis pour avoir été à l'origine de la survenance de l'accident.

Le copilote Pierre M. est condamné à douze mois de prison avec sursis pour des fautes dans la préparation du vol.

Jacques G., chef de la sécurité de vol à Air France, est condamné à six mois de prison avec sursis.

François F., président du club organisateur du meeting, est également sanctionné à trois mois avec sursis pour avoir omis de convoquer l'équipage à un briefing avant le vol.

Le 9 avril 1998, la Cour d'Appel de Colmar majore la peine infligée au commandant de bord qui écope de vingt mois de prison dont dix mois d'emprisonnement ferme.

Malgré les décisions de justice, la polémique n'a pas cessé.

Dans les années qui ont suivi, les partisans de la défaillance technique de l'appareil ont engagé différentes actions visant à remettre en cause les décisions de justice que je viens d'évoquer, mais en vain.

Au plan humain, les victimes de la catastrophe aérienne du 26 juin 1988 n'ont évidemment pas oublié le traumatisme subi.

Elles se retrouvaient chaque année autour d'une stèle dressée à l'aérodrome de Habsheim à la mémoire des malheureux qui ont perdu la vie dans la catastrophe.

L'une des victimes a déclaré en 2018 à un journaliste : **« J'ai mis du temps à me remettre. J'étais au bord de la**

dépression. Je m'en suis tirée surtout grâce à la famille. J'avais 48 ans à l'époque. Il faut dire qu'on n'avait pas de soutien psychologique comme aujourd'hui, et il fallait gérer comme on pouvait ».

Un mot encore pour évoquer l'un des experts judiciaires, Jean BELOTTI, avec lequel j'ai tissé des relations amicales dans les années qui ont suivi le procès.

Jean BELOTTI, malheureusement décédé en février 2021, est un homme qui a eu plusieurs vies en une seule.

Il a été soldat à l'âge de dix-sept ans fin 1944, puis instructeur et pilote de ligne, expert judiciaire, conférencier, auteur-compositeur et avant tout humaniste.

Il avait une grande connaissance du monde aéronautique auquel il a consacré plusieurs livres et il est intervenu comme expert judiciaire dans plusieurs dossiers ayant trait à des accidents aériens.

Selon Isabelle BOLLENE, journaliste à *L'Alsace* qui a rédigé un article suite à son décès, ses dernières paroles ont été **« Il faut aimer les gens tant qu'ils sont vivants ».**

Je garde un souvenir vif et ému de Jean BELOTTI.

87 MORTS AU MONT SAINTE-ODILE EN 1992

Quatre ans après l'accident que je viens de relater, une nouvelle catastrophe impliquant un Airbus A320 se produit en Alsace, cette fois-ci dans la région de Strasbourg, au Mont Sainte-Odile.

Nous sommes le 20 janvier 1992 : un Airbus assurant la liaison Lyon-Strasbourg s'écrase en fin de journée.

Les secours tardent à arriver sur les lieux et vont découvrir, au milieu de la carlingue désintégrée, quatre-vingt-sept morts et neuf survivants, dont un garçon de neuf mois et une fillette de treize mois.

Épouvantable bilan humain.

Le processus judiciaire se met en route pour déterminer les causes de la catastrophe.

L'avion avait quitté Lyon-Satolas peu avant dix-neuf heures, et, quarante minutes plus tard, il négociait dans le brouillard son approche de la piste 05 de l'aéroport de Strasbourg-Entzheim.

Dans la phase terminale de cette manœuvre délicate, il heurtait la montagne.

Quatorze ans plus tard, à l'issue de l'instruction judiciaire, six personnes doivent comparaitre au mois de mai 2006 devant le Tribunal Correctionnel de Colmar.

Quelles sont les fonctions de ces six prévenus ? contrôleur aérien à la tour de contrôle de Strasbourg-

Entzheim, directeur général de l'aviation civile (DGAC), chef de la formation aéronautique et du contrôle technique à la DGAC, directeur général adjoint de la compagnie Air-Inter, directeur de l'exploitation aérienne à Air-Inter, directeur des essais en vol et directeur technique de la société Airbus-Industrie.

Différents avocats parisiens réputés sont présents pour défendre les prévenus.

D'autres avocats sont parties civiles et parmi eux Roland RAPPAPORT dont j'ai fait la connaissance à l'occasion du procès de la catastrophe de Habsheim.

Mon confrère m'a fait l'amitié de me choisir comme correspondant local, mais à vrai dire, je joue un rôle particulièrement modeste dans cette procédure.

Deux thèses en présence, tout comme dans le dossier que je relatais précédemment : la défaillance technique de l'avion ou la défaillance humaine des pilotes.

Les nombreux experts judiciaires qui ont œuvré pendant l'instruction sont en désaccord entre eux.

André SCHMIDT, le Juge d'Instruction de Colmar qui a rédigé l'ordonnance de renvoi indique dans ses écritures : **« Au terme de l'instruction, il subsiste toujours plusieurs scénarios possibles ».**

Le Juge évoque aussi le caractère innovant, sinon révolutionnaire de l'A320 lancé en 1988, qui, au moment de l'accident, était dans ses premières années d'exploitation.

Les familles des victimes ont organisé une association de défense sous la présidence d'un homme dynamique et dévoué, Alvaro RENDON.

Le Tribunal Correctionnel rend un jugement de relaxe le 7 novembre 2006.

Le Tribunal estime que les prévenus n'ont pas commis de faute pénale, mais la responsabilité civile d'Airbus est retenue notamment pour une faute liée à la conception du cockpit de l'avion.

Suite à l'appel régularisé par le Procureur de la République de Colmar, l'affaire revient devant la Cour d'Appel au mois d'octobre 2007.

Au printemps 2008, les six prévenus sont à nouveau relaxés et, d'autre part, aucune faute de nature civile n'est retenue et aucune indemnité n'est accordée à l'association ECHO qui représente les victimes, association qui régularise un pourvoi en cassation rejeté fin septembre 2009.

Par ailleurs, l'association ECHO entame une procédure contre l'État français pour durée excessive de la procédure pénale, mais après différentes péripéties procédurales, l'action est rejetée.

Une procédure particulièrement frustrante pour les victimes.

Le mot de la fin pour évoquer mon confrère et ami Roland RAPPAPORT décédé en 2017.

Il a été un avocat brillant qui, parmi ses multiples activités, a plaidé à Lyon en 1987 contre Klaus BARBIE, le bourreau nazi.

Il était également l'avocat du mouvement contre le racisme et pour l'amitié entre les peuples (MRAP).

Il était un homme simple et juste qui a bien voulu m'honorer de son amitié.

J'indique aussi que, du fait de sa confession juive, il a été un enfant caché pendant la dernière guerre pour échapper aux rafles et à la déportation.

UN AVION SANITAIRE S'ÉCRASE DANS LA RÉGION DE BESANÇON

Le 18 octobre 2006, un avion type Beechcraft C 90, dont le propriétaire est la société Leasair (Luxembourg) et l'exploitant Flowair Aviation, effectue un transport public de quatre personnes sur la demande de l'Hôpital de Besançon dans le cadre d'une opération de prélèvement d'organes.

L'avion en provenance de Lyon atterrit à 22h15 et se présente à l'aérodrome de Besançon-La Vèze pour embarquer deux médecins. À bord, le pilote Benjamin M. et un agent de Flowair.

L'avion débute son décollage en piste 23 à 22h40 et, après avoir roulé pendant 950 mètres, quitte le sol, mais prend peu de hauteur.

Quelques instants plus tard, il heurte la cime d'arbres qui se trouvent dans l'axe de la piste sur 170 mètres, prend feu et tombe dans le bois.

Aucun survivant.

Les conditions météorologiques sont bonnes le jour du drame et la visibilité est de cinq milles mètres au moment du décollage.

Neuf ans après l'accident, à l'issue de l'instruction préparatoire, trois hommes sont renvoyés devant le Tribunal Correctionnel pour homicides involontaires.

Franck A., gérant de la société Flowair Aviation, société mise en liquidation judiciaire après les faits, se voit reprocher essentiellement des faits de négligence : il n'a pas particulièrement cherché à vérifier les titres et les licences du pilote auprès de l'administration de l'aviation civile, ce qui a contribué à la survenance de l'accident.

Alain R., qui a la qualité de pilote contrôleur auprès de la société Flowair Aviation, a manqué de curiosité et de perspicacité lorsqu'il s'est agi de vérifier, avant le vol, les licences et les compétences du pilote.

François T. est un agent public de la Direction Générale de l'aviation civile à Lyon Bron.

Il lui incombe de faire les vérifications utiles quant à la compétence du pilote et à ses qualifications.

Il doit utiliser le carnet de vol et la licence pour renouveler une qualification.

Je n'entre pas dans les détails techniques qui sont relativement complexes.

François T. a pour avocats Daniel SOULEZ-LARIVIERE, Astride MIGNON-COLOMBET et moi-même.

Nous contestons les faits de négligence qui sont imputés à François T. et nous recherchons une décision de relaxe mais nous échouons devant le Tribunal Correctionnel de Besançon qui rend son jugement le 11 mars 2016.

Les trois prévenus sont condamnés pour les homicides involontaires à trois ans de prison avec sursis simple.

En date du 13 février 2018, la Chambre Correctionnelle de la Cour d'Appel de Besançon confirme le verdict précité.

J'ajoute que Sébastien BUSY intervenait comme partie civile lors des procédures que je viens de relater.

Il relève naturellement le fait que le pilote ne disposait pas des qualifications nécessaires pour transporter des passagers dans un cadre professionnel.

Le pilote avait notamment échoué lors de différents tests, mais une erreur de l'administration avait validé l'examen.

Qui plus est, l'erreur commise avait été réitérée lors du prolongement des qualifications, et ceci deux jours avant le drame.

D'autre part, les enquêteurs avaient auditionné différents témoins, des pilotes selon lesquels le pilote impliqué dans l'accident mortel n'avait que très peu de compétences professionnelles.

Ainsi que relevé par le père de l'un des médecins décédés lors de l'accident, quatre personnes sont mortes alors qu'elles étaient parties pour sauver une vie, étant redit que le transport se réalisait dans le cadre d'une opération de prélèvement d'organes.

C'est particulièrement consternant.

À présent, je relate des procédures infiniment moins dramatiques.

LE DIAMANT ROSE

Excellent article de Jean-Marie STOERKEL dans le journal *L'Alsace* du 22 juin 2001.

Je résume :

Nous sommes le 11 décembre 2000 dans la matinée à l'aéroport de Bâle-Mulhouse.

Sur le tarmac, six douaniers se dirigent vers un bimoteur Piper Navajo immatriculé aux Pays-Bas, qui vient d'atterrir en provenance d'Amsterdam.

À bord du Piper, deux hommes jeunes de nationalité néerlandaise.

Ils sont arrêtés par les douaniers qui confisquent les deux valises Carlton qu'ils transportent dans l'avion.

Les deux pilotes sont interrogés sur le contenu des valises.

Ils répondent que les valises contiennent de l'argent qui doit être livré à l'agence de l'Union des Banques Suisses à Bâle.

Ils disent avoir reçu les valises la veille dans un hôtel de la ville d'Amsterdam.

Les valises sont ouvertes et contiennent effectivement une forte quantité d'argent, à savoir huit millions de francs.

Les douaniers passent les valises au détecteur de drogue et le test relève sur une valise des traces de cocaïne, ce qui fait que l'argent et l'avion sont immédiatement saisis par les douanes et les pilotes mis en examen par Ariane COMBAREL pour blanchiment de fonds provenant d'un trafic de stupéfiants et infraction à l'obligation de déclarer les transferts de capitaux de plus de cinquante mille francs.

Les deux pilotes mandatent mon excellent confrère malheureusement décédé, Georges WETTERER, pour les défendre et ils sont remis en liberté à titre provisoire moyennant caution.

Les deux pilotes contestent avec véhémence les faits à eux reprochés. Ils disent n'avoir rien à voir avec un trafic de produits stupéfiants.

Un rebondissement dans le cours de l'instruction :

Les experts du laboratoire scientifique de la police de Lyon et de celui de Paris écartent catégoriquement la présence de toute trace de cocaïne dans les deux valises.

Les experts font savoir que le test « drug wipes » utilisé par les douanes n'est pas fiable et ne peut constituer une preuve valable en justice, ce qui fait que les poursuites pour blanchiment d'argent provenant d'un trafic de stupéfiants sont considérablement fragilisées.

Pourquoi dès lors la présence de cette forte somme d'argent dans les valises ?

À quoi cela peut-il correspondre ?

Il s'avère que l'argent transporté dans l'avion par les deux pilotes constitue le paiement d'un diamant particulièrement rare, de couleur rose, diamant vendu par un diamantaire américain de New York, Harris H. à un acheteur hollandais.

Le diamantaire américain vient à Mulhouse, muni de différents documents qui sont présentés au Juge d'Instruction, afin de lui démontrer que la vente est tout à fait licite.

Le diamantaire américain réclame à l'acheteur hollandais le règlement de la transaction par un transfert bancaire, mais il finit par accepter le paiement du diamant en espèces, les billets devant être déposés sur un compte dans l'établissement bancaire bâlois.

Il s'agit de transporter rapidement l'argent liquide d'Amsterdam à Bâle, raison pour laquelle l'acheteur hollandais fait appel à une relation d'affaire, Michel VAN DER K., un Néerlandais propriétaire d'une société possédant deux avions.

Michel VAN DER K. met à la disposition de l'acheteur le Piper Navajo et les deux pilotes.

Je deviens l'avocat de Michel VAN DER K. qui se présente en tant que témoin à la Police judiciaire de Mulhouse qui officie sous le contrôle du Juge d'Instruction.

Mon mandant confirme les explications qui précèdent : il s'agit effectivement d'une transaction licite, mais il n'en reste pas moins vrai qu'il eût fallu respecter les formalités douanières.

Les poursuites pour blanchiment de fonds provenant d'un trafic de stupéfiants sont abandonnées.

S'agissant de l'aspect douanier, une transaction intervient.

Elle porte sur une amende forfaitaire de quatre-vingt-mille francs et les douanes restituent en conséquence non seulement l'avion saisi, mais encore l'argent trouvé dans les valises.

Un bien surprenant dossier...

Quittons un instant le domaine du contentieux pénal pour évoquer maintenant des procédures relevant du contentieux civil, des procédures étonnantes dans la mesure notamment où deux procédures sur trois concernent des États étrangers, à savoir la République indienne et d'autre part, l'État du Burkina Faso.

Nous restons toutefois dans le monde de l'aviation

D'ÉTONNANTES PROCÉDURES CIVILES EN MARGE DE L'AVIATION

Premier récit :

En 1978, je deviens l'avocat du gouvernement de la république indienne, représenté par le Ministère de la Défense, représenté par l'Ambassadeur de la République Indienne à Bern.

Je gère ce dossier en bonne concertation avec Georg WOHL, un avocat bâlois.

Le dossier est relativement complexe et j'essaie de résumer l'essentiel.

La société BALAIR, représentée par Claude VONFELT, société suisse de transport aérien par charter, basée à l'aéroport de Bâle-Mulhouse, fait valoir que les établissements MASIN AIRCRAFT à Cologne en République Fédérale Allemande (ayant pour avocat Roland SCHWOB) lui a confié un certain nombre d'avions aux fins d'une révision complète.

La société BALAIR stipule qu'elle a rempli ses obligations, que trois des avions sont encore stationnés à l'aéroport de Bâle-Mulhouse, que le prix des travaux s'élève à 993 374,85 francs suisses, que la facture n'est pas payée, que le seul gage à sa disposition résulte des trois avions précités.

La société BALAIR ajoute que le gouvernement de la République Indienne revendique les avions en question au motif que MASIN AIRCRAFT lui a vendu les appareils.

La société BALAIR veut exercer son droit de rétention sur les avions se trouvant sur le sol national français et réclame au Tribunal d'Instance de Huningue une ordonnance de contrainte qui est effectivement délivrée le 16 mars 1978.

Le gouvernement de la République Indienne fait valoir qu'il a acquis auprès de MASIN AIRCRAFT des avions et notamment ceux qui sont en litige, que le prix a été payé en mars 1977 et que les avions devaient lui être livrés après différentes transformations à réaliser par la société BALAIR.

Le gouvernement de la république indienne veut recouvrer la libre disposition des avions qui, selon lui, sont sa propriété incontestable.

Vous avez bien compris que nous sommes dans un litige civil concernant trois personnes différentes, à savoir BALAIR, MASIN AIRCRAFT et la République Indienne.

Je passe sur les différentes péripéties pour relever en résumé que par arrêt du 19 septembre 1978, la Cour d'Appel de Colmar décide que le Juge des référés du Tribunal d'Instance de Huningue était incompétent pour statuer comme il l'a fait (je parle de l'ordonnance de contrainte au profit de BALAIR délivrée le 16 mars 1978 par le premier Juge).

Suite à cette décision de justice, les parties à la procédure ont eu la sagesse d'engager des pourparlers qui ont effectivement abouti à un arrangement transactionnel.

Second récit :

En 1981, me voici l'avocat de FLIGHT INTERNATIONAL, une société aéronautique américaine dont le siège se trouve à Atlanta en Géorgie.

FLIGHT INTERNATIONAL fait valoir une créance contre la société LYBIAN ARAB AIRLINES qui se trouve à Tripoli en Lybie, une créance d'un montant important.

FLIGHT INTERNATIONAL indique que la créance résulte d'un jugement de condamnation prononcé par un Tribunal américain le 18 août 1980.

FLIGHT INTERNATIONAL demande l'exequatur en France du jugement américain car il s'agit de poursuivre l'exécution effective dudit jugement sur le territoire français.

En effet, un aéronef, propriété de la LYBIAN ARAB AIRLINES se trouve stationné à l'aéroport de Bâle-Mulhouse.

J'obtiens le 11 août 1981 un jugement à Mulhouse qui déclare exécutoire en France le jugement rendu le 18 août 1980 par le Tribunal d'Atlanta aux États-Unis.

La situation est simple : LYBIAN ARAB AIRLINES ne pourra récupérer l'avion stationné à Mulhouse qu'après règlement intégral de la créance de FLIGHT INTERNATIONAL.

Une anecdote : je me souviens d'un appel téléphonique à mes bureaux de l'Ambassade de Lybie à Bern. Mon correspondant téléphonique est très agité, quelque peu discourtois. Il me dit en substance que le colonel Mouammar Kadhafi est très irrité par la situation. Il ajoute que le colonel a l'habitude d'utiliser l'avion en question pour ses besoins personnels. Il veut une solution immédiate. Je réponds à mon correspondant qu'il suffit très simplement de régler la créance impayée. Le nécessaire est fait sans tarder...

J'ajoute que le colonel Kadhafi, de sinistre mémoire, vu son comportement dictatorial pendant plusieurs années, a été renversé en 2011 suite à une révolution dans son pays.

Troisième récit également insolite :

J'interviens en 1989 pour l'État du Burkina Faso et je suis chargé d'engager une procédure contre la SARL POINTAIR avec siège social à Saint-Louis, très exactement à l'aéroport de Bâle-Mulhouse, société en liquidation judiciaire représentée par son liquidateur.

J'agis dans ce dossier en concertation avec un sympathique confrère de ce pays africain.

Les faits en résumé : l'État du Burkina Faso réclame la restitution, sous astreinte non comminatoire de sept-mille-cinq-cents francs par jour de retard, des pièces et documents techniques et d'entretien afférents à l'avion-cargo BOEING XT-ABX n° de série 18.925.

L'État demandeur expose qu'il est propriétaire de l'avion BOEING selon certificat d'immatriculation du 19 janvier 1988, le précédent propriétaire étant l'association Le Point Mulhouse.

L'État demandeur dit avoir mis l'avion à la disposition de la société de droit burkinabé NAGANAGANI.

Il dit ne pas être concerné par une créance que fait valoir la société POINTAIR à l'encontre de la société NAGANAGANI, à l'égard de laquelle il est un tiers.

Il déplore l'initiative du liquidateur de POINTAIR de retenir les documents litigieux qui concernent l'avion BOEING.

Pierre SEE, un confrère réputé de Mulhouse intervient pour la SARL POINTAIR.

Émile SCHIRER, Président du Tribunal de Grande Instance de Mulhouse, Juge des référés rend une ordonnance le 28 février 1989 stipulant ceci : « **DONNONS acte au liquidateur de la SARL POINTAIR de ce qu'il met à la disposition de l'État du Burkina Faso les documents concernant l'avion-cargo XT-ABX BOEING 707 n° de série 18.925** ».

J'ai ainsi terminé ce chapitre consacré au monde de l'aviation.

LES EXPLICATIONS DE L'UNIVERSITAIRE : CHAPITRE 14

1. Pouvez-vous m'indiquer les règles essentielles concernant le droit aérien et spécialement les règles concernant l'indemnisation du préjudice d'un passager blessé ou tué lors d'un accident aérien ? Que prévoit la loi à cet égard ? Je suppose qu'il existe évidemment des accords internationaux sur cette question.

Les accidents d'avion sont à l'origine de dégâts matériels et humains majeurs, de la blessure grave jusqu'au décès, causés aux membres du personnel navigant et aux passagers du vol.

En cas de survenance d'un accident aérien, l'Union européenne a mis en place une politique visant à assurer un niveau approprié d'indemnisation pour les passagers victimes d'accidents aériens, s'inscrivant alors dans un mouvement international qui trouve son fondement notamment dans les Conventions de Varsovie du 12 octobre 1929, de Montréal du 28 mai 1999 et de Chicago du 7 décembre 1944[94] laquelle convention a pour but de promouvoir la coopération et de « créer et préserver entre les nations et les peuples du monde l'amitié et la compréhension »[95] en posant les bases du

94. https://www.mcgill.ca/iasl/files/iasl/chicago1944a-fr.pdf.
95. OACI, institut spécialisé des Nations unies, https://www.icao.int/about-icao/History/Pages/FR/default.aspx.

transport aérien et en permettant la création d'une agence internationale spécialisée, l'Organisation de l'aviation civile internationale (OACI). La décision de créer une telle organisation résulte de la réunion de 55 États à Chicago qui, au lendemain de la Seconde Guerre Mondiale, ont pour ambition de poser les fondements d'une aviation civile pacifique à l'échelle internationale. Pour ce faire, les États membres déclarent vouloir assurer le développement de l'aviation civile « d'une manière sûre et ordonnée » et de façon que les services aériens soient établis « sur la base de l'égalité des chances et exploités d'une manière saine et économique »[96].

Ainsi, au niveau européen s'appliquent les règles issues de la directive 94/56/CE du Conseil du 21 novembre 1994[97] établissant les principes fondamentaux régissant les enquêtes sur les accidents et les incidents dans l'aviation civile. Et le règlement (CE) n° 2027/97 du Conseil du 9 octobre 1997[98] relatif à la responsabilité des transporteurs aériens en ce qui concerne le transport aérien de passagers et de leurs bagages. Il faut préciser que ces deux textes ont pour mission d'améliorer la sécurité aérienne en facilitant la réalisation diligente d'enquêtes techniques, dont l'objectif exclusif est la prévention de futurs accidents ou incidents. La directive s'applique alors aux « enquêtes sur les accidents et incidents de l'aviation civile qui se sont produits sur le territoire de la Communauté, compte tenu des obligations internationales des États membres » mais également aux enquêtes concernant les accidents qui ont lieu hors du territoire de l'Union européenne lorsque

---

96. *Ibid.*
97. Directive 94/56/CE du Conseil, du 21 novembre 1994, établissant les principes fondamentaux régissant les enquêtes sur les accidents et les incidents dans l'aviation civile, OJ L 319, 12.12.1994, p. 14–19. Transposée en France par la Loi n° 99-243 du 29 mars 1999 relative aux enquêtes techniques sur les accidents et les incidents dans l'aviation civile, JORF n°75 du 30 mars 1999.
98. Règlement modifié par le règlement (CE) n° 889/2002 du Parlement européen et du Conseil du 13 mai 2002, OJ L 140, 30.5.2002, p. 2–5.

l'enquête porte sur un accident « impliquant un aéronef immatriculé dans un État membre, dès lors qu'elles ne sont pas effectuées par un autre État » ou quand « un aéronef [est] immatriculé dans un État membre ou exploité par une entreprise établie dans un État membre, dès lors qu'elles ne sont pas effectuées par un autre État »[99]. Le texte ainsi posé est résolument opérationnel. En fixant les règles applicables sur le territoire de l'Union européenne en cas d'accident aérien, le législateur européen impose que l'organisme d'enquête national doit être « fonctionnellement indépendant des autorités nationales en charge de l'aviation civile et de toute autre partie dont les intérêts pourraient entrer en conflit avec la mission qui lui a été confiée »[100]. L'exigence d'indépendance de l'organisme d'enquête se justifie en ce qu'il ambitionne d'éviter tout risque d'implication des enquêteurs dans les événements qui font l'objet de l'enquête, participant alors à assurer l'objectivité des enquêtes techniques menées et favorisant la pertinence des recommandations de sécurité émises.

Le dispositif français part du principe qu'un accident aérien peut potentiellement résulter d'infractions pénales, que ce soient une mise en danger délibérée de la vie d'autrui, le fait de causer des blessures involontaires aux passagers du vol, ou des homicides involontaires. Avec les attentats du 11 septembre 2001, l'ensemble des législations nationales, et donc la France, prévoient également la possibilité que l'accident soit en fait un acte terroriste, acte qui déclenche une procédure particulière dont la conduite est confiée au parquet de Paris, instance spécialisée du système judiciaire national.

99. Directive 94/56/CE du Conseil, du 21 novembre 1994, établissant les principes fondamentaux régissant les enquêtes sur les accidents et les incidents dans l'aviation civile, article 2.

100. LE GRAND Jean-François, *Projet de loi relatif aux enquêtes techniques sur les accidents et les incidents dans l'aviation civile*, Commission des affaires économiques, RAPPORT 205 (98-99), https://www.senat.fr/rap/l98-205/l98-205.html.

En France, l'application de la loi pénale aux infractions se rapportant à des aéronefs est régie par les articles 113-4 et 113-11 du code pénal. Par application de ces textes, les tribunaux français seront compétents en cas de crimes ou délits commis à bord ou à l'encontre d'un aéronef lorsque :

- l'aéronef est immatriculé en France,
- l'auteur ou la victime est de nationalité française,
- l'aéronef atterrit en France ou il a été loué sans équipage à une personne ayant son siège ou sa résidence permanente en France.

Concernant l'indemnisation des victimes, ou de leurs ayants droit lorsque la victime est décédée, une cellule de coordination assure depuis 2004 une permanence chargée de veiller à la coordination des différents intervenants et au suivi des victimes dès la survenance de l'accident et pendant toute la procédure judiciaire. Par application de l'ancien article 1147 du code civil (article 1231-1 nouveau)[101] et en se fondant sur la responsabilité contractuelle liant le passager à l'aviateur, des indemnisations sont versées aux victimes directes ou à leurs héritiers, suivant une jurisprudence constante des tribunaux français lesquels reconnaissent un droit à réparation au bénéfice des victimes indirectes ou victimes par ricochet, comprenant alors les proches de la personne décédée, à savoir le conjoint, les enfants, les parents et les frères et sœurs. Dans ce cas, il s'agit pour les ayants droit du passager de fonder leur action sur le fondement de la responsabilité délictuelle de l'ancien article 1382 du code civil (article 1240 nouveau). Dans ce cadre légal, l'offre d'indemnisation sera le fait de l'assurance du transporteur qui fera une proposition à la victime ou à ses ayants ancien article 2044 du code civil, article 2057 nouveau). En cas de refus de l'offre, la victime (ou ses ayants droit) peut

101. Le code civil a subi une réforme importante en 2016 via l'adoption de l'ordonnance n° 2016-131 du 10 février 2016 portant réforme du droit des contrats, du régime général et de la preuve des obligations.

intenter une action au civil contre les auteurs du dommage qui lui a été causé. La juridiction compétente pour juger un tel litige est soit celle du lieu où siège la compagnie aérienne, soit celle du lieu où elle exploite un établissement ayant vendu le vol, soit celle du lieu de destination du vol. Les victimes, directes ou indirectes, pourront également, en cas de procès pénal, se joindre à la procédure diligentée devant les juridictions répressives et bénéficier de l'enquête menée par les magistrats et les enquêteurs agissant sous leur direction. Dans ce cas, il faudra que les victimes se constituent partie civile ce qui aura pour conséquence de greffer leur action à l'action publique menée par le Ministère public. Le tribunal statuera alors sur l'ensemble des prétentions, y compris sur l'indemnisation qui devra être versée in fine aux victimes blessées ou décédées lors de l'accident.

2. Thierry Moser relate des procédures civiles entre d'une part un État et d'autre part « un justiciable ordinaire ». *Quid* des procédures pénales entre un État et un particulier ? Je pose cette question en songeant notamment à la question « des biens mal acquis ». Je crois savoir que la Cour d'Appel de Paris a rendu un arrêt à ce sujet le 9 septembre 2021 (décision AL ASSAD Rifaat).

Les affaires dites « des biens mal acquis » sont révélatrices de l'importance grandissante que prennent les associations et les lanceurs d'alerte dans la détection et la dénonciation de comportements qui peuvent être qualifiés de délits ou de crimes.

Dans une première affaire, ce sont deux associations, *Sherpa et Transparency International* France qui sont à l'origine du procès qui s'est tenu à Paris entre le 19 juin et le 05 juillet 2017. Dans les faits, Teodorin Obiang, Vice-président de Guinée Equatoriale était soupçonné de s'être constitué un patrimoine considérable en France avec de l'argent public détourné de son pays d'origine. L'affaire remonte à juin 2007, période à laquelle une enquête préliminaire est confiée à l'Office Central pour la Répression de la Grande Délinquance Financière (OCRGDF). Les résultats de l'enquête font état de l'existence d'un patrimoine immobilier et d'un mobilier conséquent en France ainsi que de nombreux comptes bancaires. Malgré tous ces faits, le Procureur de la République estime que les faits ne sont pas suffisamment constitués et décide de classer l'affaire en novembre 2007. En réponse, *Transparency International*, *Sherpa* et un ressortissant gabonais décident de porter plainte et de relancer l'affaire (2008).

S'est alors posée la question de la recevabilité de la plainte d'une association, en l'occurrence d'une association qui lutte contre la corruption à l'échelle internationale. En effet, en droit français une association qui défend des intérêts collectifs de portée générale (par exemple, racisme, aide aux victimes) peut se constituer partie civile sous certaines conditions. Elle peut également se constituer partie civile pour soutenir une ou plusieurs victimes nommément désignées suite à des infractions entrant dans son objet. L'article 2-1 du code de procédure pénale précise alors que : « toute association régulièrement déclarée depuis au moins cinq ans à la date des faits, se proposant par ses statuts de combattre le racisme ou d'assister les victimes de discrimination fondée sur leur origine nationale, ethnique, raciale ou religieuse, peut exercer les droits reconnus à la partie civile en ce qui concerne, d'une part, les discriminations réprimées par les articles 225-2 et 432-7 du code pénal et l'établissement ou la conservation de fichiers réprimés par l'article 226-19 du même code, d'autre part, les atteintes volontaires à la vie et à l'intégrité de la personne, les menaces, les vols, les extorsions et les destructions, dégradations et détériorations qui ont été commis au préjudice d'une personne à raison de son origine nationale, de son appartenance ou de sa non-appartenance, vraie ou supposée, à une ethnie, une race ou une religion déterminée. Toutefois, lorsque l'infraction aura été commise envers une personne considérée individuellement, l'association ne sera recevable dans son action que si elle justifie avoir reçu l'accord de la personne intéressée ou, si celle-ci est mineure, l'accord du titulaire de l'autorité parentale ou du représentant légal, lorsque cet accord peut être recueilli». C'est sur cette base légale que la Cour de cassation adopte une position très stricte en vérifiant que l'ensemble des conditions sont réunies, sans cela, la constitution de partie civile sera jugée irrecevable. C'est exactement le raisonnement qu'elle a adopté en septembre 2020 pour rejeter la constitution de partie civile d'une association de défense de l'environnement[102]. Dans cette affaire, l'association *Écologie sans frontière* avait déposé une première plainte simple au parquet de Paris, du chef de mise en danger d'autrui en raison de la pollution atmosphérique. Cette plainte avait été classée sans suite par le parquet. La même association et *l'association Générations futures* ont alors déposé une nouvelle plainte et se sont constituées parties civiles devant le doyen des juges d'instruction de Paris sur le même fondement légal, mise en danger de la vie d'autrui. Pour rejeter le pourvoi en cassation formé par les deux associations, les magistrats du Quai de l'Horloge expliquent d'une part, concernant l'association *Écologie sans frontière,* qu'une «association ne saurait arguer d'un préjudice personnel, causé par le délit de mise en danger d'autrui qu'elle entend dénoncer, pour se constituer partie civile» et d'autre part, concernant *Générations Futures* que cette dernière, comme le relève justement la Cour d'Appel, n'a pas suivi la procédure inscrite à l'article 85

102. Cour de cassation, 8 septembre 2020, n° 19-84.995, F-P+B+I.

alinéa 2 du code de procédure pénale, ce qui l'empêche de déposer une plainte avec constitution de partie civile.

Dans l'affaire jugée en 2021, deuxième affaire qui traite des « biens mal acquis », la Cour d'Appel de Paris confirme le jeudi 9 septembre la condamnation de Rifaat Al-Assad, oncle du dirigeant syrien, Bachar Al-Assad, à quatre années d'emprisonnement pour blanchiment en bande organisée de détournement de fonds publics syriens, faits commis entre 1996 et 2016 ainsi que pour blanchiment de fraude fiscale aggravée et pour travail dissimulé d'employés de maison. L'intérêt de ce dossier pour nos propos réside dans les biens qui ont été saisis par les tribunaux. En l'espèce, la justice française procède à la saisie de d'un domaine avec château et haras dans le Val-d'Oise ainsi que de bureaux à Lyon, et 8,4 millions d'euros correspondant à des biens vendus. Ces biens étaient détenus par Rifaat Al-Assad et ses proches par l'intermédiaire de sociétés au Panama, au Liechtenstein et au Luxembourg[103].

Dans ces deux affaires, il est question de faits de détournements de fonds publics et de blanchiments. La question sous-jacente est celle du retour des fonds et des biens dans les pays d'origine, ceux lésés par les agissements coupables des protagonistes. Dans l'affaire syrienne, le tribunal correctionnel pose le problème dans son développement en demandant solennellement une évolution du régime français des peines de confiscations dans la perspective de « l'adoption d'un cadre législatif adapté à la restitution des avoirs illicites »[104]. Dans une proposition de loi, adoptée le 2 mai 2019 en première lecture au Sénat, le sénateur Jean-Pierre Sueur propose

103. https://www.lemonde.fr/police-justice/article/2021/09/09/biens-mal-acquis-rifaat-al-assad-oncle-du-president-syrien-condamne-a-quatre-ans-de-prison-en-appel_6094060_1653578.html.

104. Navarre Jean-Philippe, *Un défi à l'échelle internationale. Le mécanisme français transparent et responsable des biens mal acquis*, Les cahiers de la justice 2022 p.269.

d'isoler au sein du budget de l'État français les sommes confisquées et identifiées comme étant le produit de la corruption transnationale ce qui devrait permettre le retour des fonds au bénéfice des populations lésées[105]. Suite à cette proposition et aux travaux de parlementaires, est adopté un dispositif inscrit dans la loi du 4 août 2021[106]. L'article 2-XI de la loi dispose ainsi que « dans le cadre de la politique française de développement solidaire et de lutte contre les inégalités mondiales, et sous réserve de l'article 706-164 du code de procédure pénale, sont restituées, au plus près de la population de l'État étranger concerné, les recettes provenant de la cession des biens confisqués aux personnes définitivement condamnées pour le blanchiment, le recel, le recel de blanchiment ou le blanchiment de recel de l'une des infractions prévues aux articles 314-1, 432-11 à 432-16, 433-1, 433-2, 433-4, 434-9, 434-9-1, 435-1 à 435-4 et 435-7 à 435-10 du code pénal, lorsque la décision judiciaire concernée établit que l'infraction d'origine a été commise par une personne dépositaire de l'autorité publique d'un État étranger, chargée d'un mandat électif public dans un État étranger ou d'une mission de service public d'un État étranger, dans l'exercice de ses fonctions, à l'exclusion des frais de justice. À cette fin, les recettes mentionnées au premier alinéa du présent XI donnent lieu à l'ouverture de crédits budgétaires au sein de la mission "Aide publique au développement", placés sous la responsabilité du ministère des Affaires étrangères, et financent des actions de coopération et de développement dans les pays concernés au plus près des populations, dans le respect des principes de transparence et de redevabilité, et en veillant à l'association des organisations de la société civile. Le ministère des Affaires étrangères définit, au cas

105. Proposition de loi n° 109 (2018-2019) relative à l'affectation des avoirs issus de la corruption transnationale, http://www.senat.fr/dossier-legislatif/ppl18-109.html.

106. Loi n° 2021-1031 du 4 août 2021 de programmation relative au développement solidaire et à la lutte contre les inégalités mondiales, JORF n°0180 du 5 août 2021.

par cas, les modalités de restitution de ces recettes de façon à garantir qu'elles contribuent à l'amélioration des conditions de vie des populations ».

Concluons enfin nos propos en disant que grâce à ce nouveau dispositif, consécutif à la jurisprudence des tribunaux français, la définition des « biens mal acquis » est enfin fixée et que le mécanisme s'appliquera à chaque confiscation définitive permettant, en principe, l'ouverture de crédits sur le programme budgétaire, la recherche d'un accord avec l'État, l'allocation des fonds et, enfin, le suivi et l'évaluation des actions entreprises[107]. Les actions financées par ce mécanisme de restitution et, le cas échéant, l'accord signé avec l'État seront rendus publics afin que, conformément aux dispositions de la loi, la société civile puisse participer au suivi de leur mise en œuvre, participant alors à l'effort de transparence et à la lutte contre les financements occultes et les risques de pratiques illicites liées à la corruption, au blanchiment et au financement d'actions illégales.

107. Navarre Jean-Philippe, *Un défi à l'échelle internationale. Le mécanisme français transparent et responsable des biens mal acquis*, Les cahiers de la justice 2022 p.269.

CHAPITRE 15 :

LES œUVRES D'ART CONVOITÉES

DES PILLEURS DE MINÉRAUX À CHAGEY ?

LA FOLLE AVENTURE
D'UN VOLEUR D'ART EN SÉRIE

LES CANONS DE MULHOUSE

LES ŒUVRES D'ART LALIQUE :
LA FIN D'UN GROS TRAFIC ?

Amour des belles choses ou cupidité et appât du gain ou les deux, voilà ce qui peut animer les personnes qui convoitent les œuvres d'art.

DES PILLEURS DE MINÉRAUX À CHAGEY ?

La presse régionale indique au mois d'août 1997 : **« Pilleurs de minéraux interpellés à Chagey. Après une traque de plusieurs mois, deux spécialistes du vol de pierres dorées ont été pris en flagrant délit hier matin. On parle de filière internationale ».**

Le journaliste précise que des pilleurs de minéraux ont été interpellés par les gendarmes. Il s'agit de deux membres d'un club minéralogiste alsacien qui se trouvaient en possession de roches métamorphiques (transformées par la chaleur), transparentes ou fumées qui se vendent très bien dans les milieux spécialisés.

Le journaliste ajoute que les deux suspects auraient avoué alimenter plusieurs filières de trafic de minéraux, dont une en direction de la Roumanie.

Les deux hommes sont mis en examen pour non-respect de la loi sur la protection du patrimoine archéologique, dégradations et fouilles non autorisées et remis en liberté sous contrôle judiciaire.

Les voleurs présumés mandatent pour leur défense Marc BRUN et moi-même.

Nous contestons la violation par nos mandants de la loi de 1941.

Nous estimons que celle-ci s'applique au patrimoine archéologique et non pas géologique.

Nous faisons valoir aussi qu'il n'existait aucun panneau interdisant l'accès à la mine.

Notre argumentation séduit le Juge d'Instruction de Lure qui délivre une ordonnance de non-lieu.

LA FOLLE AVENTURE D'UN VOLEUR D'ART EN SÉRIE

Les prisons de la Confédération Helvétique respectent à mon sens mieux que les prisons françaises l'exigence de dignité de tout être humain, qu'il soit libre ou en détention.

C'est du moins le cas de la prison de Bellechasse en Suisse où se trouve retenu Stéphane B. au printemps 2004 au moment où, à sa demande, je lui rends visite.

Un étonnant personnage...

Il est né à Mulhouse le 1er octobre 1971.

Enfant unique, il est élevé par ses parents qui malheureusement se séparent alors qu'il a dix ans.

Il est dès lors confié à la garde de sa mère, Mireille S.

Il passe son BAC à Mulhouse, fait une année de droit à l'Université de Strasbourg, puis deux années d'histoire à l'Université de Mulhouse.

Il suit ensuite une formation de deux ans lui permettant d'obtenir un BTS de vente et management.

Il occupe plusieurs emplois précaires puis obtient un permis de travail en Suisse, ce qui lui permet de se faire embaucher comme serveur à Bâle dans deux restaurants jusqu'à son arrestation au mois de novembre 2001.

Son casier judiciaire est loin d'être vierge : il a été condamné en France, en Suisse et en Allemagne.

Le 6 février 2003, il est condamné par le Tribunal pénal de la Gruyère à Bulle à une peine de trois ans et quatre mois d'emprisonnement.

La peine est confirmée par la Cour d'Appel de l'État de Fribourg le 22 octobre 2003.

Stéphane B. bénéficie d'une mesure de libération conditionnelle après avoir purgé les deux tiers de sa peine.

Pourquoi est-il incarcéré en Suisse au printemps 2004 ?

Il a commis de nombreux vols d'objets d'art notamment en Suisse et il a été interpellé à Lucerne.

Il arrive à l'expiration de la peine qu'il doit subir en Suisse et il sait parfaitement bien qu'il doit être extradé en France pour être jugé dans notre pays pour des vols autres que ceux pour lesquels il a été sanctionné sur le territoire de la Confédération Helvétique, des vols relativement nombreux réalisés dans différents pays de la Communauté Européenne.

Stéphane B. a une peur panique de son incarcération en France et du procès qui suivra devant le Tribunal Correctionnel compétent.

Je lui fournis lors de ma visite à la prison de Bellechasse les explications utiles et je lui indique que Pierre SCHULTZ, mon associé et moi-même prenons sa défense dans le cadre de la procédure française qui va débuter sous peu.

Stéphane B. arrive en France au mois de juillet 2004 et dès le lendemain il est mis en examen par le Juge d'Instruction français et incarcéré à Strasbourg.

L'expert psychiatre mandaté par le Magistrat pour l'examiner indique que Stéphane B. relève de la justice pénale mais il présente une personnalité caractérielle très affirmée : il ne veut pas s'adapter à une situation comportant la moindre contrainte pour lui. Selon l'expert, il est immature.

L'expert psychologue, dans son rapport du mois de septembre 2004, relève une personnalité relativement complexe avec des aspects névrotiques et d'autre part des aspects narcissiques structurels.

L'expert considère que les passages à l'acte sont symptomatiques d'une souffrance psychique sublimée par la passion pour l'art. La séparation des parents marque un point de rupture, soulignant la carence de la figure paternelle et la proximité de la relation mère-fils.

Le procès débute devant le Tribunal Correctionnel de Strasbourg début 2005.

Stéphane B. se voit poursuivi pour vingt-trois vols dans différents musées en France, au Danemark et en Autriche.

Il ne conteste pas la matérialité des faits mais il recherche naturellement une décision de justice indulgente en invoquant différents éléments d'atténuation de la sanction.

Sa mère, Mireille S. comparait aussi devant le Tribunal.

L'accusation lui reproche d'avoir détenu et dissimulé plus de deux cents œuvres d'art en sachant que les œuvres provenaient des vols réalisés par son fils.

On lui reproche également d'avoir, fin 2001, détruit, détérioré ou dégradé différents objets d'art.

Mireille S. a malheureusement détruit des œuvres d'art en apprenant l'arrestation de son fils en Suisse.

Elle a agi avec le souci de se protéger ainsi que son fils, sachant que l'autorité judiciaire française allait évidemment enquêter en sa direction.

Mireille S. est défendue par Raphaël FRÉCHARD de Strasbourg.

Un troisième personnage doit rendre des comptes à la juridiction correctionnelle, à savoir Anne-Catherine K., défendue par Éric BRAUN.

Anne-Catherine K. est l'amie de Stéphane B. et elle est poursuivie pour avoir détenu et dissimulé de nombreux objets d'art en connaissant leur origine frauduleuse.

Un procès très intéressant relaté notamment par les journalistes du *Monde*, Acacio PEREIRA et du *Figaro*, Stéphane DURAND-SOUFFLAND.

Je résume brièvement les articles de ces deux professionnels.

Le Monde indique en titre ceci : « **Les Juges ont été plus cléments que l'avait requis la Procureure. Stéphane B. a été condamné à vingt-six mois de prison ferme pour des vols de tableaux. Des peines de six mois et dix-huit mois fermes ont été décidées à l'encontre de l'ex-compagne et de la mère du prévenu** ».

Acacio PEREIRA indique que Manon BRIGNOL, Procureur de la République, a requis avec sévérité. Le Magistrat a évoqué une affaire qui marquera pour toujours l'histoire de l'art.

Le Ministère Public, relatant la destruction des œuvres d'art, a parlé d'un désastre irrémédiable provoquant un préjudice colossal.

Stéphane B. a reconnu le vol de plus de 230 œuvres d'art, mais il bénéficie dans une large mesure de la prescription de l'action publique.

Manon BRIGNOL ajoute ceci : « **On pourrait penser avoir affaire à un original, mais sa mère est passée par là et a commis l'inimaginable, un véritable autodafé par la noyade et le coup porté au patrimoine historique et culturel est terrible** ».

L'accusation s'interroge par ailleurs sur l'existence d'un mobile peu avouable, à savoir la cupidité, en relevant que le compte bancaire de Stéphane B. était excédentaire de plus de 30 000 euros au moment de son interpellation.

Stéphane B. avait-il une arrière-pensée mercantile, d'autant qu'une partie des œuvres dérobées n'a pas été retrouvée ?

Pierre SCHULTZ prend la parole et souligne notamment : « **l'enjeu principal de ce procès pour lui, c'est le sort judiciaire qui va être réservé à sa mère** ».

De mon côté, j'indique ceci : « **J'ai été peiné car j'ai le sentiment que Stéphane B. a été piétiné par l'accusation, alors qu'il y a dans le dossier une cargaison d'éléments d'atténuation de sa responsabilité pénale** ».

Je suggère au Tribunal de Strasbourg le prononcé d'une peine mixte, une partie de prison ferme et une partie de prison avec sursis avec obligation d'indemnisation des parties civiles et une obligation de soins de nature psychologique.

Je suis entendu à cet égard par la juridiction qui en effet prononce une peine mixte, soit trois ans de prison dont dix mois avec sursis, soit vingt-six mois de prison ferme.

Dans son compte rendu d'audience, Stéphane DURAND-SOUFFLAND du *Figaro* indique en résumé ceci : « **Manon BRIGNOL, méthodique, ne voit pas en Stéphane B. un esthète tourmenté, mais un prédateur. Elle insiste sur l'énormité du butin, deux-cent-trente-neuf objets, accumulés en cinq ans, alors que, du fait de la prescription, une vingtaine de faits seulement est visée par la prévention** ».

Les propos de Pierre SCHULTZ pour terminer son exposé : « **Un voleur ? C'est sûr. Passionné ? J'en suis convaincu. Mais aussi un prévenu atypique, fragile, au bout du rouleau** ».

Le journaliste, s'agissant de mon intervention, indique avec amabilité ceci : « **Thierry MOSER défend Stéphane B. avec tact, sans emphase inutile, contredisant fermement les arguments du Ministère Public… Belle plaidoirie** ».

Pierre SCHULTZ et moi sommes satisfaits du jugement équilibré qui intervient.

Stéphane B. retrouve sa liberté peu de temps après l'intervention du jugement correctionnel, mais malheureusement il ne s'amende pas et il va bientôt recommencer.

Il est à nouveau arrêté et incarcéré.

Pierre SCHULTZ et moi n'intervenons plus pour lui.

Pour nous, le dossier de « l'Arsène Lupin alsacien » est terminé.

LES CANONS DE MULHOUSE

Au mois de septembre 2012, Jean ROTTNER, Maire de Mulhouse à l'époque dépose plainte entre les mains du Procureur de la République pour des faits de vol et de recel de deux canons mulhousiens datant du XVIème siècle.

La Mairie de Mulhouse a obtenu un renseignement selon lequel deux canons mulhousiens sont mis en vente aux enchères en Allemagne.

L'histoire des canons mulhousiens est surprenante :

Six canons sont forgés en 1554 afin de protéger la cité impériale libre de Mulhouse.

Ils portent les armoiries de la cité.

En 1811, quatre des canons sont fondus et les deux canons restants sont confiés au début du XIXème siècle jusqu'en 1870 au corps des sapeurs-pompiers de la Ville de Mulhouse.

Les canons sont dissimulés en 1870 afin de les soustraire à une confiscation par les autorités prussiennes.

Les canons sont enterrés sur le site du Werkhof, un quartier de la Ville de Mulhouse, et depuis lors, différentes recherches pour les retrouver n'aboutissent pas.

Il faut supposer que les canons étaient particulièrement bien dissimulés sous terre.

Il semblerait que les canons sont découverts fortuitement en septembre 1972 par les ouvriers d'une société chargée de travailler sur le site du Werkhof dans le cadre d'une opération de rénovation urbaine.

Les ouvriers auteurs de la découverte n'informent pas de celle-ci l'autorité municipale et revendent les canons à des brocanteurs.

Les canons sont, au plan juridique, la propriété de la Ville de Mulhouse car ils font partie du domaine public mobilier de la personne publique.

En 2012, les deux canons réapparaissent sur une liste d'objets destinés à une vente aux enchères internationale organisée à Munich en Bavière par la société HERMANN HISTORICA.

Qui est le donneur d'ordre pour la vente aux enchères ?

Il s'agit de Gilbert M. qui va devenir le principal suspect dans ce dossier très insolite.

Les canons sont retirés de la vente suite à différentes démarches judiciaires en Allemagne et placés sous main de justice dans ce pays.

Lors de son audition, Gilbert M. déclare avoir acquis légitimement les deux canons en 1994.

Il admet avoir vu les armoiries figurant sur les canons mais pour autant il ne remet pas les canons à la Ville de Mulhouse.

On apprend aussi que Gilbert M. a été mis en examen il y a quelques années par le Juge d'Instruction de Colmar et placé en détention provisoire pour des faits de recel, mais il a bénéficié d'une ordonnance de non-lieu.

Il est mis en examen au mois de mars 2016 pour exportation illégale de trésor national et pour recel de biens provenant d'un délit.

Gilbert M. se dit d'une parfaite bonne foi et conteste les poursuites dirigées contre lui.

Au mois de juillet 2019, un accord intervient entre la Ville de Mulhouse dont je suis l'avocat et la société HERMANN HISTORICA, accord selon lequel la société en question accepte la restitution des canons au bénéfice de la Ville.

Il reste à statuer sur l'issue de la procédure dirigée contre Gilbert M.

Défendu par Julien TRENSZ, Gilbert M. cherche à contester la régularité formelle de la procédure correctionnelle dirigée contre lui.

À l'heure où j'écris, la Chambre de l'Instruction de la Cour d'Appel de Colmar saisie d'une requête en annulation de Gilbert M. n'a pas encore statué.

J'ai naturellement contesté l'argumentation procédurale de mon confrère TRENSZ et j'attends avec confiance la décision de la Cour d'Appel de Colmar, décision qui pourrait intervenir début de l'année 2022.

Si la Cour de Colmar rejette l'argumentation procédurale de Gilbert M., celui-ci aurait à comparaitre très certainement pour être jugé devant le Tribunal Correctionnel de Mulhouse.

Impossible d'en dire plus à l'heure actuelle.

J'entends respecter bien évidemment la présomption d'innocence de Gilbert M.

Nous verrons le moment venu quel sera l'avenir judiciaire de celui qui a acquis les canons de Mulhouse dans des circonstances tout à fait particulières.

Il me parait utile d'actualiser en ce mois d'octobre 2022 la procédure en apportant deux précisions.

D'une part, la contestation procédurale développée par Maître TRENSZ, avocat de la partie visée par la plainte, a été rejetée conformément au souhait de la Ville de Mulhouse.

D'autre part, le Juge d'Instruction de Mulhouse vient de renvoyer devant le Tribunal Correctionnel Gilbert M. afin qu'il soit jugé dans les prochains mois.

Le Tribunal va-t-il retenir la culpabilité de Gilbert M. ?

Je le suppose et nous verrons si l'avenir valide mon point de vue ou non.

LES ŒUVRES D'ART LALIQUE : LA FIN D'UN GROS TRAFIC ?

En date du Samedi 8 juin 2013, la presse régionale mentionne en première page ce qui suit : **« Œuvres d'art Lalique : La fin d'un gros trafic ».**

Sous la photographie, Geneviève DAUNE-ANGLARD fait le commentaire suivant : **« La gendarmerie de Saverne vient de démanteler un réseau de trafiquants d'œuvres d'art en cristal, portant sur des centaines de milliers d'euros, de vases, bibelots et autres bijoux, volés au fil du temps dans l'usine Lalique de Wingen-sur-Moder, par des salariés indélicats, et revendus à des brocanteurs.**

L'enquête baptisée "Piège de cristal" par les gendarmes a mis au jour un trafic qui durait depuis au moins cinq ans.

Au total, 21 personnes ont été interpellées dans le Bas-Rhin, en Moselle, à Paris ainsi qu'à Kehl.

Quelques 450 pièces Lalique, sorties frauduleusement de l'usine, ont été saisies.

Neuf personnes – un salarié de l'usine Lalique, quatre brocanteurs "ayant pignon sur rue" et quatre intermédiaires – ont été mises en examen pour escroquerie en bande organisée et recel, et placées sous contrôle judiciaire ».

Caroline BOLLA de Strasbourg et moi-même intervenons pour l'un des mis en examen.

Je l'assiste par-devant le Juge d'Instruction de Saverne, mais en raison d'une indisponibilité passagère, je n'interviens pas devant le Tribunal Correctionnel de cette ville lors du procès qui se tient au mois de juin 2019, procès à l'issue duquel la juridiction pénale prononce des peines de prison avec sursis.

LES EXPLICATIONS DE L'UNIVERSITAIRE : CHAPITRE 15

1. Pouvez-vous m'expliquer les règles essentielles qui régissent la protection des œuvres d'art? Je crois savoir que nous avons un code du patrimoine et je voudrais en savoir un peu plus.

Avant toute chose, il faut définir ce qu'est une œuvre, ce prérequis nous permettra ensuite de voir quel est le régime juridique adopté par le législateur pour les protéger.

Selon la définition communément retenue, une œuvre originale est une œuvre qui porte l'empreinte de la personnalité de celui qui l'a créée. L'originalité (notion subjective) se distingue de la nouveauté (notion objective d'antériorité). En cas de litige, l'originalité est appréciée par le juge[108]. En droit, le code de la propriété intellectuelle fournit une liste d'œuvres qui font l'objet d'une protection spécifique, celle rattachée aux droits d'auteur.

L'ensemble de ces œuvres sont donc protégées par ce que l'on appelle le droit d'auteur. Ce droit, dénomination courante des droits de la « propriété littéraire et artistique », vient assurer la protection d'une création personnelle que l'on rattache à son auteur. Cette protection garantit à son créateur des droits comme celui de l'exploitation

108. https://www.cnap.fr/qu%E2%80%99est-ce-que-le-droit-d%E2%80%99auteur.

de l'œuvre, d'être rémunéré en cas d'utilisation de cette dernière par d'autres personnes et de poursuivre toute personne qui volerait ou utiliserait de façon abusive ou détournée ladite création. Ce droit comporte également un droit moral, dont la finalité est de protéger le caractère strictement personnel de l'œuvre. Le code de la propriété intellectuelle (CPI) regroupe notamment les textes législatifs et réglementaires relatifs au droit d'auteur.

Pour sa part, le terme « propriété intellectuelle » apparaît dans les textes juridiques en 1967 à l'occasion de la création de l'Organisation mondiale de la propriété intellectuelle (OMPI)[109], ouverte à tout État membre d'une Union pour la protection de la propriété industrielle ou de l'Union pour la protection de la propriété littéraire et artistique. Cet organisme mondial a alors pour mission de coordonner les activités administratives des unions sans porter aucune atteinte à leur autonomie et de promouvoir la protection de la propriété intellectuelle à travers le monde[110].

En France, sous l'Ancien Régime, l'auteur d'une œuvre obtenait un « privilège » royal qui lui conférait un monopole d'exploitation couvrant aussi bien une invention qu'une conception artistique. Ce privilège trouve sa source dans le développement de l'imprimerie qui, à la différence des copistes, donne la possibilité de reproduire un ouvrage à faible coût et à un grand nombre d'exemplaires. Cette nouvelle technique a eu pour conséquence de modifier en profondeur les conditions dans lesquelles une œuvre pouvait être publiée, diffusée et exploitée[111]. Il fallait donc protéger les éditeurs officiels du risque de la concurrence déloyale en fixant des monopoles d'exploitation royaux

---

109. Convention instituant l'Organisation mondiale de la propriété intellectuelle signée à Stockholm, le 14 juillet 1967, JO 27 nov. 1974.
110. DERRUPPÉ Jean, *Propriété industrielle*, Répertoire de droit international, Décembre 1998 (actualisation : Mars 2009).
111. Sénat, THIOLLIÈRE Michel, Projet de loi relatif au droit d'auteur et aux droits voisins dans la société de l'information, rapport n° 308 (2005-2006), https://www.senat.fr/rap/l05-308/l05-3083.html.

leur permettant de vivre de leurs productions et de rentabiliser les investissements importants qu'impliquent les travaux de révision des manuscrits et les opérations de fabrication des ouvrages[112]. C'est la loi sur les « privilèges perpétuels » de 1686 qui accorde alors aux libraires des monopoles d'exploitation pour compenser leurs investissements. L'abolition des privilèges votée dans la nuit du 4 août 1789 entraîne la disparition des privilèges d'auteur et de librairie. Durant près d'un an et demi, les auteurs ne bénéficient plus d'aucune protection.

Après une lutte acharnée, le célèbre dramaturge Pierre-Augustin Caron de Beaumarchais parvient à faire adopter la loi des 13 et 19 janvier 1791[113] venant consacrer le droit de représentation des auteurs dramatiques. Ce texte comporte une dimension morale et une dimension patrimoniale et fixe à l'article 2, que « les ouvrages des auteurs morts depuis cinq ans et plus sont une propriété publique » avant de reconnaître aux auteurs et à leurs ayants droit un droit exclusif sur la représentation de leurs œuvres, limité dans le temps. Ensuite, la loi des 19-24 juillet 1793 pose, dès son article 1er, le principe que « les auteurs d'écrits en tout genre, les compositeurs de musique, les peintres et les dessinateurs qui feront graver des tableaux ou dessins, jouiront durant leur vie entière du droit exclusif de vendre, faire vendre, distribuer leurs ouvrages dans le territoire de la République et d'en céder la propriété en tout ou en partie. » et consacre un droit de reproduction aux auteurs pour la durée de leur vie, puis à leurs héritiers pendant cinq ans. Le dispositif législatif a alors pour ambition de concilier le droit des auteurs sur leurs œuvres avec l'existence d'un domaine public et conduit donc à le limiter dans le temps, le séparant ainsi du droit de propriété qui est, par nature, perpétuel.

---

112. *Ibid.*, § II.
113. Loi du 13 janvier 1791 relative aux spectacles, Loi et Actes du gouvernement, t. II, p. 343. Ce texte a été abrogé par la loi n° 57-298 du 11 mars 1957 sur la propriété littéraire et artistique.

La durée de protection reconnue aux héritiers après la mort de l'auteur a été progressivement portée à 20 ans (décret du 3 février 1810) puis à 30 ans (loi du 8 avril 1854) puis à 50 ans (loi du 14 juillet 1866). Elle a été, depuis, portée à 70 ans par la loi du 27 mars 1997 transposant la directive européenne du 29 octobre 1993[114].

Le droit positif applicable en France est pour l'essentiel régi par la loi du 11 mars 1957[115] complétée par la loi du 3 juillet 1985[116] qui porte création des « droits voisins », au profit des artistes interprètes, des producteurs de phonogrammes et de vidéogrammes, ainsi que des entreprises de communication audiovisuelle.

Sur le fondement de ces dispositions légales, le code de la propriété intellectuelle (article L. 111-1) dispose que « l'auteur d'une œuvre de l'esprit jouit sur cette œuvre, du seul fait de sa création, d'un droit de propriété incorporelle exclusif et opposable à tous ». Le même article vient préciser que « ce droit comporte des attributs d'ordre intellectuel et moral ainsi que des attributs d'ordre patrimonial ».

Aux termes de l'article L.112-2 , le code précise que les arts plastiques concernés sont :

- les œuvres de dessin, peinture, architecture, sculpture, gravure, lithographie ;
- les œuvres graphiques et typographiques ;
- les œuvres photographiques ou réalisées à l'aide de techniques analogues à la photographie ;
- les œuvres des arts appliqués.

---

114. Sénat, THIOLLIÈRE Michel, Projet de loi relatif au droit d'auteur et aux droits voisins dans la société de l'information, rapport n° 308 (2005-2006), § VI., https://www.senat.fr/rap/l05-308/l05-3083.html.
115. Loi n° 57-298 du 11 mars 1957 sur la propriété littéraire et artistique, JORF du 14 mars 1957.
116. Loi n° 85-660 du 3 juillet 1985 relative aux droits d'auteur et aux droits des artistes-interprètes, des producteurs de phonogrammes et de vidéogrammes et des entreprises de communication audiovisuelle, JORF du 4 juillet 1985.

Ainsi, il y a violation du droit d'auteur lorsqu'une personne vient porter atteinte aux droits que possède le propriétaire sur sa création. Il existe deux cas de violation[117] :

- La violation du droit moral de l'auteur (par exemple quelqu'un porte atteinte au droit de divulgation ou de paternité de l'auteur, atteinte au droit au respect de l'œuvre) ;
- La violation de ses droits patrimoniaux (reproduction et/ou représentation intégrale ou partielle de l'œuvre sans autorisation de l'auteur).

Par application de l'article L. 335-2 du code de la propriété intellectuelle, l'auteur de l'infraction encourt alors une peine de trois années d'emprisonnement et de 300 000 euros d'amende. Il est également possible de procéder à la confiscation des recettes effectuées grâce à la commission de l'infraction ou des objets contrefaisants.

Enfin, Il existe également des sanctions spécifiques en cas de contournement de mesures techniques de protection. Dans ce cas, les peines encourues vont de 3 750 euros à 30 000 euros d'amende et jusqu'à 6 mois d'emprisonnement (article L. 335-3-1 et L.335-3-2 CPI).

Dans votre interrogation vous évoquez un « code du patrimoine », ce qui renvoie à une matière spécifique qui intéresse les grandes œuvres nationales et internationales, le plus souvent situées dans les musées et conservatoires nationaux.

Entré en vigueur le 20 février 2004, ce corpus juridique recèle des dispositions de droit français concernant le patrimoine et certains services culturels. Le code se compose de deux parties, une partie législative et une partie règlementaire. La partie législative est issue de

117. https://www.sacd.fr/fr/quelles-sanctions-pour-les-infractions-aux-droits-dauteur.

l'ordonnance n° 2004-178 du 20 février 2004[118], validée par l'article 78 de la loi du 9 décembre 2004[119], ordonnance adoptée dans le cadre du mouvement de codification et de simplification du droit. L'ordonnance a alors pour ambition de souligner la cohérence de l'action des pouvoirs publics en faveur du patrimoine en venant rassembler les grands textes jusqu'alors éparpillés[120] afin de favoriser la lisibilité et de rendre une cohérence au dispositif en la matière[121].

Pour sa part, la partie réglementaire a été promulguée par les décrets n° 2011-573 et n° 2011-574 du 24 mai 2011. Selon l'exposé des motifs, ce code a le double intérêt d'inventorier tout le droit du patrimoine jusque-là dispersé et de le rendre accessible à tous.

Définissons alors ce qu'est le patrimoine.

Le dictionnaire Le Robert définit le patrimoine comme étant tous biens de famille, ceux hérités de ses parents. Dans une seconde acception, le patrimoine recouvre tout ce qui est considéré comme une propriété transmise par les ancêtres. Le patrimoine culturel d'un pays : œuvres, monuments, traditions[122]. Juridiquement, un patrimoine « est constitué par l'ensemble des biens qui appartiennent à une personne physique ou morale ». Le patrimoine inclut[123]. Pour ce qui nous intéresse, le terme de patrimoine renvoie à « l'ensemble des biens, immobiliers ou mobiliers,

---

118. Ordonnance n° 2004-178 du 20 février 2004 relative à la partie législative du code du patrimoine, JORF n°46 du 24 février 2004.
119. Loi n° 2004-1343 du 9 décembre 2004 de simplification du droit, JORF n° 0287 du 10 décembre 2004.
120. La loi du 31 décembre 1913 sur les monuments historiques ; l'ordonnance du 13 juillet 1945 portant organisation provisoire des musées des beaux-arts ; la loi du 3 janvier 1979 sur les archives ; la loi du 17 janvier 2001 sur l'archéologie préventive ; la loi du 4 janvier 2002 relative aux musées de France.
121. Communiqué de presse du Conseil des ministres du 11 février 2004, http://archives.gouvernement.fr/raffarin_version1/fr/ie4/contenu/42250.htm#2.
122. https://dictionnaire.lerobert.com/definition/patrimoine.
123. Braudo Serge, https://www.dictionnaire-juridique.com/definition/patrimoine.php.

relevant de la propriété publique ou privée, qui présentent un intérêt historique, artistique, archéologique, esthétique, scientifique ou technique » (article L1, code du patrimoine).

Le code du patrimoine est divisé en sept livres thématiques (livres II à VI) et transversaux (livres I et VII) avec pour but de retrouver aisément les dispositions recherchées, notamment pour les personnes qui sont habituées à l'organisation des textes actuels[124] :

- Livre premier : Dispositions communes à l'ensemble du patrimoine culturel (régime de circulation, droit de préemption, dépôt légal, institutions chargées du patrimoine
- Livre II : Archives
- Livre III : Bibliothèques
- Livre IV : Musées
- Livre V : Archéologie
- Livre VI : Monuments historiques, sites patrimoniaux remarquables et qualité architecturale
- Livre VII : Dispositions relatives à l'outre-mer

En vue d'apporter une plus grande protection au patrimoine, le législateur a modifié certaines dispositions du code pénal en renforçant le dispositif répressif contre le vol, les modifications effectuées sans autorisation et les actes de malveillance commis sur le patrimoine protégé. Les infractions, telles que la destruction, la dégradation ou la détérioration d'un immeuble ou d'un objet mobilier protégé sont sanctionnées par les dispositions insérées dans le code du patrimoine, le code de l'urbanisme ou encore le code pénal[125]. Ainsi, concernant le code pénal, l'article 322-1 prévoit qu'en cas de destruction, de dégradation ou de détérioration d'un bien appartenant à autrui la peine encourue est de deux années d'emprisonnement et

124. Communiqué de presse du Conseil des ministres du 11 février 2004, http://archives.gouvernement.fr/raffarin_version1/fr/ie4/contenu/42250.htm#2.
125. https://www.culture.gouv.fr/Thematiques/Monuments-Sites/Interventions-demarches/Sanctions-administratives-et-penales.

de 30 000 euros d'amende (sauf s'il n'en est résulté qu'un dommage léger). Le fait de tracer des inscriptions, des signes ou des dessins, sans autorisation préalable, sur les façades, les véhicules, les voies publiques ou le mobilier urbain est puni de 3 750 euros d'amende et d'une peine de travail d'intérêt général lorsqu'il n'en est résulté qu'un dommage léger.

L'article 322-3-1 du code pénal, pour sa part, précise que la destruction, la dégradation ou la détérioration est punie de sept ans d'emprisonnement et de 100 000 € d'amende lorsqu'elle porte sur :

1° Un immeuble ou objet mobilier classé ou inscrit en application des dispositions du code du patrimoine ou un document d'archives privées classé en application des dispositions du même code ;
2° Une découverte archéologique faite au cours de fouilles ou fortuitement, un terrain sur lequel se déroulent des opérations archéologiques ou un édifice affecté au culte ;

3° Un bien culturel qui relève du domaine public mobilier ou qui est exposé, conservé ou déposé, même de façon temporaire, soit dans un musée de France, une bibliothèque, une médiathèque ou un service d'archives, soit dans un lieu dépendant d'une personne publique ou d'une personne privée assurant une mission d'intérêt général, soit dans un édifice affecté au culte.

Dans ce cas, les peines sont portées à dix ans d'emprisonnement et 150 000 € d'amende lorsque l'infraction prévue au présent article est commise avec la circonstance prévue au 1° de l'article 322-3. Par ailleurs, les peines d'amende mentionnées au présent article peuvent être élevées jusqu'à la moitié de la valeur du bien détruit, dégradé ou détérioré.

Rappelons enfin, qu'aux termes de l'article 311-4-2 tel que modifié par la loi du 15 juillet 2008[126], le vol d'une œuvre d'art est puni de sept années d'emprisonnement et 100000 euros d'amende. Les peines sont portées à dix ans d'emprisonnement et 150000 euros d'amende lorsque l'infraction prévue au présent article est commise avec l'une des circonstances prévues à L. 311-4 du code pénal (comprenant entre autres, le vol commis par plusieurs personnes ; celui commis par une personne dépositaire de l'autorité publique ou chargée d'une mission de service public ou se prétendant telle ; le vol accompagné de de violences sur des personnes ; le vol assorti d'un acte de destruction, dégradation ou de détérioration...).

126. Loi n° 2008-696 du 15 juillet 2008 relative aux archives, JORF n°0164 du 16 juillet 2008.

CHAPITRE 16 :

TRAFICS EN TOUS GENRES

RIDEAU DE FUMÉE
SUR LE TRAFIC DE CIGARETTES

QUARANTE KILOS D'OR ONT RATÉ LA SUISSE

TRAFIC D'ARMES À LA MANURHIN À MULHOUSE

160 AUTOMOBILISTES GRUGÉS
DANS LA RÉGION DE STRASBOURG

Dans ce chapitre consacré à différents trafics, je n'évoque absolument pas le trafic des produits stupéfiants car, à mon sens, il s'agit d'un contentieux très peu intéressant au plan humain.

Je n'ai vraiment aucun goût pour ce contentieux désolant et il m'est arrivé plus d'une fois de refuser des dossiers concernant ce domaine.

Je préfère vous parler à présent du trafic portant sur les cigarettes, sur l'or, sur les armes et sur les véhicules.

RIDEAU DE FUMÉE SUR LE TRAFIC DE CIGARETTES

Ce dossier me ramène à l'année 1978.

Je fais appel à mes souvenirs, mais pour l'essentiel je m'appuie sur l'article rédigé en 1988 par Jean-Marie STOERKEL, chroniqueur judiciaire expérimenté, dans la revue Zéro du mois de février.

L'affaire étant complexe, j'essaie de résumer l'essentiel.

Fin janvier 1978, les douanes françaises interceptent au poste frontière franco-suisse de Bâle-Saint-Louis un ensemble routier chargé de plusieurs tonnes de cigarettes de contrebande, d'une valeur de 2 216 250 francs.

L'homme qui le conduit, Jean J., est un petit transporteur du Haut-Rhin dont je deviens l'avocat.

Le document douanier indique faussement un chargement de crochets en matière plastique.

Le cachet des douanes françaises est contrefait et le scellé, un ancien plomb réutilisé.

Jean J. prétend qu'il ignorait la nature de la marchandise, mais il évoque quatre transports similaires courant janvier de Bâle à Bordeaux.

Jean J. est le dernier maillon d'une chaine bien organisée, chaque transport lui laissant un petit bénéfice.

Début février 1978 Jean J. est présenté au Juge d'Instruction du Tribunal de Mulhouse, Germain SENGELIN.

Ce Magistrat ne fait pas les choses à moitié et veut en savoir plus sur le trafic dont Jean J. n'est qu'un rouage.

Il pense que derrière le transporteur, il y a un commanditaire, et derrière celui-ci, une organisation.

Germain SENGELIN aime les affaires à tiroirs et il s'efforce d'identifier les vrais responsables.

Il débute alors une procédure longue, complexe et finalement décevante pour lui dans la mesure où le principal inculpé, (je reprends la terminologie de l'époque) un très haut fonctionnaire de l'administration des douanes, Roger J., dont l'avocat est le réputé Georges KIEJMAN de Paris, va finir par bénéficier d'une décision de non-lieu.

Cette situation va m'amener à faire le commentaire suivant : **« Le Tribunal de Paris a signé l'acte de décès**

d'une monumentale procédure. Comment ne pas rester songeur face à ce dénouement dérisoire ? ».

Disons l'essentiel de façon claire, si faire se peut : le Juge d'Instruction acquiert la conviction que l'argent du trafic permet notamment d'alimenter les caisses d'un parti politique, que le trafic est protégé, sinon encouragé, par l'administration douanière, laquelle entre d'ailleurs en conflit avec les services secrets.

Bref, dans l'esprit du Juge, nous serions en face d'une affaire politico-judiciaire.

Comme je l'indiquais précédemment, le Juge inculpe le 3 décembre 1981 le haut fonctionnaire des douanes d'intérêt à la fraude et de complicité de fraude.

Le Ministre du budget de l'époque, Laurent FABIUS, prend la défense au Parlement de l'administration des douanes et du haut fonctionnaire mis en cause.

Roger J. se dit victime d'une vaste machination organisée par les contrebandiers qu'il a fait arrêter.

Les relations entre Germain SENGELIN et Georges KIEJMAN, avocat de Roger J., sont détestables.

Le défenseur de l'inculpé vedette décrit publiquement le Juge comme « un paranoïaque enfermé dans son montage grandiose ».

Je suis personnellement témoin d'un incident très vif dans les couloirs du Tribunal de Mulhouse au cours duquel le Juge et l'avocat en viennent presque à se battre.

Un spectacle vraiment regrettable au regard de l'exigence de la sérénité de la justice !

L'administration douanière demande à la Cour de Cassation de dessaisir du dossier le Magistrat alsacien, demande qui échoue.

Pourtant, une nouvelle requête aboutit en mars 1985.

La Cour de Cassation estime que, pour une bonne marche de la justice, il convient que le dossier quitte Mulhouse pour être confié au Tribunal de Paris.

À l'issue des investigations de faible ampleur réalisées par la juridiction parisienne, le Procureur de la République rédige son réquisitoire et il estime que la participation à un titre quelconque de Roger J. à la contrebande de cigarettes n'a pas été établie.

Commentaire de Jean-Marie STOERKEL dans l'article précité : **« Les douanes ont donc retrouvé leur honneur perdu et les services secrets leur virginité ».**

Seuls quelques comparses, personnages secondaires, dont le transporteur que je défends, ont à comparaitre devant le Tribunal Correctionnel de Paris au mois de janvier 1988.

Une semaine avant le début du procès une transaction intervient entre d'une part les douanes et d'autre part les personnes poursuivies, transaction qui met fin aux poursuites judiciaires.

Clôture définitive d'une étonnante procédure qui a duré dix années et laisse naturellement un goût d'inachevé.

La raison d'État a-t-elle été la plus forte ?

La question peut se poser, du moins je le crois.

QUARANTE KILOS D'OR ONT RATÉ LA SUISSE

Mon confrère LARTIGUE de Bayonne et moi-même sommes les avocats de Monsieur Adolphe C. qui comparait devant le Tribunal Correctionnel de Mulhouse au mois d'août 1983.

L'affaire débute au moment où, début juillet 1983, les douaniers de Saint-Louis Bourgfelden découvrent quarante lingots d'or qui sont cachés dans la portière d'une Renault 18.

Il y en a pour plus de quatre millions.

Le propriétaire des lingots est Adolphe C. que nous défendons mon collègue et moi, un homme de 56 ans, doté d'une très forte personnalité.

Il a été incarcéré au moment de la découverte des lingots, un peu plus d'un mois avant le début du procès.

Adolphe C. est le fils d'un recteur de la faculté catholique de droit de Lille.

Il s'est engagé en 1945 dans les tirailleurs sénégalais et a combattu avec bravoure.

Il vit en Afrique depuis 35 ans et a créé en 1953 une entreprise de transport routier en Côte-d'Ivoire, entreprise prospère pendant un certain temps.

Au moment des faits que je relate, l'entreprise périclite pour différents motifs, ce qui inquiète légitimement Adolphe C.

Il dispose d'un coffre bancaire dans un établissement de Bayonne, coffre contenant notamment quarante lingots d'or.

Adolphe C. veut transporter les lingots en Suisse, les vendre, obtenir ainsi de l'argent qui lui permettra de faire face aux difficultés de son entreprise.

Nous sommes en 1983.

François MITTERRAND est Président de la République depuis deux ans et mène à cette époque une politique dite de gauche, ce qui suscite l'inquiétude de certaines personnes fortunées, dont Adolphe C.

Il s'exprime ainsi devant le Tribunal : **« Me trouvant en Afrique, j'étais intoxiqué par de fausses informations sur ce qui se passait en France depuis deux ans. J'ai cru que le gouvernement allait me piquer mon or, des économies de trente ans ».**

Il s'agit donc de prélever les lingots dans le coffre de Bayonne et de les transporter discrètement en Suisse, mais ce plan va échouer lamentablement.

René PORTIER, Procureur de la République indique ceci : **« Il ne s'agit pas d'un trafic professionnel, mais d'un trafic qui s'inscrit dans le droit fil d'une tradition bien française d'éviter le fisc ».**

Le Magistrat réclame des peines lourdes et il est renforcé dans son argumentation par l'administration douanière, qui, de son côté, revendique des pénalités particulièrement conséquentes du fait de la valeur des lingots.

Maître LARTIGUE et moi présentons nos moyens de défense et nous plaidons les circonstances atténuantes.

Nous sollicitons au plan pénal l'indulgence du Tribunal.

S'agissant de l'aspect douanier, nous demandons à la juridiction de réduire au tiers les amendes et pénalités douanières.

Il s'agit du maximum de ce que peut faire le Tribunal à cet égard.

Sous la Présidence de Monsieur MEYER, le Tribunal Correctionnel rend un jugement particulièrement satisfaisant au plan pénal et au plan douanier.

Adolphe C. est condamné à vingt-quatre mois de prison, dont dix-huit mois avec sursis, soit six mois d'emprisonnement ferme, peine déjà pratiquement exécutée.

Au plan douanier, le Tribunal réduit les amendes au tiers, ce qui constituait un résultat vraiment très appréciable. Un résultat qui contrarie fortement l'administration douanière, laquelle régularise un appel contre le jugement mulhousien.

L'administration douanière est gourmande et veut obtenir le maximum.

L'appel émane uniquement de l'administration douanière.

Le Ministère Public et la défense n'ont pas contesté la décision de Mulhouse, de sorte que les dispositions pénales du jugement sont définitives lorsque l'affaire vient devant la Cour d'Appel de Colmar au mois de février 1984.

Vous avez bien compris que la Cour n'a à statuer que sur le montant des pénalités que peut exiger l'administration douanière.

Sous la présidence de Chrétien HENNI, un Magistrat plein de bon sens et d'humanité, la Cour d'Appel rejette totalement les prétentions de l'administration douanière et confirme le jugement mulhousien.

Grande satisfaction pour la défense.

Dans son arrêt du 21 février 1984, la Cour indique notamment ceci : **« Adolphe C. avait besoin d'argent liquide pour renflouer son entreprise de la Côte-d'Ivoire qui connait actuellement des difficultés financières. De plus, habitant l'Afrique, il a pu être abusé par des rumeurs dénuées de fondement concernant l'actuelle législation fiscale française ... ».**

Vous avez bien compris que Adolphe C. était poursuivi pour exportation en contrebande de marchandises prohibées et pour infraction à la législation sur les relations financières avec l'étranger.

TRAFIC D'ARMES À LA MANURHIN À MULHOUSE

Un titre quelque peu amusant dans *les Dernières Nouvelles d'Alsace* du 31 janvier 1987 : **« L'affaire des fuites de la Manurhin. Peines modérées pour les "toqués" du revolver ».**

Le journaliste poursuit : **« L'affaire de la Manurhin a fait couler en son temps des flots d'encre d'imprimerie. Trente revolvers de fort calibre qui s'envolent en fumée et qui sont retrouvés chez des collectionneurs alsaciens ou hexagonaux ».**

Devant le Tribunal Correctionnel présidé par Marc BIETIGER comparaissent dix-neuf prévenus qui, pour l'essentiel, appartiennent au petit monde des collectionneurs d'armes.

Les faits :

En 1984, la police judiciaire apprend l'existence d'un important trafic d'armes de poing en provenance de la Manurhin.

Je passe sur les péripéties de l'enquête policière et judiciaire pour arriver à l'essentiel : il est inquiétant de constater que des armes de fort calibre ont pu disparaitre dans la nature et bénéficier, pour certaines, à des délinquants.

Commentaire du journaliste dans son article précité : **« Les défenseurs des vendeurs et collectionneurs d'armes ont fait hier matin preuve d'une verve et d'un talent oratoire peu communs dans une affaire qui, à tout prendre, est moins drôle qu'il n'y parait. Tout bien considéré, mieux vaut, en effet, faire collection de porte-clés. »**

Le Tribunal rend un jugement indulgent.

160 AUTOMOBILISTES GRUGÉS DANS LA RÉGION DE STRASBOURG

Un dossier correctionnel en janvier 2000 par-devant le Tribunal Correctionnel de Strasbourg, un dossier dans lequel j'interviens comme partie civile.

Résumons : « **Huit prévenus parmi lesquels deux couples de Weitbruch, ainsi que la gérante et deux salariés d'un centre de contrôle technique automobile face à cent-soixante victimes... Un imposant trafic de voitures.** »

Plaidant pour de nombreuses victimes, je relève que la marge bénéficiaire des prévenus a été de près de deux millions.

Le Tribunal rend un jugement sévère.

Les principaux protagonistes du dossier sont condamnés à quarante-huit et trente mois de prison ferme.

Une peine sévère est prononcée contre la responsable du centre de contrôle technique qui permettait à la fraude de prospérer.

LES EXPLICATIONS DE L'UNIVERSITAIRE : CHAPITRE 16

1. Pouvez-vous m'expliquer les règles essentielles du droit pénal douanier? Comment cette législation exceptionnelle peut-elle se combiner avec les dispositions du droit pénal?

Le droit pénal douanier est une branche spécifique du droit pénal qui trouve à s'appliquer lorsqu'il est question de traiter des litiges portant sur les formalités et/ ou les interdictions envisagées en cas d'entrées et de sorties de marchandises, préalables légaux insérés dans le Code des douanes. Ce droit, que l'on peut qualifier de particulier, met en œuvre des règles issues des règlementations internationales, européennes, fiscales, maritimes, pénales ,...

Concernant la différenciation entre le droit pénal douanier et le droit pénal classique, il est intéressant de relever que les juridictions pénales connaissent des infractions douanières (art. 356 et 357 c. douanes) et particulièrement lorsqu'il s'agit de respecter les règles inscrites à l'article 6 § 1 de la Convention européenne des droits de l'homme[127], règles garantissant un procès équitable pour tout justiciable quelles que soient l'infraction commise et la juridiction qui a à connaître du litige. Il en va de même en ce qui concerne la jurisprudence interne qui applique

127. CEDH 25 févr. 1993, Funke c/France, § 44, série A, n° 256-A; 7 oct. 1988, Salabiaku c/ France, série A, n° 141-A.

les principes généraux du droit pénal comme l'application *in mitius* de la loi pénale plus douce[128]. Il est intéressant de noter qu'il existe un dialogue entre le droit pénal douanier et le droit pénal classique, comme par exemple lorsqu'il est fait application de l'article 440 du code des douanes, lequel renvoie explicitement au droit pénal en cas d'injures, de voies de fait, de rébellion, ou encore de corruption,... Dans ce cas, les sanctions douanières pourront être appliquées en plus des sanctions pénales que le tribunal prononcera à l'encontre des auteurs des faits[129]. Le plus souvent, lorsque les faits en cause mettent en jeu un concours de qualifications douanières et pénales, il faut appliquer le raisonnement classique du juriste et vérifier quelles sont les valeurs protégées. Suite à cette analyse, il est très souvent possible d'identifier plusieurs valeurs ce qui permet alors de poursuivre les auteurs présumés sur différents fondements juridiques et donc de « jongler » entre les différents terrains juridiques. Ainsi, par exemple, l'importation de stupéfiants recoupe deux atteintes à des valeurs que la société défend, à savoir pour le volet pénal le trafic de produits dangereux pour la santé et au niveau douanier la contrebande de marchandises prohibées[130]. Il sera donc possible d'agir en justice sur les deux volets et d'obtenir réparation pour les deux atteintes identifiées.

Rappelons alors à ce stade de nos développements qu'en matière de droit douanier, il existe trois formes d'actions auxquelles on peut faire appel :

- L'action publique
- L'action fiscale
- L'action en confiscation

L'action publique, action exercée par le Ministère public, consiste à répondre à une atteinte à l'ordre public. Elle a pour but de venir sanctionner un acte qualifiable

128. Crim. 29 févr. 1988, Bull. crim. n° 102.
129. Roussel Gildas, Les originalités du droit pénal douanier, AJ pénal 2009, p. 201.
130. Crim. 27 févr. 2007, pourvoi n° 01-84.301.

d'infraction pénale douanière et d'obtenir le prononcé de sanctions pénales à l'encontre des auteurs présumés des faits en cause.

L'action fiscale est en principe exercée par l'Administration des douanes et a pour but d'obtenir le prononcé de pénalités fiscales consistant en des amendes et le prononcé de la confiscation des biens litigieux. Dans certains cas, le Parquet peut également l'engager accessoirement à l'action publique.

Enfin, le code des douanes prévoit deux formes d'actions en confiscation, celle inscrite à l'article 344 et celle insérée à l'article 375 du code susmentionné.

- Art. 344 du code des douanes : « Lorsque l'auteur d'une infraction douanière vient à décéder avant intervention d'un jugement définitif ou d'une transaction, l'Administration est fondée à exercer contre la succession une action tendant à faire prononcer par le tribunal d'instance la confiscation des objets passibles de cette sanction ou, si ceux-ci n'ont pu être saisis, la condamnation au paiement d'une somme égale à la valeur desdits objets et calculée d'après le cours du marché intérieur à l'époque où la fraude a été commise ».
- Art. 375 du code des douanes : « 1. L'administration des douanes peut demander au tribunal d'instance sur simple requête la confiscation en nature des objets saisis sur des inconnus ou sur des individus qui n'ont pas fait l'objet de poursuites en raison du peu d'importance de la fraude. 2. Il est statué sur ladite demande par une seule ordonnance, même si la requête se rapporte à plusieurs saisies faites séparément ».

Pour conclure ces propos, la Cour de cassation a rendu un arrêt intéressant en février 2022[131]. Par cette jurisprudence, les hauts magistrats après avoir rappelé que les agents des douanes peuvent procéder à des visites de marchandises en se fondant sur l'article 60 du code des douanes, ceci en vue de rechercher des actes qualifiables de fraudes, identifient des lacunes quant aux modalités d'application de ce texte, notamment en ce qui concerne les visites d'un véhicule.

En l'espèce, dans le cadre d'une mission de contrôle, des douaniers ont découvert sur une aire d'autoroute un véhicule vide de tout occupant dans lequel étaient visibles des billets de banque enveloppés dans du papier cellophane, ainsi qu'une housse noire de forme allongée, fermée. Leurs chiens stupéfiants ayant de plus marqué ce véhicule, ils ont procédé à sa fouille, après le bris de l'une de ses vitres et découvert 3 000 € en espèces, trois grammes de résine de cannabis et un sac contenant de nombreuses armes[132].

Pour les magistrats de la Cour de cassation, les douaniers ne peuvent procéder à la visite d'un véhicule libre de tout occupant, cette attitude viole alors les garanties inscrites à l'article 6 de la Convention européenne de sauvegarde des droits de l'homme et des libertés fondamentales, particulièrement concernant les règles tenant à l'équité des procédures engagées. Il faut donc en conclure qu'en matière douanière présumer la commission d'une infraction ne confère aucune faculté supplémentaire aux agents des douanes[133].

Cette position de la Cour de cassation vient alors montrer les différences de postures qui existent entre le droit

131. Crim. 23 févr. 2022, FS-B, n° 21-85.050.
132. Recotillet Meryl, Fouille d'un véhicule par les agents de la douane en l'absence du propriétaire, 14 mars 2022
133. CLEMENT Eloi, Chercher l'argent par les fenêtres, commentaire de crim. 23 février 2022, AJ pénal 2022, p. 219.

pénal douanier et les règles de procédures en droit pénal classique. En effet, dans le cadre des règles de procédures, les officiers de police judiciaire peuvent, en cas de flagrance, avoir recours à des mesures coercitives et sont autorisés à procéder à une perquisition en s'adjoignant simplement la présence de deux témoins faute d'avoir identifié l'occupant des lieux (code de procédure pénale, article 57).

Il faut donc en conclure que le droit de visite exercé par les agents des douanes n'autorise aucune mesure coercitive (Crim. 13 juin 2012) autre que celles expressément prévues par le code des douanes. S'ils peuvent contraindre le conducteur ou l'occupant du véhicule à participer à l'exercice de leur droit de visite (par ex., en lui demandant d'ouvrir lui-même le capot du véhicule, Crim. 28 mai 1984), ils ne peuvent agir hors de sa présence[134].

134. *Ibid.*

CHAPITRE 17 :

INÉPUISABLE INGÉNIOSITÉ DES ESCROCS ET AUTRES

PLACER SON ARGENT EN SUISSE ET LE PERDRE TRÈS RAPIDEMENT

TREMBLEMENT DE TERRE EN ALGÉRIE ET ESCROQUERIE

LA STUPÉFIANTE CRÉDULITÉ DU RESPONSABLE FINANCIER D'UNE GRANDE SOCIÉTÉ

À présent, trois récits pour illustrer la délinquance astucieuse.

On parle de délinquance astucieuse pour la différencier de la délinquance violente.

Il s'agit de la délinquance rusée bien différente de la délinquance violente et brutale.

Les auteurs de la délinquance astucieuse sont en général des personnes intelligentes et manœuvrières.

Ceci dit, les conséquences pour les victimes de la délinquance astucieuse présentent souvent un caractère de violence très affirmé.

PLACER SON ARGENT EN SUISSE ET LE PERDRE TRÈS RAPIDEMENT

L'article de Jean-Marie STOERKEL dans la presse régionale du 19 septembre 1987 porte le titre suivant : « **Le fiasco des placements en Suisse : Il n'y a pas de scandale financier, seulement des spéculateurs qui ont perdu... ».**

Les faits : Au printemps 1987, un Alsacien dépose plainte pour escroquerie contre les dirigeants de la société Suisse « M.M. First Metal » et ses démarcheurs français.

Suite à la plainte, la police judiciaire, Section financière, identifie et interpelle cinq démarcheurs qui opéraient sous des pseudonymes.

Les employés haut-rhinois de la société bâloise ont collecté auprès des clients alsaciens une somme totale de 6 740 437 francs.

Dans leur majorité, les investisseurs ont perdu la quasi-totalité de leurs mises alors que la documentation fournie au départ se référait à de célèbres méthodes américaines laissant entrevoir des gains de 30 à 40 % par année.

Jean-Marie STOERKEL, qui aime mener des investigations dans le cadre journalistique, se rend à Bâle pour rencontrer Karl-Heinz G., qui est le fondé de pouvoir de la société incriminée.

L'interlocuteur du journaliste le reçoit longuement et lui explique qu'il n'y a aucune escroquerie dans cette affaire.

En substance, Karl-Heinz G. dit ceci : **« Nous n'avons jamais escroqué personne. Spéculer en bourse peut rapporter gros, mais il y a 80 % de perdants. Nos clients alsaciens avaient été prévenus ».**

Karl-Heinz G. prétend avoir une expérience internationale dans le domaine des spéculations boursières.

Il dit que son travail consiste à spéculer en bourse les portefeuilles des clients de sa société sur la base d'un programme informatique comprenant vingt-six produits, des matières premières, des métaux précieux et des bons du Trésor américain...

L'interlocuteur du journaliste ajoute ceci : **« Il faut savoir que les gens qui spéculent peuvent gagner très rapidement beaucoup d'argent et tout perdre encore plus vite. On mise sur des produits qui montent et baissent à la Bourse en quelques minutes... ».**

Il prétend avoir avisé sa clientèle de l'existence des risques.

Il indique avoir trois cent cinquante clients dans le monde entier et quarante démarcheurs.

Karl-Heinz G. prétend que les démarcheurs ont été d'une parfaite honnêteté et que la justice française ne comprend pas ce qu'est la spéculation.

Question de Jean-Marie STOERKEL : **« Il y a quand même le fait que l'argent des clients français vous est arrivé ici en Suisse en infraction avec la législation française... ».**

La question ne trouble en rien Karl-Heinz G. qui persiste à dire qu'il y a en Alsace des gens qui ont gagné de l'argent grâce à lui.

Il ne semble pas gêné par le fait que trois des employés de la société bâloise sont, au moment où il s'exprime, incarcérés à Mulhouse dans le cadre de l'information judiciaire menée par le Juge BERTIN.

En 1997, dix ans après le début de la procédure, l'affaire arrive devant le Tribunal Correctionnel de Mulhouse.

Quatre démarcheurs opérant dans la région mulhousienne pour le compte de la société Suisse font face aux Juges.

Ils sont défendus par mes confrères BOKARIUS, MENDI et moi-même.

Bien évidemment, les deux principaux protagonistes, les dirigeants de la société suisse, ne daignent pas se présenter devant la juridiction correctionnelle, et on fait donc en quelque sorte le procès des lampistes.

Des lampistes qui, cependant, ont collecté entre 1984 et 1987 près de six millions de francs.

L'audience est présidée par Olivier KIRCHNER, un Magistrat très expérimenté.

Michel DEFER, Procureur de la République, évoque une véritable organisation de fraude fonctionnant à l'aide d'entreprises de façade.

Devant le Tribunal, les démarcheurs indiquent qu'ils ne connaissaient rien aux placements financiers, mais qu'ils ont été séduits par l'apparence de sérieux de l'entreprise suisse, installée à Bâle dans de luxueux locaux.

Ils déclarent avoir travaillé de bonne foi pour le compte d'une société à laquelle ils faisaient confiance.

Je plaide pour trois des démarcheurs et je sollicite un jugement équilibré tenant compte notamment de l'impunité des principaux coupables.

Le Ministère Public réclame une sanction sévère contre les dirigeants et une décision moins énergique contre les exécutants.

Le jugement intervient fin janvier 1997.

Les deux principaux responsables de l'escroquerie, dont l'absence à l'audience a choqué, sont condamnés par défaut à quatre ans de prison ferme et cinq cent mille francs d'amende.

Les démarcheurs sont traités beaucoup moins sévèrement, ce qui se conçoit parfaitement.

Le démarcheur principal écope de douze mois de prison dont six mois avec sursis, soit six mois d'emprisonnement ferme, peine d'ailleurs déjà exécutée au titre de la détention provisoire avant jugement.

TREMBLEMENT DE TERRE EN ALGÉRIE ET ESCROQUERIE

Blanche G., âgée de près de 70 ans, a une personnalité très attachante.

Je suis malheureusement saisi du dossier tardivement, et il est bien difficile dans ces conditions d'agir efficacement.

Peut-être aurais-je fait plus et mieux pour Blanche G. si celle-ci m'avait confié plus tôt la défense de ses intérêts.

J'intervenais aux côtés de Benoit HORN et de Philippe MARCHESSOU de Strasbourg.

Les faits sont particulièrement complexes et j'essaie de synthétiser.

En juin 1994, Blanche G. écrit au Ministre de la Justice : **« J'ai près de 70 ans... J'ai été déshonorée et ruinée. Je sollicite la réouverture de l'information car j'ai fourni des éléments d'appréciation nouveaux, à savoir les investigations d'un homme qui, depuis 35 ans, travaille pour la justice en sa qualité d'Expert judiciaire. Monsieur DESCAVES estime que ma ruine a été réalisée de façon méthodique par des gens qui n'avaient aucun scrupule ».**

Le patrimoine évaporé de Blanche G. ? Il s'agit de la société ERGE à Huttenheim, société créée en 1948 par Robert G., le mari de Blanche G.

L'entreprise devient un leader de sa spécialité, à savoir le bâtiment mobile et le préfabriqué.

En 1976, décès de Robert G. qui est remplacé dans ses fonctions de PDG de la société par Bernard G., enfant adoptif de Blanche G.

En 1978, Bernard G. est désigné par les élus alsaciens pour représenter l'Alsace et il est reçu à l'Élysée avec onze autres chefs de PME par le Président Valéry GISCARD D'ESTAING.

Suite à cela, les contrats affluent en provenance de différentes régions du monde.

À l'époque, l'entreprise de Huttenheim emploie six cent vingt personnes.

En 1980, deux ans plus tard, la Ville d'El Asnam, en Algérie, est détruite par un tremblement de terre.

Bernard G. est contacté par Thierry ROUSSEL, le mari de Christina ONASSIS.

Il lui est proposé de contribuer à la reconstruction de la ville détruite, ce qui représente évidemment un marché colossal.

Constitution à ce moment-là d'un groupement d'intérêt économique, le GIE BATIMEX, pour obtenir des parts de marché.

ERGE érige deux cent cinquante maisons préfabriquées et signe en 1982 six contrats : il s'agit de l'opération Annaba.

La fabrication est accélérée à Huttenheim et l'usine envoie en Algérie pour cent dix millions de francs de marchandises qui n'arriveront jamais ou feront l'objet d'un détournement.

Les contrats ne sont pas honorés et l'entreprise se retrouve en pleine déconfiture, d'où des licenciements massifs et des mouvements sociaux.

En juillet 1983, Bernard G. dépose au Tribunal de Strasbourg une demande de suspension provisoire des poursuites.

Le Tribunal désigne un administrateur provisoire.

Puis, en 1984, ERGE se retrouve en liquidation judiciaire et des poursuites correctionnelles sont lancées contre Bernard G. et sa mère pour abus de biens sociaux.

Le Tribunal Correctionnel de Strasbourg prononce une peine sévère.

Par la suite, Blanche G. dépose une plainte auprès du Procureur Général de Genève et le Juge d'Instruction suisse, Christine JUNOD, découvre des éléments semble-t-il nouveaux qui viendraient fortifier la thèse selon laquelle la ruine de la société alsacienne a été programmée et organisée par différents malfaisants ayant le bras long au plan politique et économique.

Voilà ce que me relate Blanche G. lorsque mes confrères et moi devenons ses avocats.

Malheureusement, comme je le disais précédemment, nous intervenons alors que la justice a déjà statué au plan commercial et au plan pénal.

Malgré l'énergie et la bonne volonté de mes confrères et de moi-même, nous n'arrivons pas à un résultat tangible et la situation ne va pas évoluer.

Je précise aussi que cette affaire a été évoquée le 15 décembre 1994 sur France 2 dans le cadre de l'émission *Envoyé spécial*.

LA STUPÉFIANTE CRÉDULITÉ DU RESPONSABLE FINANCIER D'UNE GRANDE SOCIÉTÉ

Un dossier insolite géré par Emmanuel MERCINIER de Paris, un confrère particulièrement sympathique et efficace, et moi-même.

J'ai sous les yeux l'ordonnance du Juge d'Instruction Olivier LICHY de Paris en date du 30 septembre 2014.

Le Juge était chargé d'instruire contre de nombreux mis en examen dans une affaire financière loin d'être simple.

Parmi les mis en examen se trouvait l'homme que nous défendions, à savoir Gérard F., responsable de trésorerie au sein de la société DE DIETRICH THERMIQUE de Mertzwiller.

Je résume les pages 22 et suivantes de l'ordonnance précitée du 30 septembre 2014.

Le vendredi 3 novembre 2006, la gendarmerie de Nierderbronn-les-Bains est saisie de faits d'escroquerie et de faux et usage de faux.

La veille, 2 novembre, Gérard F. est contacté sur son lieu de travail par une personne qui se prétend membre de la brigade financière.

Cet homme explique à Gérard F. qu'il enquête sur une affaire de blanchiment d'argent et de terrorisme et qu'il a besoin d'aide pour progresser dans son travail.

Il propose à Gérard F. de le rappeler en soirée à son domicile.

Il rappelle après 19h00 et se présente comme un membre de la DGSE (Direction Générale de Sécurité Extérieure).

Il dit travailler sur le blanchiment d'argent et le terrorisme au Moyen-Orient et au Canada.

Il demande à Gérard F. d'organiser un transfert d'argent sur un compte bancaire de Dubaï (Émirats Arabes Unis).

Il dit à Gérard F. que l'argent sera bloqué à Dubaï puis reversé immédiatement sur les comptes de la société, et il fait miroiter au trésorier une commission de 200 000 euros à verser sur un compte suisse.

Vers 21h00, Gérard F. se rend à son bureau et prépare sur papier à en-tête de la société un ordre de virement de 2 998 000 euros à destination de Dubaï.

Étant une personne habilitée, Gérard F. signe l'ordre de virement, découpe la signature de son collaborateur, l'appose sur le document, puis photocopie la pièce falsifiée.

Dans la matinée du 3 novembre 2006, Gérard F. faxe l'ordre de virement à la Société Générale qui l'exécute.

Vers midi, pris de remords, Gérard F. en réfère à sa hiérarchie et la réaction immédiate du Directeur financier permet de faire bloquer la somme dans le circuit bancaire.

La société dépose plainte pour escroquerie, faux et usage de faux.

Une information judiciaire est ouverte au Parquet de Strasbourg, puis le dossier est délocalisé au Tribunal de Paris.

Une instruction minutieuse est menée et aboutit à la mise en examen des membres d'une bande organisée pratiquant des escroqueries à un échelon international.

L'épisode concernant Gérard F. n'est qu'un épisode parmi d'autres.

Finalement, le Juge d'Instruction rend sa décision de renvoi devant le Tribunal Correctionnel en septembre 2014.

La grande majorité des mis en examen doit comparaitre en correctionnelle, mais, pour sa part, Gérard F. bénéficie d'une ordonnance de non-lieu, ce qui donne satisfaction naturellement à Emmanuel MERCINIER et moi-même.

Le principal responsable de l'organisation, Gilbert C., écope de sept ans d'emprisonnement ferme plus un million d'euros d'amende selon jugement du Tribunal Correctionnel de Paris.

Gilbert C. est le pionnier de l'arnaque dite « du faux président ».

Cet homme est doté d'un sens aigu de la persuasion et il sait amener ses interlocuteurs là où il le veut.

Les sommes détournées frôlent les huit millions d'euros.

Le Tribunal maintient les effets du mandat d'arrêt international contre Gilbert C. qui, pour échapper à la justice, se réfugie en 2009 en Israël.

LES EXPLICATIONS DE L'UNIVERSITAIRE : CHAPITRE 17

1. En quoi consiste l'escroquerie ? S'agit-il simplement d'un mensonge ou d'un mensonge accompagné de manœuvres ? Je ne comprends pas bien cette notion et vous remercie de bien vouloir me l'expliquer.

L'article 313-1 du code pénal fixe le cadre légal du délit d'escroquerie qui se définit comme le fait « soit par l'usage d'un faux nom ou d'une fausse qualité, soit par l'abus d'une qualité vraie, soit par l'emploi de manœuvres frauduleuses, de tromper une personne physique ou morale et de la déterminer ainsi, à son préjudice ou au préjudice d'un tiers, à remettre des fonds, des valeurs ou un bien quelconque, à fournir un service ou à consentir un acte opérant obligation ou décharge ». Le délit est puni de 5 années d'emprisonnement et 375 000 euros d'amende.

Historiquement[135], c'est la loi des 19 et 22 juillet 1791 qui a incriminé pour la première fois l'escroquerie d'une manière spécifique. Au titre de cette législation, pouvaient être poursuivies les personnes qui « par dol ou à l'aide de faux noms ou de fausses entreprises ou de craintes chimériques, auraient abusé de la crédulité de quelques personnes et escroqué la totalité ou partie de leur fortune ». La grande réforme criminelle de 1810 est venue supprimer la notion

135. Mascala Corinne, V° Escroquerie, Répertoire de droit pénal et de procédure pénale, avril 2016 (actualisation : octobre 2019).

du « dol » du texte en prévoyant alors à l'article 405 que « quiconque, soit en faisant usage de faux noms ou de fausses qualités, soit en employant des manœuvres frauduleuses pour persuader l'existence de fausses entreprises, d'un pouvoir ou d'un crédit imaginaire, ou pour faire naître l'espérance ou la crainte d'un succès, d'un accident ou de tout autre événement chimérique, se sera fait remettre ou délivrer des fonds, des meubles ou des obligations, dispositions, billets, promesses, quittances ou décharges, et aura, par un de ces moyens, escroqué ou tenté d'escroquer la totalité ou partie de la fortune d'autrui, sera puni d'un emprisonnement et d'une amende ». Il ne suffit plus désormais d'alléguer un simple dol pour qu'il y ait escroquerie. Avec l'adoption du nouveau code pénal (1994), le législateur redéfinit l'infraction en élargissant son domaine d'application en retenant dans la définition un moyen frauduleux nouveau, à savoir : l'abus de qualité vraie, et en visant expressément parmi les choses susceptibles d'escroquerie, les services qui, jusqu'alors, n'entraient pas dans les prévisions de la loi.

Pour que l'infraction soit constituée, il faut la réunion de quatre éléments que sont :

1) L'utilisation de moyens frauduleux
2) La remise de la chose par la victime
3) L'existence d'un préjudice
4) Une intention de nuire aux intérêts de la victime visée par l'acte

Concernant l'utilisation de moyens frauduleux, il est important de relever qu'il peut s'agir d'actes mensongers, mais tout mensonge n'est pas forcément constitutif d'un délit d'escroquerie. En effet, le mensonge ne pourra entrer dans cette catégorie que s'il constitue, au regard de l'article 313-1 du code pénal, un usage de faux noms ou de fausses qualités[136], un abus d'une qualité

136. Crim. 28 mars 1839, S. 1840. 1.816 ; 18 mai 1931, Bull. crim. no 143, Gaz. Pal. 1931. 2. 241 ; 12 juin 1936, DH 1936. 398 ; 21 oct. 1936, Gaz. Pal. 1936. 2.839 ; 23 juill. 1956, Bull. crim. no 563, Gaz. Pal. 1956. 2. 130.

vraie, ou encore une manœuvre frauduleuse. Dans ce cas, il faut que le recours à ce procédé soit l'élément déterminaa confié le bien objet de l'escroquerie. La jurisprudence de la Cour de cassation est bien assise en l'espèce et insiste sur le fait qu'il est indispensable que soit vérifié un lien de cause à effet entre la manœuvre et la remise volontaire du bien par la victime.

Ainsi, par exemple, dans un arrêt rendu le 14 mai 1990[137], les juges de la Cour de cassation affirment que « l'usage d'une fausse qualité comme l'abus de qualité vraie n'est constitutif de manœuvres frauduleuses que lorsque la qualité invoquée est de nature à donner une apparence de sincérité à des allégations mensongères et à commander la confiance de la victime ; qu'il résulte des propres constatations de l'arrêt attaqué que le demandeur a fait usage de la fausse qualité d'agent commercial ; qu'il s'agit là d'une simple allégation mensongère, insusceptible de caractériser l'escroquerie ». Qu'en l'espèce, la simple intervention d'un tiers qui n'est que le porte-parole de l'auteur du mensonge ne peut constituer une manœuvre frauduleuse. Les mêmes magistrats rappellent par ailleurs que les juges du fond (1ère instance et appel) ne peuvent considérer que l'usage d'une fausse qualité et l'emploi de manœuvres frauduleuses constituent le délit d'escroquerie sans constater ou sans qu'il puisse se déduire de leurs constatations que cet abus et ces manœuvres ont été déterminantes de la remise des fonds.

Les juges du fond ont donc l'obligation de vérifier la relation causale entre les manœuvres effectuées par l'auteur des faits, manœuvres faites en amont ou concomitamment à la remise effective du bien par la victime. Pour ce faire, il leur faudra vérifier la réalité des manœuvres, c'est-à-dire la réalisation d'actions positives de la part de l'auteur des faits en vue d'obtenir la remise du bien en question.

137. Crim. 14 mai 1990, n° 89-85.581.

La remise volontaire du bien constitue alors le deuxième élément de l'infraction. En effet, le fait pour la victime de remettre le bien volontairement réalise la différence de qualification entre l'escroquerie et ce qui pourrait être qualifié de vol qui lui sera réalisé lorsque l'auteur des faits s'empare du bien à l'insu de sa victime. C'est donc la remise effective et volontaire du bien par la victime qui consomme l'infraction, l'auteur pourra alors faire l'objet de poursuites pénales devant les tribunaux.

Concernant le bien. Depuis la réforme de 1994, le bien remis peut consister en un bien matériel, en des fonds, ou encore des valeurs. Le législateur a ajouté lors de l'adoption du nouveau code pénal, les services. Par cet ajout, le législateur a voulu saisir d'une manière élargie tous les actes qui pourraient constituer une escroquerie, élargissant alors le cadre de la répression et exprimant ainsi la volonté des pouvoirs publics de lutter contre ce phénomène.

Concernant le préjudice ressenti et réalisé, c'est la jurisprudence des différents tribunaux qui donne la ligne directrice. En effet, ils considèrent qu'il est possible de condamner l'auteur des faits même si aucun préjudice réel n'est ressenti par la victime. Pour pouvoir condamner la personne, il suffit alors que le ministère public apporte la preuve d'une remise de la chose sans que la victime ne l'ait fait de manière éclairée et libre. L'absence de préjudice caractérisé n'est donc pas un obstacle pour entrer en voie de condamnation. Cette position nettement en faveur de la victime se justifie au regard des intérêts que tend à défendre le législateur. En l'espèce, cette posture démontre la volonté de protéger le droit de propriété de la victime qui voit se réaliser une atteinte à son patrimoine[138].

138. Mascala Corinne, V° Escroquerie, Répertoire de droit pénal et de procédure pénale, avril 2016 (actualisation : octobre 2019), §165.

Enfin, concernant le dernier élément de l'infraction, l'intention. L'escroquerie est qualifiée de délit intentionnel, c'est-à-dire qu'il faut que l'auteur des faits ait agi en conscience avec la volonté de nuire aux intérêts de sa victime. Cette intention sera caractérisée par la volonté d'obtenir une remise de la chose appartenant à la victime, par l'un des moyens frauduleux visés par l'article 313-1 du code pénal. Il faudra donc que les tribunaux vérifient la réelle volonté de l'auteur, un simple acte de négligence de la part du présumé escroc ne permettra pas de sanctionner ce dernier.

CHAPITRE 18 :

L'ÉTONNANT CONTENTIEUX DES INJURES ET DIFFAMATIONS

MISS FRANCE FAIT CONDAMNER SON DIFFAMATEUR

LES SUBTILITÉS DU DROIT DE LA PRESSE

ZIZANIE ENTRE VOYANTES

Les injures et diffamations sont régies par le droit de la presse.

Le texte fondamental est la loi du 29 juillet 1881 sur la liberté de la presse.

En outre, le droit de la presse est appréhendé dans la jurisprudence européenne sous l'angle de l'article 10 de la convention européenne des droits de l'Homme, article garantissant le droit à la libre expression.

La Cour de Strasbourg a proclamé que la liberté d'expression constitue l'un des fondements essentiels d'une société démocratique.

La liberté d'expression est essentielle, et plus particulièrement la liberté de la presse.

Cependant, les Tribunaux se réservent heureusement le droit de sanctionner d'éventuels abus de la presse.

Exercer, pour un journaliste, sa liberté d'expression implique certains devoirs et responsabilités.

La Cour de Strasbourg a développé le concept de « journalisme responsable ».

Le journaliste a l'obligation d'agir de bonne foi, de fournir des informations exactes et dignes de crédit dans le respect des principes d'un journalisme responsable.

Par ailleurs, le droit pénal de la presse doit de plus en plus prendre en considération la numérisation de la société, ce qui ne constitue pas un mince problème.

MISS FRANCE FAIT CONDAMNER SON DIFFAMATEUR

Au mois de décembre 2000, un animateur de TF1, bien connu à l'époque, invite l'un de ses confrères Henry-Jean S. à son émission hebdomadaire pour parler de Miss France.

Les propos du journaliste invité sont particulièrement consternants « **Une Miss France, devenue chef de bande. Elle avait une mitraillette et elle attaquait des fourgons postaux à la Douane suisse... ».**

Légitimement ulcérée par des propos aussi indigents, Miss France me demande de déposer plainte au printemps 2001 et l'affaire vient devant le Tribunal Correctionnel de Mulhouse un an plus tard.

Miss France explique très clairement qu'elle a été condamnée effectivement il y a plus de vingt ans par la Cour d'Assises à une peine modérée.

Elle était la compagne d'un mauvais garçon qui avait organisé un hold-up, et elle avait joué un rôle secondaire en conduisant la voiture utilisée lors des opérations.

Il est évident qu'elle n'était pas le chef de la bande et tout aussi clair qu'elle n'avait jamais touché une mitraillette.

Depuis ce regrettable épisode, elle avait refait sa vie et avait d'ailleurs obtenu une réhabilitation, de sorte que son casier judiciaire était vierge au moment où Henry-Jean S. fait publiquement les déclarations que l'on sait.

Miss France insiste à juste titre lors de l'audience correctionnelle sur les répercussions pour sa famille et elle-même des propos journalistiques.

Je précise que Henry-Jean S. avait donné des précisions permettant l'identification aisée de la personne dont il parlait.

Je demande donc aux Juges une déclaration de culpabilité au plan pénal et la condamnation à une indemnisation au plan civil.

Le journaliste donne de pauvres explications devant le Tribunal : **« Cela est sorti dans le feu d'une émission en direct, où il y avait surenchère ».**

Le lecteur appréciera...

François BLISTENE, avocat parisien intervenant pour le journaliste, insiste sur l'heure tardive de l'émission et sur la brièveté de l'intervention.

Il plaide la relaxe de son mandant en faisant valoir sa bonne foi, mais le Tribunal, sous la présidence de Monsieur Olivier KIRCHNER, passe outre et entre en voie de condamnation comme je le préconisais.

Miss France obtient donc justice, ce dont je suis évidemment satisfait.

LES SUBTILITÉS DU DROIT DE LA PRESSE

Trois récits pour illustrer les subtilités du droit de la presse et la complexité procédurale de cette matière.

Premier récit :

Je vous invite à vous reporter au chapitre 7 concernant les médecins et plus particulièrement à la rubrique ayant trait aux chamailleries entre les médecins. J'ai relaté une procédure pénale aboutissant à la mise hors de cause du prétendu diffamateur.

Second récit :

Vous pouvez relire, si vous le souhaitez, le chapitre 9 concernant le monde politique et plus exactement ce qui a trait au président du Conseil Général du Haut-Rhin. Je relatais une procédure civile aboutissant au débouté des prétentions de celle qui se disait diffamée.

Troisième récit :

L'Église évangélique de la Porte Ouverte Chrétienne de Mulhouse (POC) porte plainte au début des années 2000 contre l'association des victimes de la POC. .

Cette association pour laquelle je plaide est accusée par la POC de diffamation et de provocation à la discrimination raciale et religieuse.

L'association des victimes a été créée par un particulier considérant la POC comme une secte particulièrement nocive.

Je précise que l'épouse du fondateur de l'association anti-POC avait fait partie à un certain moment de l'Église évangélique de la Porte Ouverte Chrétienne.

Le particulier anti-POC organise une réunion publique à laquelle assistent différentes personnalités, et il tient à cette occasion des propos très virulents à l'encontre de la POC et de ses responsables.

La POC nie farouchement être une organisation sectaire et elle dépose plainte contre l'association organisatrice de la réunion publique.

Invoquant les subtilités procédurales du droit de la presse, je fais valoir devant le Tribunal la nullité de la citation en justice et j'obtiens totalement gain de cause puisque la POC est déboutée purement et simplement.

ZIZANIE ENTRE VOYANTES

Un dossier quelque peu comique ! ...

Une procédure qui oppose deux voyantes qui, à l'évidence, ne s'aiment guère.

Une voyante exerçant dans la région d'Altkirch, dont l'avocat est Gilbert HERR, doit répondre devant le Tribunal d'injures et diffamations à l'encontre d'une autre voyante qui exerce « son talent » dans la région de Thann, voyante pour laquelle j'interviens moi-même en tant que partie civile.

Les faits :

Une réunion publique est organisée en novembre 2004 par l'Association de Wegscheid (un village du Haut-Rhin) sur le thème de la voyance.

La voyante d'Altkirch est invitée par les organisateurs pour animer la soirée qui rassemble à tout le moins 250 personnes.

Selon plusieurs témoins, l'oratrice insiste sur les pratiques douteuses de certains voyants et met en cause nommément à cet égard la voyante de Thann.

Avertie de ces propos peu amènes, la voyante de Thann dépose plainte et me charge de la défense de ses intérêts.

Les témoins se contredisent sur le fait de savoir si le nom de la voyante de Thann a été ou non cité.

La voyante prévenue devant le Tribunal invoque les contradictions des témoins pour en déduire que les faits ne sont pas établis et qu'elle doit donc bénéficier d'une relaxe.

Je bataille pour que cette éventualité soit rejetée par le Tribunal et j'obtiens gain de cause.

La voyante d'Altkirch est condamnée à une amende de 500 € pour avoir injurié sa collègue de Thann et j'obtiens l'euro symbolique que je réclamais à titre d'indemnisation.

Je ne crois pas que la voyante condamnée avait prévu ce jugement de condamnation...

LES EXPLICATIONS DE L'UNIVERSITAIRE : CHAPITRE 18

1. Si j'ai bien compris, le grand principe est celui de la liberté d'expression. Je crois savoir que la loi récente du 24 août 2021, loi confortant le respect des principes de la République et de la liberté d'expression, va plutôt dans le sens d'une certaine régression. Je ne sais si j'ai bien compris et je souhaite un éclaircissement de votre part.

La loi du 24 aout 2021, confortant le respect des principes de la République et de la liberté d'expression[139] a été adoptée en vue de constituer un élément structurant de la stratégie gouvernementale pour lutter contre le séparatisme et les atteintes à la citoyenneté. En apportant des réponses au repli identitaire et au développement de l'islam radical, idéologie hostile aux principes et valeurs qui fondent la République, le Gouvernement a voulu faire face à cette réalité du séparatisme, l'arsenal juridique demeurant insuffisant[140]. Ce texte vient alors poser un cadre juridique concernant les obligations de respect de laïcité par les agents publics, les collectivités territoriales, les acteurs de la commande publique et les associations.

139. Loi n° 2021-1109 du 24 août 2021 confortant le respect des principes de la République, JORF n°0197 du 25 août 2021.

140. Compte rendu du Conseil des ministres du 9 décembre 2020, communiqué de presse, https://www.gouvernement.fr/conseil-des-ministres/2020-12-09#respect-des-principes-de-la-republique.

Il est important ici de faire la différence entre une totale liberté, qui pourrait mener *in fine* à un chaos démocratique, et un encadrement qui permet d'assurer la garantie et le respect des principes inscrits dans nos textes les plus fondamentaux.

Ainsi, la Déclaration des droits de l'Homme et du Citoyen de 1789 affirme en son article 10 que : « Nul ne doit être inquiété pour ses opinions, même religieuses, pourvu que leur manifestation ne trouble pas l'ordre public établi par la Loi » ; en plus, dans l'article 11, la Déclaration des droits de l'homme et du citoyen pose aussi que : « La libre communication des pensées et des opinions est un des droits les plus précieux de l'homme : tout citoyen peut donc parler, écrire, imprimer librement, sauf à répondre de l'abus de cette liberté dans les cas déterminés par la loi ». Ce principe fondamental, essentiel à notre démocratie, inscrit au frontispice de notre Constitution, trouve son relais dans les textes de la célèbre loi 1881 sur la liberté de la presse qui reconnaît la liberté d'expression dans toutes formes de publications sauf dans quatre cas déjà prévus dans le code pénal. Notons donc dès à présent que cette liberté, si elle constitue l'une de nos garanties les plus fondamentales, n'en est pas pour autant absolue et supporte des limites, un encadrement destiné à assurer la liberté de toutes et de tous. Par exemple, le délit de provocation publique à la haine raciale a été institué par l'article 1er de la loi de 1972 et inséré à l'article 24 alinéa 5 de la loi sur la liberté de la presse du 29 juillet 1881. Inciter à la haine est le fait de pousser par ses actes des tiers à manifester de la haine à l'égard de certaines personnes, en raison de leur couleur de peau, de leur origine, de leur religion, de leur sexe, de leur orientation sexuelle, de leur identité de genre ou de leur handicap. Ce comportement, qui reflète la volonté d'une certaine forme de liberté d'expression, se voit alors sanctionné par la loi en ce qu'il heurte d'autres principes fondamentaux tels que l'honneur et la dignité des autres personnes. La liberté des uns s'arrête donc où commence celle des autres.

La loi de 2021 vient poser des cadres et des limites qui ont pour unique but d'assurer le respect des principes de laïcité et de neutralité, exigences portées à la charge des organismes de droit public et de droit privé. À ce titre, les agents participant à une mission de service public doivent s'abstenir de manifester leurs opinions politiques ou religieuses, traiter de façon égale toutes les personnes et respecter leur liberté de conscience et leur dignité. Les organismes de droit public ou de droit privé les employant sont tenus de s'en assurer. Il en est de même lorsqu'un contrat de la commande publique a pour objet l'exécution d'un service public, y compris pour les sous-traitants[141].

Et, pour assurer une telle garantie, le nouveau dispositif vise également une meilleure protection de ces agents en créant une nouvelle incrimination insérée à l'article 433-3-1 du code pénal, au titre duquel « est puni de cinq ans d'emprisonnement et de 75 000 euros d'amende le fait d'user de menaces ou de violences ou de commettre tout autre acte d'intimidation à l'égard de toute personne participant à l'exécution d'une mission de service public, afin d'obtenir pour soi-même ou pour autrui une exemption totale ou partielle ou une application différenciée des règles qui régissent le fonctionnement dudit service. Lorsqu'il a connaissance de faits susceptibles de constituer l'infraction prévue au premier alinéa, le représentant de l'administration ou de la personne de droit public ou de droit privé à laquelle a été confiée la mission de service public dépose plainte ».

Ajoutons, par ailleurs que la protection fonctionnelle des fonctionnaires est renforcée dans la mesure où la commune

141. https://www.maires41.fr/la%C3%AFcit%C3%A9-loi-n%C2%B02021-1109-du-24-ao%C3%BBt-2021-confortant-le-respect-des-principes-de-la-r%C3%A9publique-publi%C3%A9e.

n'a plus à attendre une demande du fonctionnaire. À ce titre, lorsqu'elle est informée de l'existence d'un risque manifeste d'atteinte grave à l'intégrité physique du fonctionnaire, l'administration pourra prendre les mesures d'urgence pour faire cesser le risque.

Concluons enfin, que ce texte a été adopté dans la suite des discours du président de la République prononcés lors du 150ème anniversaire de la République le 4 septembre 2020 et aux Mureaux le 2 octobre 2020 et en réponse aux actes de plus en plus violents et menaçant la société telle que nous la connaissons[142].

142. En réponse à l'assassinat terroriste de l'enseignant Samuel Paty, les députés ont créé un délit d'entrave à la fonction d'enseignant. L'article 10 de la loi n° 2021-1109 du 24 août 2021 confortant le respect des principes de la République crée un nouveau délit : le délit d'entrave à la fonction d'enseignant, voté à la suite de l'assassinat de Samuel Paty. Il est ainsi inséré à l'article 431-1 du code pénal, un alinéa ainsi rédigé : « Le fait d'entraver, d'une manière concertée et à l'aide de menaces, l'exercice de la fonction d'enseignant est puni d'un an d'emprisonnement et de 15 000 euros d'amende. »

CHAPITRE 19 :

LE MOT DE LA FIN : LA PROTECTION DE LA SOCIÉTÉ PASSE PAR L'INTELLIGENCE DE LA PEINE

Au mois d'octobre 2013, l'Alliance française de Thann-Cernay propose à l'Hôtel de Ville de Thann une conférence débat sur l'univers carcéral avec pour invités Marguerite RODENSTEIN, animatrice d'un atelier d'écriture à la maison d'Arrêt de Colmar et moi-même.

Marguerite RODENSTEIN, une dame d'un grand dévouement, explique son activité dans le milieu carcéral et dit ceci : **« Le plus difficile pour moi, c'est d'avoir une écoute bienveillante pour les détenus, sans rentrer dans leur jeu. Mon travail, c'est qu'ils arrivent à prendre conscience de leurs actes... Le message que j'essaie aussi de faire passer, c'est que personne n'est à l'abri ».**

Je confirme ce point de vue et j'ajoute en résumé ceci : **« En prison, en dehors de la grande criminalité organisée, on trouve des gens ordinaires, dont la vie a basculé à un moment ou à un autre... La conception sécuritaire évolue selon les époques... C'est un sujet compliqué et polémique, car les gens ont souvent des opinions tranchées... Il faut l'aborder sans passion, en prenant le temps de réfléchir... L'angélisme à tous crins, c'est de la folie furieuse. Mais la répression à outrance, ce n'est pas non plus la solution... On ne peut pas exclure totalement des gens de la société... Faut-il punir de manière forcenée ou favoriser la réinsertion... Le débat est ouvert ce soir. »**

J'ai exercé ce métier pendant 47 ans et je considère qu'il y a, en matière pénale, deux principes à ne jamais oublier, la nécessité d'une part d'un procès équitable et d'autre part, d'une peine intelligente.

Un procès équitable :

Ce principe fondamental est énoncé dans l'article 6 de la convention européenne de sauvegarde des droits de l'Homme et des libertés fondamentales, article selon lequel toute personne a droit à ce que sa cause soit entendue équitablement, publiquement et dans un délai raisonnable, par un Tribunal indépendant et impartial, établi par la Loi qui décidera, soit des contestations sur ses droits et obligations de caractère civil, soit du bien-fondé de toute accusation en matière pénale dirigée contre elle.

Une peine intelligente :

Dans l'une de ses nombreuses chroniques, Yves MAYAUD, illustre professeur de droit pénal écrit ceci : **« Pour être juste, une peine doit être mesurée, adaptée à la situation, respectueuse de l'humanité du condamné, ce qui, entre autres, impose de lui laisser l'espoir d'une après-peine ».**

L'article préliminaire de la loi pénitentiaire du 24 novembre 2009 le souligne également, s'agissant de l'exécution des peines privatives de liberté : celle-ci doit concilier **« la protection de la société, la sanction du condamné et les intérêts de la victime avec la nécessité de préparer l'insertion ou la réinsertion de la personne détenue afin de lui permettre de mener une vie responsable et de prévenir la commission de nouvelles infractions ».**

La Justice a-t-elle les moyens humains et matériels suffisants pour remplir de façon satisfaisante sa difficile mission de pacification ?

Je ne le crois malheureusement pas et, terminant ce livre, je souhaite qu'il soit enfin remédié à cette ancienne et préoccupante infirmité de notre système judiciaire français.

* *
*

POSTFACE
DE THIBAUT SOLANO

Aux assises, les grandes affaires criminelles, au tribunal correctionnel, la délinquance banale ? Pas si simple. Thierry Moser, qui a si bien connu les deux juridictions, en a été l'acteur autant que le témoin pendant 47 années. Mieux encore que les chroniqueurs judiciaires de la presse, dont je suis, il sait que si le prévenu à la barre ressemble la plupart du temps à Monsieur ou Madame Tout le Monde, ce sont aussi les maux majeurs de la société qui défilent devant les magistrats. Les multiples affaires sélectionnées dans cet ouvrage le prouvent : le lecteur aura ainsi vu défiler des thématiques sociétales très médiatisées comme les violences sexuelles à l'Église, les sectes, le racisme, la corruption des élus, les erreurs médicales...

On serait d'ailleurs tenté d'en tirer de grands enseignements sur les failles de nos institutions. L'époque n'est avare ni en tribunes simplistes, ni en récupérations démagogiques. Chacun connaît les discours en vogue capables, sur la base de quelques affaires, de tisser des réquisitoires à l'emporte-pièce sur le « racisme d'État », « les violences systémiques de la police » ou à l'autre bout de l'échiquier politique, le refrain connu des « politiques tous pourris », des « avocats véreux » et des « juges laxistes ».

Mais Thierry Moser n'est pas seulement un pénaliste chevronné : il est également un homme de raison et de modération. Et là où certains voudraient faire du premier prévenu un procès « exemplaire », un « symbole », lui s'est toujours acharné à appréhender chaque dossier individuellement, à discerner dans cette suite de cas tantôt insolites, tantôt navrants et souvent dramatiques une somme d'histoires humaines mais pas un « système ».

Dans un entretien au site spécialisé *Actu Juridique/ Actu.fr*, il déclarait ainsi en mars 2021 : « Je crois que pour exercer comme avocat pénaliste, il faut des valeurs morales, presque religieuses. Il faut être bien armé pour faire face à la complexité de l'existence car la nature humaine est parfois enthousiasmante et parfois horriblement désespérante. »

La complexité, tel est le maître-mot. Complexité des affaires, complexité du droit et plus encore complexité de l'âme humaine. Et toutes se superposent.

En termes de droit, ce notaire qui a tapé dans la caisse et s'est rendu coupable d'escroquerie pour sauver son office et assumer un train de vie à la hauteur de ses ambitions doit être forcément condamné. Mais comment déterminer la juste sanction – ce qui est le fondement de la justice – si l'on fait abstraction de la psychologie fragile du prévenu, qui a foncé tête baissée dans son entreprise délictuelle, comme un train lancé à vive allure vers le déraillement, pour ne pas reconnaître son échec, son incapacité à gérer une étude, et la possible mort sociale qui allait s'en suivre ?

En termes de droit, ce père de famille français qui a payé des hommes pour kidnapper un autre homme en Allemagne a commis une infraction gravissime. Mais comment le juger en ignorant qu'il avait la conviction de tenir là l'assassin de sa fille, et qu'il réparait alors les manquements de la justice qui avait laissé le suspect hors d'atteinte ?

C'est aussi parce qu'il a été l'avocat de quelques coupables, pas seulement des victimes, que Thierry Moser sait l'importance fondamentale d'une peine juste, mesurée, à la fois respectueuse du droit, des faits et de l'individu jugé. Et c'est là l'autre écueil que les femmes et hommes de loi doivent affronter : la justice n'est ni la vengeance ni le remède miracle aux maux de l'humanité.

Il est évidemment capital de lutter contre l'immigration clandestine et ses pis-aller, comme les mariages blancs. Mais comment sanctionner de tels dossiers quand le texte de loi n'est pas adapté à la situation ?

Une mère prostituant sa fille ne peut susciter que l'horreur, le dégoût, la rage. Mais puisqu'il faut laisser une porte ouverte à la reconstruction, à la rédemption, à l'espoir d'un avenir meilleur, la réponse sanitaire et sociale n'est-elle pas plus adaptée que la répression carcérale ?

Bien sûr, un homme politique qui, pour se faire élire, promet de renoncer au cumul des mandats, et, une fois élu, oublie aussitôt sa promesse, mériterait de rendre des comptes publiquement et pourquoi pas judiciairement. Ce serait si tentant de le punir comme on punit une publicité mensongère ou n'importe quel abus de confiance. Mais voilà, les juges ne peuvent se substituer au verdict des urnes.

À la lecture de ces différents cas de figure exposés par Thierry Moser, le lecteur aura parfois été déçu, frustré, à l'instar de l'auteur lui-même qui ne cache rien de ses émotions.

Ces sentiments peuvent aller jusqu'à la défiance vis-à-vis de la justice et celle-ci doit être entendue. D'autant plus lorsque le coupable est un policier qui enfreint la loi, un religieux qui trahit la foi, un politique qui oublie le bien commun, un médecin qui provoque la mort ou un enseignant qui maltraite un enfant. Quand ceux qui doivent protéger nous mettent en danger, la justice ne peut rester inerte.

Oui, la justice peut se tromper. Et c'est pour éviter les erreurs judiciaires, pour prendre en compte des angles morts du champ juridique que les textes évoluent aussi, comme le rappelle à plusieurs reprises Émilie EHRENGARTH. De nouveaux délits sont créés, leur définition peut être modifiée et le rôle de l'avocat a, au fil des années, été renforcé, avec un champ d'action plus large.

Reste alors une autre question, fondamentale : celle des moyens. Pour que la justice s'accomplisse, il faut qu'elle puisse fonctionner convenablement. Les hommes ordinaires ne sont pas simplement d'un côté de la barre. Même s'il ne s'agit pas de tribunal correctionnel pour le coup, souvenons-nous du fiasco d'Outreau, et ses innocents condamnés à tort pour des actes pédocriminels : un juge d'instruction seul ne pouvait pas assumer une si lourde tâche. Preuve en a été donnée. Une justice privée de moyens nécessaires, c'est aussi le risque de procédures qui trainent, d'enquêtes bâclées, de faits impunis, d'innocents condamnés à tort et de délinquants et criminels en liberté.

Un dernier mot : c'est précisément à travers un dossier tentaculaire qui dure depuis près de 40 ans, que j'ai connu Thierry Moser, l'affaire Grégory. Je venais alors de publier un livre consacré aux origines de l'énigme « La voix rauque ». Au moment où j'écris ces lignes, je sais que le magistrat en charge de l'instruction jongle entre les missions et que la greffière qui l'assiste n'est même pas à temps plein à son service. Oui, la nature humaine est parfois désespérante. Oui, la gestion de la justice peut l'être aussi. Pourvu qu'il y ait toujours des femmes et des hommes raisonnables pour la servir.

Thibaut Solano

Thibaut Solano est journaliste et rédacteur en chef au magazine *Marianne* après avoir exercé au quotidien régional *La Montagne* à Clermont-Ferrand et au magazine *L'Express*. Spécialisé dans la chronique criminelle, il a en parallèle publié trois livres : « Les Disparues » (éditions Les Arènes, 2016), consacré à l'affaire des disparues de la gare de Perpignan, « La voix rauque » (Les Arènes, 2018) qui retrace les origines de l'affaire Grégory ainsi qu'un polar « Les noyés du Clain » (Robert Laffont, 2021).

POSTFACE DE NOÉMIE KOHLER

Pour ma grande sœur,
Cécile Kohler

« Demain, cela fera 200 jours que notre fille, notre sœur, notre amie Cécile a été arrêtée arbitrairement et est détenue dans des conditions inhumaines par la République islamique d'Iran.

- 200 jours que nous sommes sans nouvelles, qu'elle est coupée du monde extérieur, ayant sans doute comme seuls contacts humains celui de ses geôliers et de ses interrogateurs.

- 200 jours qu'elle est privée d'avocat indépendant, que l'accès consulaire lui est refusé et qu'elle n'a pas eu le moindre contact avec sa famille.

- 200 jours qu'elle a rejoint la triste liste des otages d'États en Iran et que ses droits fondamentaux sont niés.

[...]

Nous pensons sans cesse à elle, angoissés à l'idée de ce qu'elle subit. Nous ne retrouverons ni le bonheur, ni la paix tant qu'elle ne sera pas de retour parmi nous. Mais nous nous accrochons et nous nous battrons pour elle jusqu'à son retour. »

C'est avec ces mots que j'ai présenté le comité de soutien pour ma grande sœur, Cécile Kohler, lors de la conférence de presse du 22 novembre 2022.

Lorsque nous avons décidé de créer le comité, nous venions de passer plus de cinq mois avec comme seule nouvelle de Cécile, celle de son arrestation en Iran. Arrestation dont nous ignorions les circonstances et la date exacte, et dont l'annonce est tombée comme un coup de massue sur nos existences, qui ont basculé ce jour-là.

Ces cinq longs mois sont passés sans que nous n'ayons la moindre prise sur la situation. En plus de n'avoir aucune information sur le sort de Cécile, nous étions terrifiés à l'idée que le moindre faux pas de notre part puisse lui porter préjudice. Nous nous sentions impuissants et démunis. Nous ignorions tout de ce qu'elle vivait, nous ignorions jusqu'à son lieu de détention.

Il était insupportable de ne pas savoir, je me suis alors plongée dans la recherche d'informations, la lecture de témoignages d'anciens otages et autres détenus politiques en Iran. Je me suis rapprochée d'autres familles d'otages européens, pour qui les contacts avec leurs proches détenus étaient assez fréquents, dans l'espoir d'obtenir des nouvelles par des rumeurs, par des bruits de couloirs. Mais Cécile restait inaccessible. Nous ne pouvions nous accrocher qu'à des hypothèses. Dans nos moments les plus sombres, nous avions la terrible impression qu'elle avait disparu totalement, laissant derrière elle un vide incommensurable, et nos vies exsangues.

Le matin du 6 octobre 2022, j'ai découvert que la télévision d'État Iranienne venait de diffuser une vidéo de Cécile et de son compagnon. Cette vidéo mettait en scène de faux aveux qui leur avaient été extorqués sous la contrainte. Si pour le régime iranien la pratique est courante contre ses ressortissants, elle était inédite vis-à-vis d'étrangers. La vision de ma sœur dans cette situation m'a fait perdre pied. Mes craintes se concrétisaient : on avait exercé sur elle une pression psychologique terrible, et elle avait sans doute subi la torture de l'isolement cellulaire. Celle dont on sait, par les témoignages de ceux qui l'ont connue, qu'elle fait perdre la mémoire et la notion du temps.

Le choc de ces images venait s'ajouter à la détresse que nous éprouvions à voir le temps s'étirer sans que rien ne bouge. Nous ne pouvions plus rester dans le silence. Il était d'une urgence capitale pour nous d'envoyer des messages de soutien à Cécile, pour qu'elle puisse tenir le coup. Nous avions l'espoir qu'elle entende nos messages du fond de sa prison grâce au travail des journalistes. Nous savions que cela avait déjà fonctionné pour d'autres otages, en Iran et ailleurs. Nous nous devions également de la défendre, de protéger son image. Nous étions nombreux parmi sa famille, ses amis et ses collègues à avoir besoin de faire front derrière elle.

C'est alors que nous avons monté le comité de soutien Liberté pour Cécile avec l'aide précieuse de plusieurs personnes, qui, sans connaître ma sœur pour certaines, ont accepté de se battre à nos côtés. Nous avons choisi de donner une conférence de presse le 22 novembre 2022, pour présenter notre comité de soutien en espérant avec force que cette information soit relayée jusqu'en Iran, jusqu'à Cécile.

Marine Scié, une de mes plus grandes alliées depuis ce triste jour du 7 mai 2022, était à mes côtés à la conférence. Elle a porté la voix des amis et collègues de Cécile, très affectés par son absence et l'injustice de ce qu'elle subit. Elle a dressé le portrait de ma sœur, décrivant à quel point elle est une personne merveilleuse, dans un discours dont voici un extrait :

« C'est parce que Cécile est au quotidien notre collègue, notre amie et notre voisine, et que les accusations portées à son encontre sont infondées et fallacieuses, que nous sommes indignés par la situation actuelle. Elle est donc injustement privée de sa liberté et de ses droits fondamentaux depuis plus de six mois. Cécile ne mérite en aucun cas d'être otage d'État ».

Thierry Moser, avocat honoraire au Barreau de Mulhouse, que nous avions sollicité pour participer à notre combat pour la libération de Cécile, était là pour nous épauler.

Particulièrement touché par la situation, il a fait part de sa profonde révolte du fait de l'incarcération injuste de Cécile et de ses conditions de détention inhumaines, fustigeant le fait que les droits de la défense sont complètement ignorés en Iran. Il a présenté le cadre de notre démarche, en insistant sur le travail complexe et méritoire de notre corps diplomatique, travail que nos actions doivent étayer et non entraver. Il a en ce sens préconisé une médiatisation prudente et constructive dans l'espoir de favoriser la libération de Cécile le plus rapidement possible. Il a terminé ses propos par ces mots : « Grâce aux médias, cette captivité doit déboucher sur un vaste mouvement de solidarité en faveur des otages, mouvement qui pourrait contribuer à obtenir dans les meilleurs délais la libération de nos compatriotes, du moins je l'espère fortement ».

Au lendemain de la conférence de presse, la visite consulaire, refusée pendant des mois a enfin été accordée à Cécile. Nicolas Roche, l'ambassadeur de France à Téhéran a pu rencontrer ma sœur pendant dix minutes hors de toute confidentialité, sous surveillance.

Elle n'a pas pu donner d'informations précises sur ses conditions de détention. Nous étions soulagés d'avoir enfin un signe de vie de Cécile, après 200 jours de silence complet. Nous étions soulagés de savoir qu'elle avait enfin pu parler à quelqu'un d'extérieur à la prison. Mais cette rencontre avait été beaucoup trop brève et tardive pour que nous puissions la considérer comme une victoire.

Presque un mois plus tard, le 18 décembre à 10h, mon téléphone a sonné. J'ai décroché et j'ai entendu Cécile, pleurant et appelant mon nom au bout du fil. Le choc a été immense. Sous surveillance, puisqu'une de ses geôlières m'a préalablement demandé de décliner mon identité, Cécile a pu me contacter pour que je lui transmette le numéro de notre maman. Elle a ensuite pu avoir une visio sur le réseau WhatsApp avec mes parents pendant quelques minutes. L'émotion était extrêmement forte. C'était le premier contact que Cécile avait avec sa famille après plus de sept mois. La conversation a à peine eu le temps de s'apaiser, après le choc et les pleurs, qu'il a fallu raccrocher. Entendre sa voix après tout ce temps a été une bouffée d'air, en même temps qu'un profond déchirement.

Cécile n'a malheureusement pas été en mesure de nous parler librement, mais nous avons senti qu'elle était extrêmement éprouvée psychologiquement. Comment pouvait-il en être autrement ? Nous avions appris entre temps qu'elle était détenue dans la section 209 de la prison d'Evin, une section tristement célèbre pour ses conditions de détention particulièrement difficiles. Après plusieurs mois d'isolement cellulaire, elle avait enfin des codétenues, mais sa réponse évasive quand mon père l'a questionnée sur ce point ne nous a pas rassurés : « Ça, ça change tout le temps ». Nous savons par les témoignages d'anciens détenus, que l'équilibre, extrêmement précaire, que les prisonniers tentent de construire pour tenir mentalement résiste très mal aux perturbations de leur quotidien comme les changements de cellule et de codétenus. Les livres qu'elle avait demandés lors de la visite consulaire, et que nous nous étions empressés de lui envoyer, ne lui avaient pas été transmis. Nous savons à quel point c'est pourtant vital pour elle.

Aujourd'hui, après 241 jours de détention, les droits fondamentaux de Cécile ne sont toujours pas respectés. Elle n'a toujours pas droit à un avocat indépendant. Nous ignorons quand son procès aura lieu. Elle n'a droit qu'à trois sorties de sa cellule par semaine, dans la cour de la prison. Elle n'a pas droit à des livres. Elle n'a pas le droit de recevoir ou d'envoyer du courrier. Cécile est innocente, et elle est victime d'une situation cruelle, d'une injustice absolue.

Au moment où j'écris, en janvier 2023, au moins sept de nos compatriotes sont retenus en otage par l'État iranien. À l'échelle européenne, ils sont plus d'une quarantaine. Nous comptons certaines avancées, mais encore trop légères. Le combat pour la libération de Cécile, de Jacques, et des autres otages doit continuer avec détermination sur les plans diplomatique, politique et médiatique.

Je souhaite de tout mon cœur que le lecteur de cette postface prenne conscience du phénomène de prise d'otages dont sont victimes nos compatriotes. Je souhaite qu'il soit sensible au terrible sort de nos ressortissants. Je souhaite qu'il se rende compte que chaque jour qui passe est un jour de trop. Je souhaite que nous nous battions et que personne n'oublie nos compatriotes détenus arbitrairement dans une prison d'Iran.

Il est temps que ce cauchemar prenne fin, et qu'ils puissent revenir auprès de leurs proches. Il est temps que nous retrouvions enfin notre Cécile adorée.

C'est dans cet esprit que je rédige la postface dans l'ouvrage de Thierry Moser.

Noémie Kohler
Sœur de Cécile Kohler
Janvier 2023

REMERCIEMENTS

Les auteurs tiennent à remercier chaleureusement toutes les personnes qui, directement ou indirectement, ont contribué et facilité la réalisation de cet ouvrage. Leur participation à la relecture, à la correction, à la collecte des articles.

Ils tiennent également à exprimer leur gratitude envers le personnel des Éditions du Signe pour son dévouement professionnel.

TABLE DES MATIÈRES

Éditions du Signe

1, rue Alfred Kastler • BP 98094
Eckbolsheim
67038 Strasbourg Cedex 2
Tél. +33 (0)3 88 78 91 91
info@editionsdusigne.fr • www.editionsdusigne.fr
Editions du Signe

Auteurs : Thierry MOSER - Émilie EHRENGARTH
Illustration couverture : Alain PAILLOU

ISBN : 978-2-7468-4359-2

Dépôt légal 1er trimestre 2023
2e édition 06/2023
Imprimé en France par Isiprint

QUELQUES ARTICLES DE PRESSE

Justice Un an de prison avec sursis pour André Bamberski

Le combat d'André Bamberski contre l'homme qui a tué sa fille Kalinka en 1982 s'est terminé par sa condamnation par le tribunal correctionnel de Mulhouse pour l'enlèvement de son ennemi.

André Bamberski, 76 ans, a été condamné pour « enlèvement et séquestration », mais relaxé de « complicité de violences volontaires ». « *J'aurais peut-être accepté une condamnation pour complicité d'enlèvement. Mais pas pour enlèvement* », a-t-il déclaré hier à la sortie du tribunal correctionnel de Mulhouse, « *déçu* » par la décision rendue à son encontre. « *Sur l'aspect pénal, je ne pense pas que nous prendrons la décision de faire appel*, a-t-il ajouté. *Mais nous en tous les cas, nous étudierons un appel sur les intérêts civils.* »

André Bamberski après l'énoncé de sa condamnation, avec l'avocat mulhousien Thierry Moser, hier au tribunal de Mulhouse. Photo Jean-François Frey

Saga judiciaire

Hier, le tribunal a donc rendu son jugement dans cet ultime dossier d'une saga judiciaire qui aura duré plus de trente ans, depuis la mort de Kalinka Bamberski en juillet 1982. Son corps sans vie avait été retrouvé au domicile de son beau-père qui n'avait pas été inquiété par la justice allemande. Mais André Bamberski, persuadé que le docteur avait une responsabilité dans la mort de sa fille, avait tout fait pour qu'une enquête soit ouverte en France. Dieter Krombach avait d'abord été jugé par contumace en 1995 à 15 ans de réclusion criminelle. Mais comme les autorités allemandes avaient toujours refusé son extradition, il n'avait jamais exécuté cette peine. Et le 18 octobre 2009, dans une arrière-cour de la rue du Tilleul à Mulhouse, le docteur allemand était découvert ligoté et bâillonné après avoir été enlevé par trois individus. C'est André Bamberski lui-même qui avait appelé ce jour-là la police pour leur dire où se trouvait Dieter Krombach.

Mais depuis ce jour, il avait toujours nié avoir commandité ce rapt commis par trois hommes, dont Anton Krasniqi qui avait « *épousé la cause* » de Bamberski – comme il l'a dit lors de l'audience en mai dernier – et Kacha Bablovani. Les 22 et 23 mai derniers, Bamberski, Krasniqi et Bablovani étaient jugés pour cet enlèvement et cette séquestration aux côtés d'une journaliste autrichienne, Adelheid Rinke, suspectée d'avoir mis en relation le père français et l'apatride kosovar.

Une bande organisée ? Non, a décidé le tribunal qui a relaxé les trois hommes et cette femme du chef d'association de malfaiteurs. André Bamberski a donc été condamné pour enlèvement tout comme Anton Krasniqi et Kacha Bablovani qui, en plus, ont été reconnus coupables des violences commises durant le transport à l'encontre de Dieter Krombach. En répression, ces deux hommes ont écopé d'un an de prison ferme, mais le tribunal n'a pas prononcé de mandat de dépôt à leur encontre pour leur permettre d'aménager cette peine.

« C'est dommage »

« *Notre client n'attendait rien de la justice française*, a déclaré Me Yves Levano, l'un des avocats parisiens de Dieter Krombach. *Mais le tribunal n'a pas fait droit à notre demande de supplément d'information alors que dans le dossier allemand, il y a 50 pages d'écoutes qui militent pour la bande organisée. On verra bien ce que dira la Cour européenne des droits de l'Homme.* »

De son côté, Me Thierry Moser, qui accompagnait André Bamberski, voit dans ce jugement « *des motifs importants de satisfaction, mais aussi de déception en ce sens qu'il y a malgré tout une condamnation partielle au plan pénal* ». Une décision dont André Bamberski se serait passé. « *Je ne dirais pas qu'il s'agit d'une justice humaine, mais d'une justice juridique*, conclut-il. *Les éléments concernant la contrainte morale dans cet acte, que nous avions développés à l'audience, n'ont pas été retenus. C'est dommage.* »

Grégory Lobjoie

• Héroïsme paternel admirable : p. 213

L'ALSACE
MULHOUSE
| www.lalsace.fr | Samedi 10 septembre 2022 | 1,60 € |

Stocamine a pris feu il y a vingt ans

Le 10 septembre 2002, l'auto-inflammation de produits phytosanitaires provoquait un incendie en fond de mine à Wittelsheim. Cela a marqué la fin de l'aventure Stocamine et de l'extraction de la potasse en Alsace, entamée en 1910. /PAGE 40

L'incendie survenu le 10 septembre 2002 est dû à l'autocombustion par fermentation de déchets phytosanitaires provenant d'un incendie de l'entrepris Solupack. Archives L'Alsace/Sergé RÉALINI

• Stocamine : un incendie dramatique et un jugement de Salomon : p. 27

L'ALSACE

Samedi 25 mars 2006 MULHOUSE

12 h 24 : l'explosion...

Jean-François Frey

ne terrible déflagration d'origine inconnue a soufflé les locaux de l'École nationale supérieure de chimie de Mulhouse, hier à 12 h 24, tuant un professeur et faisant une blessée grave.

• Explosion de l'école de Chimie de Mulhouse : on a frôlé le pire : p. 281

L'ALSACE lundi

LUNDI 27 JUIN 1988 N° 1333 PRIX: 4.20

3 morts dans le crash de l'Airbus A 320 à Habsheim

Le show finit en drame

Ce qui restait de l'Airbus A 320 après le crash et l'incendie: la partie arrière de la carlingue. (Photo Daniel Schmit)

La fête de l'aviation s'est terminée dans une explosion de kérosène : à Habsheim, l'Airbus A 320 qui devait être la vedette du meeting aérien s'est écrasé dans la forêt, dimanche peu avant 15 h. A 23 h le bilan officiel s'établissait à trois morts et une trentaine de blessés.

Erreur humaine, défaillance technique ? L'examen des boîtes noires l'établira aujourd'hui. Le crash en tous cas s'est produit au moment où l'appareil, qui transportait quelque 130 passagers, effectuait une simulation d'atterrissage et devait reprendre de l'altitude en bout de piste. L'Airbus n'a pu s'élever à temps : il a touché les arbres et s'est écrasé, prenant feu aussitôt.

L'accident aurait pu avoir des conséquences encore plus catastrophiques. En voyant la fumée s'élever au-dessus de la forêt, à quelques centaines de mètres du terrain d'aviation, les milliers de spectateurs venus au meeting ont pensé, avec effroi, qu'il ne restait guère de survivants. Mais l'atterrissage à plat ventre sur les arbres a évité le pire.

Nul n'est à l'abri d'un accide mais il faut convenir que crash prend une dimension bi singulière au moment même est lancé ce nouvel appareil q a provoqué un conflit entre direction d'Air Inter et les sync cats à propos du pilotage deux.

L'accident de Mulhouse-Ha sheim pourrait donc peser lou dans le débat sur la sécuri aérienne en général et l conditions d'exploitation de l'A bus A 320 en particulier.

R.

• Crash d'un Airbus à Habsheim en 1988 : p. 29